कन्यापक्ष

[उपन्यास]

कन्यापक्ष

[उपन्यास]

बिमल मित्र

लोकभारती प्रकाशन

लोकभारती प्रकाशन
पहली मंजिल, दरबारी बिल्डिंग, महात्मा गांधी मार्ग
प्रयागराज-211 001

वेबसाइट : www.lokbhartiprakashan.com
ईमेल : info@lokbhartiprakashan.com

शाखाएँ : 1-बी, नेताजी सुभाष मार्ग, दरियागंज
नई दिल्ली-110 002
अशोक राजपथ, साइंस कॉलेज के सामने
पटना-800 006
1, अनमोल सोराबजी संतुक लेन, धोबी तलाव,
मरीन लाइंस, मुम्बई-400 002

पहला संस्करण : 1994
छठा संस्करण : 2024

मूल्य : ₹ 495

बी.के. ऑफसेट
नवीन शाहदरा, दिल्ली-1100 032
द्वारा मुद्रित

KANYAPAKSH
by Bimal Mitra

ISBN : 978-93-5221-011-4

बन्धुवर श्रीशिवदास चट्टोपाध्याय
को समर्पित

'कन्यापक्ष' उपन्यास नहीं है। उपन्यास की जो परिभाषा प्रचलित है, उसके घेरे में यह नहीं आता। लेकिन छोटी कहानियों की किताब भी यह नहीं है। क्यों नहीं है, यह समझाकर बताना जरूरी है। सब-कुछ मिलाकर जो समग्र और अखण्ड प्रभाव उपन्यास का अन्यतम लक्षण है, वह इस ग्रन्थ में है।

इसके अलावा एक और भी कारण है। जीवन में, विभिन्न समय कुछ विचित्र चरित्रों से मेरा साक्षात्कार हुआ था। चित्रकार की भाँति सावधानी से तभी उनके कुछ स्केच बना रखे थे। उद्देश्य था, वृहत् पटभूमि में उनका वृहत्तर उपयोग करूँगा। लेकिन इस बीच एक दिन उनमें ऐक्य, सामंजस्य और क्रमिक परिणति का आभास लक्ष्य किया। इसलिए उनके कुछ अंशों को एकत्र कर अब ग्रन्थ का रूप दिया। फिर मेरे साहित्य-जीवन के एक पुराने अध्याय के तौर पर मेरे लिये इसकी उपयोगिता भी है।

—बिमल मित्र

एक लेखक के जीवन की सबसे बड़ी ट्रैजेडी यह है कि उसे जीवन भर लिखना पड़ता है। आजीवन उसे बढ़िया चीज लिखने की विवशता होती है। कोई एक अच्छी किताब लिखकर रुक जाने से काम नहीं चलता। यदि एक अच्छी किताब वह लिख चुका है, तो दूसरी किताब अच्छी न होने पर उसे कोई माफ नहीं करेगा। सिर्फ अच्छा लिखना होगा, यही नहीं। और अच्छा, और, और भी अच्छा। हमेशा अच्छा।

ये सब मेरी अपनी बात नहीं है। इतनी बातें मैं समझता नहीं था। ये सब बातें जिन्होंने मुझे बतायी थीं, उनको मैंने कभी अपनी कहानी में नहीं घसीटा। अपने जीवन की अन्तिम कहानी शायद मैं उन्हीं पर लिखूँगा। अभी उस बात को रहने दिया जाय।

लेकिन किसको लेकर 'कन्यापक्ष' शुरू करूँ!

अलका पाल, सुधा सेन, मीठी दीदी, मिछरी भाभी, मेरी सगी मौसी, जामुन दीदी अथवा मिली मल्लिक—किसके बारे में मैं ठीक से जानता हूँ! किसको अच्छी तरह पहचान पाया हूँ! मेरे जीवन के संग कौन सबसे अधिक घुल-मिल गयी है! बचपन से ही जगह-जगह घूमता रहा। कितना कुछ देखा! क्या सबको याद रखना आसान है! जबलपुर का वह नेपियर टाउन, बिलासपुर का सनीचरी बाजार, कलकत्ते का हंगरफोर्ड स्ट्रीटवाला मीठी दीदी का वह मकान, पलाशपुर की मिली मल्लिक—कितनी जगहें, कितने ही लोग मैंने देखे हैं, अपनी नोटबुक में मैंने सब-की-सब कहानियाँ लिखकर नहीं रखी हैं।

सोना दी याने सोना दीदी कहती थीं, 'जो कुछ देख रहा है, नोट कर ले। जैसे आर्टिस्ट लोग कापी में स्केच किया करते हैं, वैसे ही। फिर जब उपन्यास लिखेगा तब यह तेरे काम आयेगा।'

वह सब कभी उपन्यास लिखने के काम आयेगा या नहीं, यह मैं नहीं जानता; फिर भी बहुत दिनों तक जहाँ जो कुछ देखा, उसके बारे में थोड़ा-बहुत लिखता रहा। एक-एक मनुष्य देखा है, और मानो एक-एक महाद्वीप के अन्वेषण के आनन्द से उज्ज्वल हो उठा हूँ। एक-एक इन्सान मानो एक-एक ताजमहल हो। वैसा ही सुन्दर, वैसा ही विस्मयजनक, वैसा ही अश्रु-करुण।

इच्छा थी कभी एक उपन्यास लिखूँगा। ऐसा उपन्यास, जिसमें संसार का हर मनुष्य अपना प्रतिबिम्ब देख लेगा। वह अगणित चरित्रों का जुलूस जैसा होगा। हजारों हजार

लोगों की मर्मकथा उस उपन्यास में मुखर हो उठेगी। वह जैसे दूसरा महाभारत होगा। लेकिन मेरी वह आशा सफल नहीं हुई; होगी भी नहीं, यह मैं जानता हूँ। फिर भी सोना दीदी हौसला बढ़ाया करतीं, 'तुझसे क्यों नहीं होगा? जरूर होगा—नकद प्राप्ति का लोभ अगर तू त्याग सका तो। पुजारी होकर अगर तूने पूजा का नैवेद्य नहीं चढ़ाया तो एक दिन देवता का प्रसाद तू अवश्य पायेगा।'

याद है लड़कपन में जो कुछ उत्साह मिला था वह एकमात्र सोना दीदी से ही। जब चोरी-छिपे लिख-लिखकर मैंने पन्ने भर डाले, तब पिता जी ने देखकर डाँटा, यार-दोस्तों ने मजाक उड़ाया, लेकिन सोना दीदी नहीं हँसीं!

सोना दीदी कहती थीं, 'स्त्रियों के बारे में लिखना ही ज्यादा मुश्किल है। इसलिए स्त्रियों को अच्छी तरह देखना। स्त्रियाँ मानो मंगल ग्रह की तरह हैं। मंगल ग्रह कितनी दूर है, फिर भी पृथ्वी के लोगों के मन में उसके बारे में जिज्ञासा का अन्त नहीं है। उस ग्रह पर पहुँचने के लिए मनुष्य ने क्या कम प्रयास किया है, कम लगन दिखायी है? लेकिन, अगर कभी वह वहाँ पहुँच गया तो—'

मैं पूछ बैठता था, 'तो क्या होगा सोना दीदी?'

'यह कैसे बताऊँ! शायद कोई ठगा जायेगा और कोई बाजी मार लेगा। हार-जीत से ही तो यह दुनिया बनी है। लेकिन जो मनुष्य दूर नहीं है उसके बारे में किसी के मन में कोई कुतूहल नहीं है। स्त्रियों को रहस्यमय बनाकर गढ़ने का यही तो कारण है।'

लेकिन सुधा सेन को जब पहली बार देखा तब सचमुच कोई कुतूहल, कोई रहस्य मुझे आकृष्ट नहीं कर सका था। इसलिए बाद में जब एक दिन सुधा सेन का पत्र मिला, तब सचमुच मैं चौंक पड़ा था।

याद है, सुधा सेन को साथ लिये जिस दिन पहली बार सड़क पर निकला था, उस दिन मैंने न जाने क्यों स्वयं को लज्जित अनुभव किया था।

सुधा सेन कोई ऐसी लड़की नहीं थी जिसे साथ लेकर सड़क पर निकला जाय।

ट्रामवाली सड़क के मोड़ पर किसी से भेंट हो जाय ऐसी तनिक भी इच्छा मेरी उस दिन नहीं थी। सुधा सेन कोई ऐसी हसीना नहीं थी जिसे लेकर साथ घूमने पर लोगों के मन में ईर्ष्या होती। बल्कि बात उलटी ही थी। बाईस साल की वह लड़की इतना मरियल और स्वास्थ्यहीन कैसे हुई? उसके दोनों कन्धे तो ब्लाउज से ढँके थे लेकिन बाँहों का जितना हिस्सा दिखायी पड़ रहा था, उतने में सौन्दर्य की छटा या यौवन का माधुर्य जरा भी ढूँढ़े नहीं मिलता था। गले के नीचे दोनों तरफ हँसली की हड्डियाँ मानो ललकारकर अपने अस्तित्व की घोषणा कर रही थीं। जो दृष्टि कम-से-कम उसके युवती होने का एहसास कराती, मन में किसी एकान्त कोने में जरा भी हलचल मचाती, वह उसकी आँखों में नहीं थीं।

यह दृश्य मुझे आज भी याद है। मानो सुधा सेन मेरी बगल में खड़ी है। नितान्त घनिष्ठ-सी मेरे बायीं तरफ खड़ी है। हाथ में वैनिटी बैग है; पाँवों में साधारण कीमत की चप्पलें और हाथों में दो-दो चूड़ियाँ। दोनों भौंहों के बीच उसने सिन्दूर की बिन्दी लगायी है। चमचमाती रंगीन साड़ी भी देह पर है। याने सजने-धजने का दारुण आग्रह भले ही न हो, लेकिन इसमें इन्कार की तनिक गुंजाइश नहीं है कि सुधा सेन ने साज-शृंगार नहीं किया है।

इसलिए ऐसी एक लड़की को साथ लेकर चलने में उस दिन मुझे शर्म महसूस हो रही थी। यह मुझे याद है।

लेकिन बदकिस्मती भी खूब रही कि उसी वक्त मोहित से मुलाकात हो गयी।

बच निकलना मुमकिन होता तो जरूर बच निकलता। लेकिन मोहित ने मुझे देख लिया। आगे बढ़कर उसने कहा, 'क्यों भई, किधर?'

मैं बोला, 'मेरा एक उपकार कर सकते हो?'

फिर सुधा सेन से उसका परिचय करा देने के बाद मैंने कहा, 'मेरी भाभी की खास परिचिता हैं, बड़ी मुश्किल में पड़ी हैं। इन्हें रहने के लिए एक कमरे की सख्त जरूरत है। लड़कियों का बोर्डिङ्ग या मेस, जहाँ कहीं भी हो सके। इनकी हालत, इस समय कहना चाहिए, एकदम निराश्रित-सी है। किसी ठिकाने की खबर दे सकते हो?'

मोहित बीसियों चक्कर में फँसा रहनेवाला जीव था। उसे तरह-तरह की जरूरतें पड़ती रहती थीं। इसलिए वह हर जगह जाता था। उसने सिगरेट को होंठों में दबाकर दो कश लिये। माथा सिकोड़कर एक बार न जाने क्या सोचा फिर कहा, 'फिलहाल तो कुछ याद नहीं पड़ रहा है, लेकिन एक बार पोस्ट ग्रैजुएट बोर्डिङ्ग में कोशिश करके देखो न।'

कोशिश करके देखने में हर्ज नहीं था। सीधी बात यह थी कि उस दिन सूरज ढलने से पहले ही कहीं-न-कहीं किराये के कमरे का इन्तजाम करना था। भाभी ने सुधा सेन को मेरे जिम्मे कर दिया था। सुधा सेन के कहीं रहने का इन्तजाम उसी दिन न करने से काम नहीं चलनेवाला था, क्योंकि उतने बड़े शहर कलकत्ते में सुधा एकदम असहाय थी। एक रात भी कहीं उसके लिए सिर छुपाने की जगह नहीं थी।

सुधा सेन के चेहरे की तरफ देखा। वह मुझे बड़ी दयनीय लगी। पता नहीं, ऐसा स्वास्थ्य लेकर उसने कैसे बी.ए. पास किया, इतने दिन तक सप्लाई दफ्तर के एकाउण्ट्स सेक्शन में अस्सी रुपये की नौकरी की। सुना था, उसका बचपन बीता है गाँव-देहात में। बचपन याने मैट्रिक तक उसने गाँव में रहकर पढ़ाई की थी। भाभी ने कहा था, 'बड़ी कंजूस लड़की है, किसी तरह पैसा खर्च नहीं करेगी, दिनभर में सात-आठ बार चाय पीकर काम चला लेगी।'

ट्राम आ चुकी थी।

मोहित बोला, 'हाँ, एक और जगह याद आयी। गोआबगान में लड़कियों का एक बोर्डिङ्ग है, एक बार वहाँ कोशिश करके देख सकते हो, शायद जगह मिल जाय–'

ट्राम में बैठकर, जेब से नोट-बुक निकालकर उसमें पता लिख लिया। कहाँ बालीगंज, कहाँ गोआबगान और कहाँ हैरीसन रोड। अन्त तक अगर कहीं जगह न मिली तो मुझे क्या करना होगा, मैं समझ नहीं पाया। लेकिन सुधा सेन के चेहरे की तरफ देखकर सचमुच दया आ रही थी।

एक दिन भाभी कह रही थीं, 'ऑफिस में कभी कुछ नहीं खायेगी, जब बहुत भूख लगेगी तब सिर्फ एक कप चाय–इसीलिए तो ऐसी सेहत है।'

बैठने की जगह मिल गयी थी। सुधा सेन खिड़की से सटकर बैठी थी।

मैंने कहा, 'भाभी कह रही थीं कि आपके एक भाई कलकत्ते में रहते हैं–'

सुधा सेन बोली, 'एक नहीं, दो भाई–दोनों दो जगह रहते हैं।'

'आपके सगे भाई? तो आप उनके पास किसी तरह–'

सुधा सेन बाहर की तरफ देखती हुई बोली, 'ट्यूशन छूट जाने के बाद से मैं भाइयों के पास हूँ!'

'क्या आप ट्यूशन भी करती थीं?'

सुधा सेन बोली, 'वहीं तो कई साल रहती रही। मेरा सूटकेस अभी तक उस घर में पड़ा है। एक छोटे बच्चे को पढ़ाती थी। लेकिन उन लोगों ने नोटिस दे दी। लड़का बड़ा हो गया है, अब उसे मर्द ट्यूटर पढ़ाया करेगा। वे आदमी बड़े भले हैं। मुझे उन लोगों ने एक महीने की नोटिस दी थी। कहा था, इस एक महीने में आप कहीं कोई कमरा ढूँढ़ लीजिये।'

'फिर?'

'फिर क्या, एक महीना देखते-देखते बीत गया। कमरा मिला न हो, ऐसी बात नहीं है। लेकिन वे कमरे औरतों के रहने लायक नहीं थे। फिर किसी-किसी मकान मालिक ने इतना किराया माँगा कि क्या बताऊँ! मुझे तो अस्सी रुपये तनख्वाह मिलती है, उसमें से गाँव में माँ को क्या भेजती और अपना खर्च कैसे चलाती?'

अन्दाजा लगाया, सुधा सेन दिनभर दफ्तर में नौकरी और सुबह-शाम ट्यूशन करने के बाद कमरा ढूँढ़ने निकलती है–श्यामबाजार, बहूबाजार, टाला और टालीगंज। जहाँ भी थोड़ी जान-पहचान की गुंजाइश होती, वहीं पता लगाती। फिर ट्राम में कैसी भयानक भीड़ रहती है! उस भीड़ में मर्दों का दम घुटने लगता है, सुधा सेन को तो दबकर मर जाना चाहिए! धक्का खाकर सड़क पर लुढ़क जाना चाहिए। शायद अनेक बार ऐसा हो भी चुका होगा। सौन्दर्य का आभिजात्य रहने पर लोग फिर भी जरा इज्जत करते हैं, खातिर करते हैं। सुधा सेन को वह भी नसीब नहीं है। अभी उस दिन देखा था, भरी बस में चढ़ते समय एक की आँखों का सनग्लास छिटककर सड़क पर गिरा और

चूर-चूर हो गया। सड़क की भीड़ में लड़कियों को कितना अपमान सहना पड़ता है, उसके बारे में सुधा सेन क्या जबान खोल पायेगी?

मैंने कहा, 'मान लीजिये, आज अगर कोई इन्तजाम नहीं हुआ तो क्या होगा?

'तो क्या होगा?—' कहकर सुधा सेन सोचने लगी।

'आप मेरे लिये कोई-न-कोई इन्तजाम कर दीजिये। आप जरूर कोई इन्तजाम कर सकेंगे। आपकी भाभी से सुना है कि बहुत-सारे लोगों से आपकी जान-पहचान है।' सुधा सेन ने मेरी आँखों में आँखें डालकर कहा।

हम लेडीज सीट पर बैठे थे। इस बीच एक महिला के आ जाने से मुझे जगह छोड़कर खड़ा होना पड़ा! मुझे जैसे राहत मिल गयी।

भाभी ने कहा था, 'बड़ी चंचल लड़की है, आज इस दफ्तर की नौकरी छोड़ेगी तो कल उस दफ्तर की। इसे तो बस तरक्की कैसे होगी, ज्यादा रुपये कैसे इकट्ठा कर सकेगी, इसी की फिक्र लगी रहती है। खायेगी कुछ नहीं। पैसा मानो इसके बदन का खून है।'

सुधा सेन की बगल में जो लड़की आकर बैठी वह पंजाबी थी। सुधा सेन उसके मुकाबले में बहुत छोटी लग रही थी। सुधा सेन को देखकर सचमुच मन में दया नहीं आती, दुःख नहीं होता, हँसी छूटती है। सप्लाई दफ्तर की दूसरी लड़कियाँ भी मैंने देखी हैं। बहुत-सी शादीशुदा औरतें हैं, पाँच-छह बच्चों की माएँ, सभी तो नौकरी करती हैं। किसी-किसी के लिए नौकरी की जरूरत नहीं, सिर्फ शौक होती है—उन्हें भी देखा है। साज-सिंगार, कपड़े-लत्ते से लेकर सिनेमा-थियेटर-रेस्तराँ, सब उस पैसे से चलता। धरमतल्ले के उस होटल में दोपहर को लड़कियों की भीड़ के मारे जाया नहीं जाता। लेकिन सुधा सेन जैसी लड़की सचमुच पहले कभी दिखायी नहीं पड़ी। वैसी मरियल लड़की मैंने कभी नहीं देखी थी। एक बाईस साल की लड़की की सेहत ऐसी कैसे हो गयी थी? सुधा सेन जब चलती थी, तब लगता था मानो वह अपने कान के हलके झुमके की तरह तिर-तिर हिल रही है। उसे चलना कभी नहीं कहा जा सकता।

दो जनों के लिए दो टिकट मैंने ही खरीदे थे। लेकिन सुधा सेन को इस बारे में कोई खास परेशानी नहीं थी। टिकट खरीदे गये या नहीं, यह सवाल उसके मन में पैदा हो नहीं सकता था।

धरमतल्ले के मोड़ पर ट्राम से उतरना पड़ा। यहाँ दूसरी ट्राम में चढ़ना था। श्यामबाजारवाली ट्राम में चढ़कर मैंने पूछा, 'पहले कहाँ चलेंगी? गोआबगान या पोस्टग्रैजुएट बोर्डिङ्ग?'

सुधा सेन ने कहा, 'पहले सियालदह चला जाय। सुना है, वहाँ मेरे छोटे भैया रहते हैं।'

मैंने पूछा, 'और आपके बड़े भैया? वे कहाँ रहते हैं?'

सुधा सेन बोली, बड़े भैया के घर ही तो रात को सोती हूँ, लेकिन वहाँ रात के बारह बजे से पहले जाने का हुक्म नहीं है, फिर रात का धुँधलका रहते-रहते सबकी नींद खुलने से पहले ही उठकर बाहर निकल आना पड़ता है।'

'क्यों!' सुधा सेन की बात सुनकर स्वभावतः हैरत हुई।

तथा सुधा सेन ने जो कुछ बताया था, वह सुनकर मैं और भी आश्चर्य में पड़ गया था। सुधा सेन के बड़े भाई ने शादी के बाद बीवी को लेकर फड़ेपोखर में घर बसाया था। वहाँ रहने लायक जगह काफी थी। एक कमरा हमेशा खाली पड़ा रहता था। बड़े भैया बड़े सीधे थे। लेकिन किसी के मुँह पर कुछ कह नहीं सकते थे। शुरू-शुरू में बड़े भाई सुधा सेन के दफ्तर में जाकर बहन का हालचाल पूछते थे। रुपये-पैसे की मदद की जरूरत सुधा सेन को कभी नहीं पड़ी। फिर भी भाभी अपने घर में उसे किसी तरह कदम रखने नहीं देती थी। लेकिन बड़े भाई छोटी बहन को बहुत प्यार करते थे। जब भाभी सो जाती थी, तब रात के बारह बजे के बाद बड़े भाई चुपके से उठकर दरवाजा खोल देते थे। दबे पाँव, बत्ती जलाये बिना सुधा सेन अपने कमरे में जाकर लेट जाती थी। फिर दूसरे दिन तड़के ही, सबके जागने से पहले ही उसे चुपचाप सड़क पर निकल जाना पड़ता था।

मैंने पूछा, 'उसके बाद नहाना, खाना, यह सब?'

सुधा सेन ने कहा, 'इतने दिन छोटे भैया के यहाँ नहाती थी। छोटे भैया अपने दोस्तों के साथ रहते थे। उनके कई दोस्त बहूबाजार में एक मेस बनाकर रहते हैं। इतने दिन वही लोग एतराज करते आ रहे थे। सबेरे सबको दफ्तर जाने की जल्दी रहती और उस समय मैं बाथरूम में जाती तो उन लोगों को दिक्कत होती थी।'

मैंने पूछा, 'सोना, नहाना, यह सब तो हुआ– लेकिन खाना?'

'खाने के लिए क्या फिक्र करना? खाये बिना चल सकता है!' सुधा सेन मुस्करायी।

भाभी ने ठीक कहा था–लड़की है बड़ी कंजूस। कुछ नहीं खायेगी, और खाने के नाम पर सिर्फ चाय पियेगी। एक कप चाय के बाद फिर दूसरा कप। ऐसे खा खूब सकती है। लेकिन खायेगी तो ज्यादा-से-ज्यादा समोसा, कचौड़ी, नहीं तो बैंगनी और तेल में तली पकौड़ी। कभी-कभी वह सब तेल में तली चीजें खाकर पूरा दिन बिता देती है। किसी-किसी दिन कुछ खाती भी नहीं। पहले-पहल उसको तकलीफ होती थी, लेकिन अब आदत पड़ गयी है। बड़े भैया के घर रात के बारह बजे से पहले कदम रख नहीं सकती, और दफ्तर में छुट्टी पाँच बजे हो जाती है। ये सात घण्टे का समय बिताना बड़ा तकलीफदेह होता है। कर्जन पार्क के जिस हिस्से में चहल-पहल रहती है वहीं बैठकर वक्त काटना सबसे निरापद है। ट्राम में बैठकर एक बार डलहौजी तो दूसरी बार बालीगंज स्टेशन भी जाया जा सकता है, लेकिन इससे बिलावजह कुछ पैसे निकल जाते हैं। कर्जन पार्क की खुली हवा में घास पर बैठे-बैठे दो-चार पैसे की मूँगफली

खरीदकर चबाने से पेट भी भरता है, साफ हवा भी मिलती है और मुफ्त में समय भी कटता है।

सुधा सेन बोली, 'बड़े भैया या छोटे भैया, कोई माँ को रुपये नहीं भेजते। वहाँ मेरा एक और छोटा भाई है, उसका भी खर्च मुझे देना पड़ता है।'

शादी करने से पहले सुधा सेन का बड़ा भाई माँ को रुपया भेजता था। लेकिन इधर भाभी ने मना कर दिया। ससुराल के किसी व्यक्ति को भाभी फूटी आँखों देख नहीं सकती। छोटा भाई बड़े भाई से कोई मतलब नहीं रखता। सुधा सेन मजबूरन रात को बड़े भाई के घर सोने जाती है, लेकिन कहीं भाभी को पता चल जाय तो भैया की खूब खबर ले।

सुधा सेन बोली, 'इतने दिन छोटे भैया मेस में रहते थे, इसलिए सबेरे नहाना या कपड़े धोना हो जाता था। लेकिन दो दिन से वह भी नहीं हो पाया—आज दूसरा दिन है, मैं नहा नहीं सकी।

'क्यों?'

'छोटे भैया मेस छोड़कर सियालदह के किसी बड़े होटल में चले गये हैं। इसलिए कह रही हूँ, पहले सियालदह जाकर छोटे भैया का पता लगाऊँ।'

आखिर सियालदह के मोड़ पर ट्राम से उतरा। सुधा सेन को साथ लिये उस होटल में प्रवेश करते समय मुझे लज्जा और संकोच का अनुभव हुआ।

मैनेजर सुधा सेन के छोटे भैया को पहचान नहीं पाया। बोला, 'अमलेन्दु सेन? नहीं जनाब, इस नाम का यहाँ कोई नहीं रहता।'

सुधा सेन मानो मायूस हो गयी। छोटे भैया के मेस में जाकर उसने सुना था कि वह यहीं ठहरा है।

मैंने कहा, 'क्या यहाँ कोई कमरा मिलेगा? याने एक अलग कमरा, ये रहेंगी।'

मैनेजर ने सुधा सेन की तरफ देखा। न जाने कैसी तिरछी नजर। कम-से-कम सुधा सेन को कोई तिरछी नजर से देख सकता है, यह अनुभव मेरे लिये नया था। इस बीच एक-दो वेटर, चपरासी, कैशियर वगैरह भी आकर आसपास खड़े हो गये थे। सुधा सेन और मेरे बीच उन सबने मानो एक सम्पर्क की कल्पना कर ली हो। यह एहसास मुझे अच्छा नहीं लगा।

कैशियर बोला, 'क्या कहा सर, अमलेन्दु सेन? हाँ, हाँ, वे यहाँ थे, लेकिन अब तो वे...अच्छा, एक बार वहाँ देखिये न, बगल से जो गली गयी है उससे चले जाइये, आखिर में लाल रंग का जो दुमंजिला मकान है, शायद उसी में वे रहते हैं। एक बार उस होटल में कोशिश करके देखिये—'

सबकी सवालिया नजर से बचकर मैं सुधा सेन को साथ लिये बाहर निकल आया। बाहर मुझे आराम मिला। मेरे बारे में उन लोगों ने क्या सोचा, क्या पता? सुधा सेन

भी उन सबका मतलब समझ गयी थी? लेकिन उसका चेहरा देखकर कुछ समझने का उपाय नहीं था। उसका चेहरा पहले जैसा ही भाषाहीन और वर्णहीन था। वैनिटी बैग हाथ में लिये वह जल्दी-जल्दी मेरी बगल में होकर चलने लगी थी।

उसके बाद लाल रंग के दुमंजिले मकान में हमने प्रवेश किया।

मकान कुछ सुनसान लगा। कमरों के आगे ताले लटक रहे थे। छुट्टी का दिन था। शायद सब अपने-अपने घर चले गये थे। रसोईघर के कोने में रसोइया थाली में भात निकालकर खाने का जुगाड़ कर रहा था।

उसी ने कहा, 'अमलेन्दु बाबू? उधर सात नम्बरवाले कमरे में देखिये।'

सात नम्बर कमरा ढूँढ़ने के लिए आगे बढ़ा जनाब ने पता बदला, लेकिन बहन को खबर करने की जरूरत महसूस नहीं की—मुझे यह देखकर न जाने कैसा लगा। सुधा सेन क्या यहाँ रह पायेगी? यह तो एक बाजारू मेस लग रहा है। मैंने मन में सोचा।

एक सज्जन भीगा अँगोछा लपेटे एक बालटी पानी लिये कमरे में जा रहे थे। उन्होंने कहा, 'जी हाँ, इसी कमरे में रहते हैं, लेकिन इस समय वे नहीं हैं। सुबह के निकले हैं, लौटेंगे रात को। फिर नहीं भी लौट सकते हैं। बता गये हैं दूसरे टाइम खाना नहीं खायेंगे।'

मैंने सुधा सेन की तरफ देखा। सुधा सेन ने मेरी तरफ देखा। समझ गया कि छोटे भैया के मिलने की उम्मीद उसने पहले से ही नहीं की थी। सिर्फ छोटे भैया कहाँ रहते हैं यह देखने आयी थी।

निर्विकार सुधा सेन बाहर निकल आयी। मैं भी उसके पीछे हो लिया।

सुधा सेन बोली, 'छोटे भैया के दर्शन नहीं मिलेंगे, यह मैं जानती थी—वह बचपन से ही ऐसा है। दस साल की उम्र में घर से भागकर कलकत्ते आ गया था। माँ को एक खत तक नहीं भेजता।'

सुनकर मैं चुप रहा।

सुधा सेन कहती रही, 'बड़े भैया पर माँ ज्यादा भरोसा करती थीं। जमीन-जायदाद बेचकर पिता जी ने बड़े भैया को पढ़ाया था। वे कहते थे—कमल ही लायक बनेगा।'

मैंने कहा, 'कैसा लायक बना है, यह तो समझ रहा हूँ।'

सुधा सेन बोली, 'बड़े भैया मेरे पढ़ने का खर्च देते थे, माँ को रुपये भेजते थे, लेकिन भाभी के आ जाने के बाद से सब बन्द हो गया है। भाभी मुझसे बहुत जलती है। बड़े भैया ने मेरे जन्म-दिन पर मुझे यह बैग खरीदकर दिया था।'

मैंने कहा, 'तो अब पोस्ट ग्रैजुएट बोर्डिङ्ग में भी पता लगा लिया जाय।'

लगा कि पूरा दिन सुधा सेन के पीछे बीत जायेगा। लेकिन उसे बीच सड़क में छोड़कर जाया भी नहीं जा सकता था। अगर कहीं उसके एक रात के लिए भी रहने

का इन्तजाम हो जाता तो मेरी परेशानी दूर हो जाती। मैंने सोचा, क्या उसके दफ्तर में जो दूसरी लड़कियाँ उसके साथ काम करती हैं, वे उसे शरण नहीं दे सकतीं! क्या पता, सुधा सेन के साथ क्या परेशानी है। जरूर सुधा सेन के चाल-चलन में कहीं कोई ऐब है, जिसकी वजह से उसे अपने दोस्तों, जान-पहचानवालों और रिश्तेदारों से दूर रहना पड़ता है।

भाभी से पूछा था। भाभी ने कहा था, 'बड़ी कंजूस लड़की है, बिना खाये-पिये उसकी तरह किसी और को रहते नहीं देखा।'

मैंने अपने मन में सोचा था, कंजूसी क्या इतना बड़ा गुनाह है कि वह किसी की हमदर्दी प्यार या दोस्ती नहीं पा सकती। जो कंजूसी करता है, वह तो अपने को तकलीफ देता है, अपनी ही सेहत बिगाड़ता है। उससे दूसरों को क्या परेशानी है? ऐसा तो नहीं कि एक साथ एक घर में रहने के लिए बाँट-बिखेरकर रहा न जाय तो किसी की हमदर्दी न मिले। कमलेन्दु को पढ़ाने-लिखाने में सुधा सेन की माँ ने जितना रुपया खर्च किया है, आज अगर वह रहता तो सुधा सेन की हालत कुछ और होती। शायद सुधा सेन भरपेट खाती। शायद उसका स्वास्थ्य ऐसा क्षीण न होता। शायद उसे बी. ए. न पास करना पड़ता और न नौकरी करनी पड़ती। गाँव-घर की और दस लड़कियों की तरह वह भी शादी करके घर बसाती।

पोस्ट ग्रैजुएट बोर्डिङ्ग में बड़ी सख्ती थी।

दुमंजिले के विजिटर्स रूम में बहुत-सी मेजें, कुर्सियाँ और बेंचें पड़ी थीं। वहीं हम दोनों बैठ गये। उस रूम में और भी बहुत-से लड़के और लड़कियाँ बैठे बातें कर रहे थे। पता चला सुपरिण्टेण्डेण्ट की तबीयत ठीक नहीं है, वे नीचे नहीं आयेंगी। मैं बैठा रहा, सुधा सेन खुद उनसे मिलने ऊपर चली गयी।

थोड़ी देर बाद सुधा सेन पहले का-सा निर्विकार चेहरा लिये लौट आयी।

बोली, 'कुछ नहीं हुआ।'

मैं कुर्सी छोड़कर खड़ा हो गया। फिर सुधा सेन के पीछे-पीछे चलता रहा।

फिर? फिर उसके बाद? मैंने घड़ी की तरफ देखा। सुई चक्कर लगाकर एकदम तीन के खाने में पहुँच गयी थी। लेकिन सुधा सेन को तब भी भूख नहीं लगी थी। कम-से-कम, खाने की बात न छेड़ने पर वह खाने का नाम न लेगी यह मैं समझ गया। हम ट्रामवाली सड़क पर आ गये। मेरी तो हिलने की भी इच्छा नहीं हो रही थी। लेकिन उसमें कोई थकावट नहीं थी। मुझे लगा वह इसी तरह आधी रात तक बेमतलब चक्कर लगा सकती है। उसकी तरफ देखकर मैंने पूछा, 'अब?'

सुधा सेन ने मेरी तरफ देखकर कहा, 'बताइये अब क्या किया जाय?'

लेकिन अब मानो सचमुच कुछ करने को नहीं रह गया था। मानो वहीं तक आकर पूर्ण विराम लग गया था, परिसमाप्ति हो गयी थी। मानो अब पहिया घूम नहीं सकता।

जैसे हमारे सफर का आखिरी पड़ाव आ गया था। और इसके बाद सिर्फ धूमिल नाउम्मीदी बच रही थी।

भाभी ने कहा था, 'बड़ी चंचल लड़की है और बड़ी जिद्दी, जिस काम के पीछे पड़ जायेगी उसे आखिर तक करके छोड़ेगी। नहाना, खाना सब भूल जायेगी। विचित्र लड़की है।'

अन्त तक मुझे कहना पड़ा, 'चलिये, कुछ खा लिया जाय।'

सुधा सेन ने एतराज नहीं किया। बोली, 'चलिये।'

एक अच्छा-सा रेस्तराँ देखकर हम अन्दर गये। अन्दर बहुत-सारे लोग थे। सुधा सेन को लेकर वहाँ पहुँचते ही चारों तरफ से सबकी निगाहें हम पर टिक गयीं। किसी परिचित की निगाह का ज्यादा डर था, वैसे कोई परेशानी नहीं थी। मगर सुधा सेन के लिए हर किसी को परेशान होना पड़ता। उसकी शक्ल-सूरत ही ऐसी थी कि सबकी आँखें बरबस उसकी तरफ खिंच जाती थीं।

सुधा सेन को लेकर किसी तरह एक केबिन में दाखिल हो गया। परदा आधा खींच दिया।

कोई औरत किसी मर्द के सामने इस तरह भुक्खड़ की तरह खा सकती है, यह मैं उस दिन सुधा सेन को केबिन में बैठकर खाते न देखता तो कभी यकीन न करता। मुझे लगा, जैसे सवेरे नींद खुलने के बाद से उसने कुछ नहीं खाया है। शायद पास में पैसे नहीं होंगे। कब के मुँह अँधेरे, भाभी के जगाने से पहले बड़े भैया के मकान से निकली हैं, शायद उसके बाद उसने किसी दुकान से एक कप चाय भी नहीं पी होगी। मेरे घर जब वह आयी थी तब सुबह के साढ़े दस बजे थे। उसके बाद यह तीसरा पहर हो गया था, तीन बज चुके थे। सोचा, सचमुच इस लड़की में ताकत है। खैर, वह सब-कुछ भूलकर खाये जा रही थी और कनखियों से मैं उसे देखता जा रहा था। अकाल के दिनों में भूखे, दम तोड़ते हुए भिखारियों का खाना देखा था, लेकिन वह और तरह का था। लेकिन इसका खाना? बी. ए. पास कर चुकी है, एम. ए. का प्राइवेट इम्तहान देने जा रही है, ऐसी एक पढ़ी-लिखी लड़की के खाने का ढंग क्यों ऐसा कदर्य और कुत्सित हुआ? मेरा मन गहराई तक घृणा से भर गया। खैर, उसके खा लेने के बाद चुपचाप मैंने तीन रुपये का बिल चुका दिया।

फिर उसने कहा, 'चलिये।'

सुधा सेन शायद और भी खा सकती थी। उसने मानो उस दिन हफ्ते भर का खाना एक बार में खाने का निश्चय कर लिया था। किन्तु सड़क पर आते ही मुझे उस पर दया आ गयी। सुधा सेन ने परिमाण में बहुत अधिक खाया हो ऐसी बात नहीं थी, लेकिन उसके खाने का ढंग बहुत बुरा लगा था।

उसके बाद मानो सुधा सेन में काफी शक्ति आ गयी थी, बोली, 'चलिये, एक बार गोआबगान में आखिरी कोशिश करके देखा जाय।'

मोहित ने जो पता दिया था उसके बारे में मैं भूल गया था। नोट-बुक में पता लिखा था। अब आखिरी कोशिश करके देखना था। सिवाय उसके और कहीं जगह मिलने की उम्मीद नहीं थी। मन में सोचा, अगर इस बार भी लौटना पड़ा तो फिर कोई सहारा नहीं रह जायेगा।

सुधा सेन ने कहा, 'चलिये ट्राम में बैठा जाय।'

कॉलेज स्ट्रीट के मोड़ से गोआबगान दस मिनट का रास्ता था। ट्राम में खूब भीड़ थी। लेकिन न जाने क्यों लोगों ने सुधा सेन को देखते ही रास्ता छोड़ दिया। लेडीज सीटें भरी थीं। एक पुरुष यात्री सुधा सेन के लिए सीट छोड़कर खड़ा हो गया। सुधा सेन की कमजोर काठी देखकर दया से द्रवित होना स्वाभाविक ही था। मन में आया, ट्राम की भीड़ में सुधा सेन को छोड़कर भाग निकलूँ। अपने लिये जगह की तलाश वह खुद करती फिरे। उसके भी कुछ पैसे खर्च हों। फिर पढ़ी-लिखी लड़की है—सड़क पर रात नहीं बितायेगी। रात के बारह बजे तक किसी तरह सड़कों पर घूम-घामकर फिर रोज की तरह बड़े भैया के मकान में जाकर सो जायेगी।

सुधा सेन के बड़े भैया भले आदमी हैं, वे ठीक रात के बारह बजे अपनी पत्नी से छिपाकर दरवाजे की जंजीर खोल देंगे। फिर यह कोई मेरा सिरदर्द नहीं है! मैं अपना सारा कामकाज छोड़कर क्यों बेकार उसके पीछे-पीछे दौड़ता फिरूँ? मुझे क्या गरज पड़ी है! वह मेरी कोई सगी नहीं है। ऐसी कितनी अनगिनत लड़कियाँ कलकत्ते की सड़कों पर चक्कर काटा करती हैं! और परेशानी? परेशानी किसको नहीं है? बी. ए. पास किया है, एम. ए. का प्राइवेट इम्तहान देगी, उसके बाद शायद एक दिन टी. बी. होगी—तब शायद कोई मेहरबानी करके उसे अस्पताल पहुँचा देगा। हो सकता है, कोई फ्री बेड भी मिल जाय। उसके बाद सुधा सेन को कौन याद करेगा? गाँव में माँ मनीआर्डर की आस लगाये महीनों गुजार देगी—रुपये न आने से भाई का स्कूल में पढ़ना बन्द हो जायेगा। बड़े भैया को आधी रात को उठकर दरवाजा नहीं खोलना पड़ेगा। छोटे भैया को तंग करने भी कोई नहीं आयेगा।

सुधा सेन खुद अपनी सीट छोड़कर उठ आयी।

'अब उतरिये। हम गोआबगान आ गये हैं—'

गली के अन्दर मकान ढूँढ़ने में कुछ परेशानी हुई। कोई बात नहीं, मकान मिल गया, यही बहुत था। एक अधपुरानी इमारत का आधा हिस्सा। उस आधे हिस्से में लड़कियों का बोर्डिङ्ग था।

सड़क पर खड़े होकर उसके भीतर जाने का कोई रास्ता ढूँढ़ने लगा।

'सुधा दीदी।'

मैंने पीछे मुड़कर देखा, एक छोटा-सा लड़का सुधा सेन के सामने खड़ा है।

'अरे बीलू, तू! यहाँ कैसे आया?'

हाफ पैण्ट पहने वह छोटा-सा लड़का शायद सुधा सेन को जानता था। मेरी निगाह में सुधा सेन की इज्जत एकाएक कुछ बढ़ गयी। सुधा सेन को कोई पहचानेगा, कोई उसे पहचानकर नाम लेकर पुकारेगा, भले ही वह एक छोटा लड़का क्यों न हो—यह मैं किसी तरह विश्वास न कर सकता था। फिर तो एकदम असहाय नहीं है सुधा सेन। इस कलकत्ता शहर में भी परिचय का स्वर्णसूत्र उसके हाथ लग सकता है। फिर उस सूत्र को वह पकड़कर निरापद आश्रय के सप्तम स्वर्ग में पहुँच सकती है। खैर।

'तू कब कलकत्ते आया रे?'

'बस सात दिन हुए मामा के घर आया हूँ। मैं तो तुम्हें देखते ही पहचान गया सुधा दीदी।' बीलू बोला।

'माँ कैसी हैं?'

उसके बाद मतलब और बेमतलब की बहुत-सारी बातें होने लगीं। सुधा सेन मानो एकाएक बहुत खुश हो गयी। उसके गाँव का लड़का था। बहुत दिनों बाद भेंट हुई थी। मुझे मानो हाथ पर आसमान का चाँद मिल गया। अब किसी तरह सुधा सेन को इस लड़के के जिम्मे कर सकूँ तो निश्चिन्त होकर अपने घर की राह लूँ। सुधा सेन का परिचित होने के कलंक से छुटकारा पाने के लिए मैं यही उपाय सोचता रहा।

सुधा सेन बोली, 'तू यहीं ठहर बीलू, यहाँ अगर कमरा न मिले तो तेरे मामा के घर एक रात के लिए ठहर जाऊँ।'

खैर, इतनी देर बाद आशा की हलकी रोशनी दिखायी पड़ी। मैं सुधा सेन को लेकर बोर्डिङ्गवाली गली में दाखिल हुआ। गली के छोर पर छोटा-सा दरवाजा था। सुधा सेन आगे बढ़ गयी।

'आपके बोर्डिङ्ग के सुपरिण्टेण्डेण्ट से भेंट हो सकती है?'

'वे तो इस समय नहीं हैं। आपको क्या कहना है, मुझसे कहिये।'

अधेड़ उम्र की एक महिला थी। विधवा का वेश। महीन किनारे की धोती पहनी थीं। सिर पर आँचल था। मैं आगे बढ़ गया। सब-कुछ समझाकर बताया। सुधा सेन की मुसीबत का सच्चा सविस्तार वर्णन किया—अगर कहीं रहने का ठिकाना न मिला तो रात कहाँ बितायेगी, इसका कोई ठिकाना नहीं है। सुधा सेन का दुबला-पतला शरीर देखकर महिला के मन में जो कुछ सन्देह था, वह भी मानो दूर हो गया। सुधा सेन विधवा नहीं कुमारी थी, लेकिन उस महिला को लगा कि सुधा सेन एक विधवा से ज्यादा निस्सहाय हैं। सुधा सेन की दुबली-पतली मरियल-सी जिस शक्ल-सूरत ने मेरे मन में नफरत पैदा की थी, उसी ने मानो उस महिला के मन में सहानुभूति उत्पन्न कर दी।

उस महिला ने कहा, 'इस समय तो हमारे यहाँ कोई सीट खाली नहीं है, लेकिन कुछ दिन बाद खाली हो जायेगी।'

फिर जरा रुककर बोलीं, 'फिर भी अगर कहीं रहने की जगह न हो तो कुछ दिन के लिए मैं तुम्हें अपने साथ रहने दे सकती हूँ।'

मैंने चैन की साँस ली। लगा सिर पर से एक भारी बोझ उतर गया। सुधा ने भी आराम की साँस ली। सुधा सेन अपने साथ बिस्तर नहीं लायी थी। वह दूसरे दिन सुबह लाने से भी चल सकता था। सूटकेस छात्र के घर पड़ा था, वह भी कल सुबह लाया जा सकता था। सोचा, इस वक्त आज रातभर के लिए क्या किसी से एक चटाई या फटी दरी नहीं मिलेगी? सुधा सेन को तकिये की जरूरत नहीं पड़ती। सिर के ऊपर छत, चारों तरफ दीवारें और एक फटी चटाई—इससे ज्यादा उसने कभी कुछ नहीं चाहा।

सुधा सेन को वहीं छोड़कर मैं उसके गाँव के उस लड़के के साथ लौट पड़ा था। गली के बाहर आकर मैंने चैन की साँस ली। पहले कभी इस तरह पूरा दिन बरबाद नहीं किया था। खैर, सुधा सेन से आखिर मेरा पीछा छूटा, यह सोचकर मैंने अपने भाग्य को सराहा।

सिर्फ यहीं पर अगर यह घटना खत्म हो जाती तो यह कहानी लिखने की जरूरत न पड़ती। लेकिन घटना-चक्र के आवर्तन से कभी मैं विपरीत चरित्र की एक अन्य लड़की को एक दूसरी पृष्ठभूमि में देख सकूँगा, यह मैं भी कहाँ जानता था?

सुबोध कलकत्ते आया था। नयी दिल्ली का बड़ा कण्ट्रैक्टर सुबोध राय बहुत दिन बाद कलकत्ते आया था।

सुधा सेन को मैं भूल चुका था। याद रखने लायक लड़की वह थी नहीं। बहुत दिन बाद एक बार भाभी से पूछा था, 'तुम्हारी सुधा सेन की क्या खबर है भाभी?'

भाभी ने कहा था, 'तुमसे तो कहा था कि वह नौकरी छोड़कर धनबाद चली गयी है। कहती थी कि वहाँ उसे पाँच रुपये ज्यादा तनख्वाह मिलेगी। दफ्तर की सब लड़कियों ने उसे बहुत समझाया लेकिन वह यहाँ रहने को राजी नहीं हुई। बोली, इस तनख्वाह से किसी तरह पूरा नहीं पड़ रहा है।

सुधा सेन को मैंने बड़ी मुश्किल से रहने के लिए जगह दिलायी थी, बस इतना याद था। लेकिन पाँच रुपये ज्यादा तनख्वाह पाने के लालच में वह कलकत्ता छोड़कर चली जायेगी, यह पहले मालूम होता तो शायद उस दिन मैं उतनी तकलीफ उठाकर कमरा ढूँढ़ने निकलता या नहीं, कह नहीं सकता।

लेकिन मेरे दोस्त सुबोध राय को यह सब परेशानी नहीं थी। सुबोध राय को साल भर में दो-तीन बार कलकत्ते आना पड़ता था और बराबर वह कलकत्ते के नामी होटल में ठहरता था। वहाँ कमरे की कितनी ही कमी क्यों न हो उसको सबसे बढ़िया कमरा मिल जाता था तीसरी मंजिल का सबसे महँगा कमरा जो दक्षिण की तरफ खुलता था।

हवा और रोशनी काफी होती। **कमरे के दक्षिण** की ओर खुलनेवाली बालकनी से सामनेवाला पार्क दिखायी पड़ता—रात-दिन हवा के उमड़ते झोंके आते। कमरे में दो फैन होते। बगल में ही बाथरूम। बाथरूम में गरम पानी का इन्तजाम होता। शावर बाथ। मोजैक का फर्श। दो नौकर हर घड़ी अटेण्ड करते। होटल की सर्वोत्तम सुख-सुविधाएँ केवल उस कमरे में होतीं। इस सबके लिए जो चार्ज किया जाता था, कण्ट्रैक्टर सुबोध राय के लिए वह कुछ नहीं था। स्पेशल चार्ज के कारण वह कमरा ऐसे भी अक्सर खाली पड़ा रहता था।

आदतन मैं सीढ़ी से सीधे तिमंजिले में पहुँचा था। छुट्टी का दिन देखकर ही गया था। लेकिन परिचित कमरे के सामने जाकर एकाएक रुकना पड़ा।'

'किससे मिलना है साहब?' एक चपरासी बैठा था, मुझे देखकर खड़ा हो गया।

'सुबोध राय। जो दिल्ली से आये हैं।'

'वे दुमंजिले के कमरे में हैं, वहीं जाकर पता कीजिये।' चपरासी बोला।

'इस समय कमरे में कौन है?' मैंने पूछा।

'मेम साहब।'

मेम साहब! मानो अपने को मैंने धिक्कृत और अपमानित महसूस किया। लगा—जैसे सुबोध राय को अपने अधिकार से वंचित कर उसे उस कमरे से गर्दन पकड़कर निकाल दिया गया हो।

नीचे जाते ही भेंट हो गयी। कहा, 'यह क्या? क्या हुआ? इस कमरे में?'

सुबोध राय का चेहरा देखकर लगा कि वह भी कम नाराज नहीं है।

सुबोध बोला, ''पता नहीं, कौन एक अमीर घर की लड़की आयी है—उस कमरे में है।'

'बंगाली है?' मैंने पूछा।

'हाँ, सुना तो है, बंगाली है। दोनों हाथों से पैसा लुटा रही है। नौकर-चाकर, चपरासी, बेयरा, सबको बख्शिश देकर अपनी मुट्ठी में कर लिया है। जितने भी बढ़िया डिशेज हैं सबका आर्डर दे रही है। एक दिन सबेरे ब्रेकफास्ट में अण्डा बासी था तो कम्प्लेन किया। सिर्फ यही नहीं, ब्रेकफास्ट, लंच, डिनर, कहीं जरा-सी कमी रही कि शोर-गुल मचा देती है। दो-चार को इस बीच फाइन हो गया है। मैनेजर से जमादार तक सब उसके डर से काँपते रहते हैं। कहीं जरा भी कमी न रह जाय, इस पर सबका ध्यान है। एक दिन गेट पर दरबान सलाम करना भूल गया तो उसका जुर्माना हो गया। अब यह बात होटल के मालिक के कान तक न पहुँचे, मैनेजर इसी की कोशिश कर रहा है। क्योंकि अब तक जो कुछ भूल-चूक हो चुकी है, वह सब मालिक को मालूम हो जाय तो मैनेजर की नौकरी को लेकर खींचतान शुरू हो सकती है।'

दो-एक ने कहा, 'किसी रियासत की छोटी रानी छिपकर यहाँ आयी है।'

सुबोध ने कहा, 'अभी तक उस लड़की को देखा नहीं। शादीशुदा है कि नहीं, यह भी नहीं जानता—लेकिन खाती बहुत है—सवेरे सोकर उठते ही देखता हूँ वेटर लोग सीढ़ी से डिश-पर-डिश लिये चले जा रहे हैं। डिनर भी तीन कोर्स में पूरा नहीं पड़ता।'

मुझे बहुत दिन पहले की सुधा सेन याद आ गयी। सुधा सेन खाती नहीं थी। खाने के लिए उसके पास जगह नहीं थी। इसके अलावा उसके पास पैसे नहीं थे। फिर रेस्तराँ के केबिन में भुक्खड़ की तरह उसका वह खाना उस दिन मुझे बहुत बुरा लगा था, याद है।

देखा, होटल के नौकर-चाकरों में जरा ज्यादा चुस्ती आ गयी है। बेमतलब हो-हल्ला नहीं है। ऊपर से नीचे तक सीढ़ी धोयी-पोंछी गयी है—चारों तरफ साफ-सुथरा, लकदक—मानो सब-कुछ चमक रहा है। पाम, आर्किड और फूल के पौधों के कई गमलों से पूरी इमारत को सजाया गया है। पता नहीं, कौन आ गयी है कि उसके लिए इतनी दौड़धूप, इतना सारा इन्तजाम!

सुबोध राय से मिलने मैं दो-चार बार उस होटल में गया था, लेकिन उस दिन पहली बार उसे देखा और देखकर हैरान रह गया। दारा का कटा हुआ सिर देखकर शायद शाहजहाँ भी इतना आश्चर्यचकित न हुआ होगा।

सुधा सेन!

सुधा सेन के पीछे दो वेटर चल रहे थे। सीढ़ी के आसपास होटल के जो कर्मचारी थे, वे खड़े होकर सलाम ठोंकने लगे।

झट मैंने अपने को आड़ में कर लिया। मेरे विस्मय का ओर-छोर न रहा। वही सुधा सेन। वही मरियल-सी लड़की। जो भूखों रहकर, खाना बचाकर पैसे जोड़ती थी। जो सिर छिपाने की थोड़ी-सी जगह के लिए सारा शहर छान डालती थी। जो रात के बारह बजे बड़े भैया के घर जाकर चोरी-छिपे सोती थी और छोटे भैया के मेस में जाकर नहाती थी। एक बार लगा, गलत तो नहीं देख रहा हूँ। मेरी सारी अकल मानो बेतरतीब होकर उलझ गयी।

दूसरे दिन भाभी के घर गया था।

इधर-उधर की बातों के बाद कहा था, 'आपकी उस सुधा सेन की क्या खबर है भाभी?'

भाभी ने कहा, 'आज एकाएक सुधा के बारे में क्यों पूछ रहे हो?'

मैं बोला, 'ऐसे ही। आज ट्राम में सुधा सेन की तरह एक लड़की को देखा इसलिए पूछ रहा हूँ। उस बार आपने कहा था न कि वह धनबाद चली गयी है। पश्चिम में जाकर कुछ मोटी हुई कि नहीं? कोई खबर मिली?'

भाभी कुछ बता नहीं पायी। समझ गया, सुधा सेन ने किसी को खबर नहीं भेजी है।

सात-आठ दिन बाद एक दिन शाम को मैं उस होटल में पहुँचा तो देखा, सामने सुधा सेन खड़ी है। लेकिन उसकी निगाह से बचने से पहले ही उसने मुझे देख लिया।

मुझे देखकर सुधा सेन कम आश्चर्यचकित नहीं हुई। उसके चारों तरफ नौकर-चाकर और बेयरा-चपरासियों की भीड़ लगी थी। सभी बख्शिश पाने के लिए बेचैन थे।

सुधा सेन को देखकर लगा कि वह होटल छोड़कर जा रही है। सूटकेस, बिस्तर, बक्सा सब सामने रखा हुआ था। टैक्सी आ चुकी थी।

सुधा सेन सबको बख्शिश देकर एक किनारे हट आयी और मुझसे धीरे-से बोली, 'आपसे भेंट हो गयी, बहुत अच्छा हुआ। इस वक्त मुझे आपकी बहुत जरूरत है।'

फिर सामान ठीक-ठाक है कि नहीं देखकर सुधा सेन ने मुझसे कहा, 'आइये।'

सुधा सेन टैक्सी में जाकर बैठ गयी। मैं भी उसके पीछे-पीछे चलकर टैक्सी में जाकर बैठ गया। पता नहीं, कहाँ जानेवाली थी सुधा सेन। मुझे भाभी की बात याद आयी। उसने सचमुच बैलेन्स खो दिया है या लड़ाई की बदौलत किसी अज्ञात कारण से बहुत रुपये उसके हाथ लगे हैं, मैं समझ नहीं पाया।

टैक्सी चलने लगी तो सुधा सेन ने मेरी तरफ देखकर कहा, 'आप मुझे बचाइये।'

मैंने विस्मित होकर उसके चेहरे की तरफ देखा। लेकिन कुछ समझ नहीं पाया कि वह क्या कहना चाहती है।

वह फिर बोली, 'एक रात के लिए कहीं मेरे रहने का इन्तजाम कर दीजिये, अब मेरा कहीं रहने का ठिकाना नहीं है।'

फिर भी मैं कुछ समझ नहीं पाया। इतनी शान-शौकत बख्शिश देने की धूम, बहुत बड़े होटल में सबसे बढ़िया कमरा लेकर रहना, ऐसा ब्रेकफास्ट, लंच, डिनर, यह सब किसलिए...

सुधा सेन बोली, 'आपको सब-कुछ खोलकर बता रही हूँ। आप मेरी बातों पर विश्वास कीजिये। इस समय मेरे पास एक पैसा नहीं है। इतने दिनों तक भूखों रहकर जो कुछ इकट्ठा किया था, सब खर्च हो गया है। आज मैं फिर असहाय हूँ। यह टैक्सी किराये पर ली है, लेकिन कहाँ जाऊँ, इसका कोई ठिकाना नहीं है।'

मेरे सिर पर मानो गाज गिरी। मैं बेजान आँखों से सुधा सेन की तरफ देखता रहा। क्या मैं फिर सुधा सेन के लिए कोई जगह ढूँढ़ने चला हूँ? क्या मैं फिर फिजूलखर्च सुधा सेन के लिए हॉस्टल, मेस और बोर्डिङ्ग का दरवाजा खटखटाने चला हूँ? उसके बाद इस टैक्सी का किराया क्या मुझको ही चुकाना पड़ेगा?

सुधा सेन ने अपनी सींक-जैसी उँगलियों से मेरा हाथ दबाया, मेरे लिये जगह का इन्तजाम आपको करना ही पड़ेगा। आपने पिछली बार कहा था न कि आपका कोई दोस्त है—चलिये न उसी के पास—अगर मुझे रहने दे।'

पिछली बार मैंने जरूर ऐसे कहा था। लेकिन सुखेन्दु तो कहीं पास में नहीं रहता। बेलगाछिया के एकदम आखिरी छोर पर उसका मकान था। इसके अलावा एक झुण्ड बाल-बच्चों के साथ उसकी एक दीदी के आने की बात थी। सोचा, अगर वे सब आ गये हों तो क्या वहाँ जगह मिल सकेगी! गुस्से से, अफसोस से और तौहीनी से मेरा मन गहराई तक विषैला हो गया।

सुधा सेन का हाथ छुड़ाकर मैंने कहा, 'अच्छा चलिये, देखता हूँ—'

टैक्सी चलने लगी। मानो हवा में उड़ने लगी। सुधा सेन की लटें उड़-उड़कर उसके साँवले चेहरे पर पड़ने लगीं। पता नहीं, इस चलने का कहाँ अन्त होगा? यह भी नहीं मालूम कि अन्त तक उसे वहाँ आश्रय मिलेगा या नहीं। कॉलेज स्ट्रीट, कार्नवालिस स्ट्रीट पार कर टैक्सी दाहिने तरफ मुड़ी। बेलगाछिया का पुल पारकर और भी अन्दर जाकर टैक्सी एक गली के सामने खड़ी हो गयी।

टैक्सी से उतरकर मैंने कहा, 'आप बैठिये, मैं पता लगाकर आता हूँ।'

अँधेरी गली। गली के आखिरी छोर पर मकान था। उस वक्त रात ज्यादा नहीं हुई थी। निर्दिष्ट मकान के सामने पहुँचते ही अन्दर से छोटे-छोटे बच्चों का चिल्ल-पों सुनायी पड़ा। सोचा, इस घर में तो कोई छोटा बच्चा नहीं है। फिर क्या सुखेन्दु की दीदी ससुराल से आ गयी है? आवाज लगाऊँ या नहीं, मैं सोचने लगा। हो सकता है सुधा सेन का भला हो जाय। लेकिन मेरा मन अन्दर-ही-अन्दर खिंच गया। सुधा सेन फिजूलखर्च है, इसका सबूत मुझे अच्छी तरह मिल चुका है। इसलिए मैंने अपने दोस्त को आवाज नहीं दी, गली के इस छोर पर खड़ी टैक्सी के पास लौटा भी नहीं। मैं गली के उस छोर से बाहर निकल गया। यहाँ एक बराबर की चौड़ी सड़क मिलती थी। फिर उधर से घूमकर बगैर इधर-उधर देखे मैं धरमतल्लावाली ट्राम में चढ़ गया। उसके बाद चलती हुई ट्राम की भीड़ में एक कोने में अपने-आपको छिपाकर मैं आराम से खड़ा हो गया। बैठी रहे सुधा सेन टैक्सी में! टैक्सी का किराया न दे सके तो मेरा क्या आता-जाता है। टैक्सी में बैठकर मेरा इन्तजार करती हुई सुधा सेन घड़ियों की पगचाप गिनती रहे, मैं तब तक घर पहुँचकर निडर आराम से निविड़ नींद की गोद में अपने को ढील़ा छोड़ दूँगा। सुधा सेन के लिए मैं इतना सिरदर्द क्यों मोल लूँ।

कई दिन बाद भाभी से सुधा सेन के बारे में पूछा तो उन्होंने कहा कि एक दिन रात के बारह बजे सुधा सेन अचानक टैक्सी से आ पहुँची थी। रातभर सीढ़ी के नीचेवाले कमरे में रहकर सबेरे ही कहीं चली गयी—कहाँ जा रही है यह बताकर नहीं गयी। सुधा सेन की नौकरी भी दफ्तर से छूट चुकी थी।

सुधा सेन! सोचते ही सुधा सेन का चेहरा याद आता। सूखा-सा स्वास्थ्यहीन चेहरा, निष्प्रभ दृष्टि, शायद कलकत्ता शहर की जनता की भीड़ में वह फिर खो गयी है। नहीं तो अपने गाँव लौट गयी है—माँ की निर्भर योग्य सुरक्षित शरण के साये में। शहर की अशान्त प्रतिस्पर्द्धा की क्लान्ति से बहुत दूर—जहाँ निर्बाध मैदान, क्षितिज तक फैला आकाश और स्नेह-कोमल छाया-निविड़ नीड़ है। चारदीवारों के घेरे में, छत के नीचे, जहाँ शरीर दुर्बल और आयु क्षीण नहीं होती। सुधा सेन सचमुच वहीं लौट गयी है या नहीं, कौन कह सकता है?

उसके बाद मैंने सोच लिया कि सुधा सेन मेरे जीवन से हमेशा के लिए खो गयी है। सोच लिया कि उस अध्याय पर शायद वही पूर्ण विराम पड़ गया।

सोना दीदी को यह किस्सा बताया था। सोना दीदी ने कहा था, 'सुधा सेन को लेकर अभी तेरा उपन्यास नहीं बनेगा, यह तो तूने उसका एक पहलू देखा है, उसका एक और पहलू भी है जिसे तू अभी देख नहीं पाया—'

लेकिन उस दिन सुधा सेन खो नहीं गयी थी। याद है, उस घटना के कितने ही साल बाद उसने अचानक मेरे पास चिट्ठी भेजी थी। लिखा था, 'फागुन की सत्रह तारीख को मेरी शादी है, आपको जरूर आना पड़ेगा।'

चिट्ठी पढ़कर थोड़ी देर के लिए मैं अवाक् रह गया था। बजाय इसके अगर मुझे कोई चाबुक से मारता तो मैं इतना हैरान न होता। मुझे अपने जीवन में कभी किसी लड़की से इस तरह अपमानित नहीं होना पड़ा था, आज सिर्फ इतना ही याद है।

याद है, इसके बाद एक कहानी सोना दीदी को सुनाये बगैर ही लिख डाली थी। मेरे मकान के पास रहनेवाली अलका पाल। देखता था, अलका पाल ट्यूशन कर रही है, साथ ही स्कूल में नौकरी कर रही है। उसे देखकर मेरे मन में दया आती थी। लगता था कि उसकी जिन्दगी में कभी कोई अतिथि भूल से भी नहीं आयेगा। सुधा सेन की तरह वह भी इस दुनिया में रहने का कोई माने नहीं रखती।

लेकिन उस अलका पाल के मकान के सामने एक दिन देखा कि एक बड़ी-सी मोटरकार खड़ी है। और उसके अन्दर मेरे बड़े भैया की उम्र का एक युवक बैठा है।

न जाने क्यों मैं आश्चर्य में पड़ गया था। लेकिन शायद दो ही दिन उस गाड़ी को वहाँ खड़ा देखा था।

उसके बाद फिर कभी अलका पाल के बारे में मेरे मन में कोई प्रश्न पैदा नहीं हुआ था। सुधा सेन के जीवन में यौवन कभी आया था या नहीं, कौन कह सकता है? कम-से-कम मेरी आँखों में उसका यौवन कभी दिखायी नहीं पड़ा था। लेकिन अलका पाल के जीवन में शायद वह आया था। और वह भी शायद सिर्फ एक क्षण के लिए! खैर, वही कितनों के जीवन में आता है? वह कहानी जैसे लिखी गयी थी, वैसे ही सुना दूँ—

रोज रात को जिस आवाज से अलका की नींद टूट जाती है—वह आवाज उस दिन भी होने लगी। अलका बिस्तर से उठी। अगर उसे दुबारा नींद आ जाय तो यह उसका सौभाग्य कहना पड़ेगा। इस मुहल्ले में यह मकान हाल ही में किराये पर लिया गया था। चारों तरफ के बाशिन्दों से अभी तक ठीक से परिचय नहीं हुआ था। अपरिचय का आवरण फाड़कर अभी तक उनमें से किसी ने अपने को प्रकाश में नहीं रखा था। लेकिन छत पर चढ़ने से दिखायी पड़ता है कि बगल के एकमंजिले मकान के बरामदे में बहुएँ घर के काम में लगी हैं—अलका को देखकर वे घूँघट काढ़ लेती हैं। शायद वे स्वाधीन औरतों को भी मर्द के बराबर समझती हैं।

जाड़े की रात। जाड़ा बहुत ज्यादा नहीं है, फिर भी चादर ओढ़नी पड़ती है। खिड़की खुली थी। खिड़की से उधरवाली सड़क के पार एक मकान का छत पर का कमरा दिखायी पड़ता, उसके ऊपर आकाश—हलका नीला। कितनी ही रात जागकर अलका ने भोर का नीला धुँधलका देखा है। लेकिन यह आवाज कैसी है! अलका खिड़की के पास गयी। लगा आवाज बगलवाले मकान से आ रही है। स्टोव जलाने की आवाज; लेकिन इतनी रात स्टोव कौन जला रहा है? क्या कोई बीमार है?

'अलका!'

अलका चौंकी। प्रीति जाग गयी है, लेकिन अलका को पता नहीं। अलका बोली, 'क्या तेरी नींद खुल गयी?'

'कल कब लौटी?'

कल रात अलका के लौटने में काफी देर हो गयी थी। कितनी दूर टालीगंज है, मगर वह छोड़ना भी नहीं चाहती। क्लास फाइव की लड़की—लेकिन पढ़ने-लिखने में उसकी ऐसी लगन है यह किसे पता था। उसके बाद ट्यूशन से छुट्टी पाकर थकी देह लिये अलका जब लौटी तब शहर के अधिकांश लोग सो गये थे। बिस्तर के पास फर्श पर खाना ढका पड़ा था। जाड़े में ठण्डा भात खाने में अलका को तकलीफ होती है। घर से माँ की चिट्ठी आयी थी जिसमें सेहत पर निगाह रखने की हिदायत थी। अलका फिर हँसी—सेहत लेकर वह क्या करेगी जो सेहत अपने ही काम न आयी, वह किसके काम आयेगी!

धीरे-धीरे रात का अँधेरा हलका पड़ने लगा। भोर का नीला धुँधलका। आज कोहरा कम है। अलका ने बदन पर एक शाल डाल ली। अब दिन का काम शुरू हो जायगा। ट्यूशन करने दौड़ना पड़ेगा। ट्यूशन से लौटकर स्कूल जाना होगा। स्कूल काफी दूर है—पैदल चलते-चलते थक जाना पड़ता है। खटते-खटते थके बिना काम कैसे चले! घर से माँ की चिट्ठी आयी थी जिसमें उन्होंने सेहत पर ध्यान देने के लिए लिखा था। अलका फिर हँसी। उसकी भी सेहत!

प्रीति बोली, 'कल तुझे कोई ढूँढ़ने आया था, जानती है अलका?'

'कौन था?'

अलका की आँखों से विस्मय झलकने लगा। परिचित और अल्पपरिचितों की भीड़ चीरकर उसकी दृष्टि दूर चली गयी—कौन उसे ढूँढ़ने आया था!

प्रीति बोली, 'उसने तेरा नाम भी लिया—'

अलका आश्चर्य में पड़ गयी—इस मकान का पता तो कोई नहीं जानता! पूछा, 'देखने में कैसा था?'

'उसको देख कहाँ पायी? अँधेरे में खड़ा था। आज सुबह फिर आयेगा, बताकर गया है। सड़क पर गाड़ी खड़ी थी—बहुत बड़ी मोटरकार, और उस मोटर में वह सिर्फ अकेले था।'

अलका ऐसी हैरान रही कि कुछ बोल न सकी। भला उसे ढूँढ़ने कौन कार से आयेगा? जान-पहचानवालों में कार भी किसके पास है? फिर वह भी बहुत बड़ी कार। देखने में अच्छा होगा, यह तो स्वाभाविक है। लेकिन कौन है वह। अलका पर मानो उत्सुकता का नशा छा गया। आज ही आयेगा, आज ही सुबह! सुबह होने में अब देर भी कितनी है। फिर मेरा पता जानता भी कौन है? सुव्रत चौधुरी तो नहीं था; लेकिन वह क्यों आयेगा? फिर कार उसे कहाँ मिलेगी? मर्चेण्ट दफ्तर का किरानी लाटरी का रुपया मिले बिना उसके लिए कार खरीदना सम्भव नहीं है। फिर सुव्रत के घर खानेवाले बहुत हैं—उससे शादी करने पर परेशानी का ओर-छोर नहीं रहेगा। अलका सोचती रही!

प्रीति ने पूछा, 'कौन था अलका?'

अलका ने पलटकर पूछा, 'तुझे नाम नहीं बताया?'

'नाम भला कैसे पूछती?'

जैसे पृथ्वी अनायास चक्कर काटती रहती है वैसे अलका का मन गतिशील हो उठा। बहुत दिन पहले बालीगंज स्टेशन के पास एक जने से परिचय जरूर हुआ था। लेकिन वह सिर्फ परिचय ही था। उससे ज्यादा कुछ नहीं। गन्तव्य स्थल तक पहुँचने से पहले ही कण्डक्टर बस से उतर गया था। उन लोगों ने टिकट नहीं लिया था। किसको टिकट का पैसा दिया जाय वे समझ नहीं पाये। सिर्फ वही दोनों उस समय तक बस में बैठे थे। उस युवक ने कहा था, 'किसको पैसे दूँ बताइये!'

अलका ने कहा था, 'यह तो मैं भी सोच रही हूँ।'

लेकिन बस ड्राइवर ने आकर पैसे ले लिये तो सारी समस्या का समाधान हो गया। बस से उतरकर दोनों में परिचय का आदान-प्रदान हुआ। अलका ने पता दिया था या नहीं, उसे याद नहीं आया। अगर दिया भी हो तो उसे इस मकान का पता कैसे मालूम होगा? उस दिन उस लड़के की शक्ल-सूरत से लगा था कि उसकी माली हालत अच्छी है—लेकिन अलका का पता ढूँढ़कर वह यहाँ क्यों आयेगा?

चारों तरफ के वातावरण में सफेदी और सूखापन। अलका ने शाल अच्छी तरह से बदन में लपेट ली। प्रीति उस समय भी नींद की खुमारी में बिस्तर से लिपटी पड़ी थी। वह भी स्कूल में पढ़ाती है। दोनों ने मिलकर यह मकान किराये पर लिया था। उसके जीवन के किसी भाग में कभी वसन्त का आगमन नहीं हुआ। रूटीन के बँधे-बँधाये ढर्रे पर दोनों के जीवन आबद्ध थे। अवकाश का आनन्द उनके जीवन में खो चुका था। फिर भी अलका मुस्करायी। गाँव से उसकी माँ का पत्र आया था। माँ ने लिखा था—स्वास्थ्य का खयाल रखना। लेकिन स्वास्थ्य लेकर वह क्या करेगी? अगर उसका स्वास्थ्य उसके अपने ही काम न आया तो किसके काम आयेगा?

नौकरानी उस समय जगी नहीं थी। उस समय भी ठीक से सबेरा नहीं हुआ था। इस समय अगर चाय पीने को मिले—

जाय चूल्हे-भाड़ में—पता नहीं कौन आयेगा?

प्रीति फिर सो गयी है।

अलका छत पर गयी। दिन काफी निकल आया है। भोर का नीला धुँधलका अब नहीं है। सब तरफ दिन का काम-काज शुरू हो गया है। बगलवाले मकान के बम्बे से बरतन धोने की आवाज आयी। दूर से स्टीमर की ह्विसल सुनायी पड़ी। छत के इस छोर से उस छोर तक चहलकदमी करते हुए अलका को बड़ा अच्छा लगा। छत के चारों तरफ छाती तक एक ऊँचा पैरापेट है। अच्छा अलका अगर छत से अभी गिर पड़े तो। हालाँकि वह गिर नहीं सकती। लेकिन ऐसी कल्पना करने में क्या हर्ज है। मान लिया जाय कि वह गिर गयी। और गिरने का मतलब है मौत। निश्चित मृत्यु के बाद कोई उसके लिए रो रहा है या उसकी मृत्यु के शोक में डूबकर सचमुच कोई विरह की कविता लिख रहा है—यह सब सोचने में भी बड़ा मजा आता है। सुव्रत चौधुरी से शादी करने में अलका को जरूर आपत्ति है, लेकिन अलका की मौत से वह आजीवन क्वारा रह गया—ऐसा सोचने में भी आनन्द है! सुव्रत की बात याद आते ही एक और बात याद आयी। सुव्रत ने एक दिन कहा था, 'मेरे पास दौलत नहीं है इसलिए सुबूत नहीं दे सकता कि तुमसे कितना प्यार करता हूँ—'

सुव्रत की बातें अच्छी हैं! लेकिन उसके पास दौलत क्यों नहीं है? उसके पास दौलत नहीं है—क्या यह भी अलका का कुसूर है! जिन्दगी का काफी हिस्सा अलका ने गाँव में रह रहे परिवार का पालन करने में बिता दिया—अब कोई ऐसा युवक आये : प्रचुर

धन, अदम्य स्वास्थ्य, अखण्ड आराम और अपरिमित प्रेम का प्राचुर्य लिये—जिसके संग वह निश्चिन्त होकर दिन काट ले! इस जीवन में अब कोई विचित्रता नहीं है—है केवल कल्लोलित फेनायित समुद्र-स्वाद की कटुता। फिर भी क्या यही सोचकर अलका रोने बैठ जायगी—रोना तो बचपना है। क्या वह इतनी कमजोर है! भले ही न प्रेम आये, न शान्ति आये और न सेहत—रवीन्द्रनाथ की वह कविता याद है न? अगर कोई भी न आये तो अकेले चलना होगा। अलका को अकेले ही चलना होगा। इसलिए सुव्रत से शादी करके जिन्दगी को तबाह करने में कोई बुद्धिमानी नहीं है।

कभी-कभी उस मकान की बहू छत पर आती है। उसी से सुना है : इस मकान में पहले भी एक लड़कियों का मेस था। उन लड़कियों में हर एक के नाम बड़े विचित्र थे।

उस मकानवाली बहू कहती है—'उनमें से एक नाचती भी थी, खिड़की में से कितने ही दिन झाँककर देखा है। लेकिन बहन, उनमें घमण्ड तनिक भी नहीं था। कितने ही दिन सब्जी बनाकर भेजी है। वे सब बहुत अच्छी थीं...उसके बाद—'

बहुत बात करती है उस मकानवाली बहू। लेकिन बात ज्यादा देर जम नहीं पाती। इस तरह बात करने से अलका का काम कैसे चले! उसे अभी तीन-तीन ट्यूशन करने जाना है, फिर दोपहर की स्कूल है। गाँव में माँ है, दो छोटे भाई हैं, एक छोटी बहन है। उन सबकी परवरिश उसी को करनी होती है। महीने के शुरू में वे रुपये की आशा में डाकिये की राह देखते रहते हैं। ऐसे बाहर के देखने में बड़ा अच्छा लगता है, रिक्शे से स्कूल जाती है, न किसी के लेने में, न किसी के देने में। लेकिन जिसकी दोनों जेब में सारा घर-संसार भरा रहता है, जिसके आगे-पीछे कोई नहीं होता, उसके लिए जीना और मरना दोनों बराबर है। चहलकदमी करते हुए अलका ने सोचा—उसके जीवन में कोई परम मित्र भी नहीं है, कोई परम शत्रु भी नहीं। अलका का जी चाहता है कि जी भरकर किसी को प्यार करे। किसी के लिए जिन्दगी न्यौछावर कर दे।

सुव्रत चौधुरी की याद आयी! सुव्रत ने एक बार चिट्ठी में लिखा था : जिस दिन मुझे भूल जाओगी, उस दिन सिर्फ मेरी यह बात याद रखना कि प्यार जिन्दगी में एक दारुण अभिशाप है! तुम अगर सुव्रत होती और मैं अलका होता तो तुम समझती कि यह बात कितनी सच है!

सुव्रत कभी सच के सिवा झूठ नहीं बोला। अलका ने सोचा, दर्शन की बातें सभी जानते हैं और सभी वैसी बातें करते हैं, लेकिन उन बातों की कोई कीमत नहीं है। अलका भूखों रहने के लिए इस दुनिया में नहीं आयी। कुछ तुम दोगे, कुछ मैं दूँगी—तभी तो प्यार है! अलका हँस पड़ी। प्यार—यह शब्द याद आते ही अलका को हँसी छूटती है! जीवन भी क्या है—एक फूँक से उड़ाया जा सकता है। पता नहीं, कहाँ से ये बीस साल बीत गये। जिनसे परिचय हुआ, उनमें से कोई न रहा। मानो सब पलभर टिकनेवाले बुलबुले हों। लेकिन सुव्रत ने उसे पता नहीं किन आँखों से देखा है अलका

ने उसके मुँह पर कभी कोई कड़ा शब्द नहीं कहा, यह सच है—लेकिन सुव्रत भी मूर्ख नहीं है, वह सब समझता है। फिर भी अलका को भूलने की ताकत उसमें नहीं है। हजार बार उसे आघात मिलेगा लेकिन वह स्वयं कभी आघात नहीं करेगा। सचमुच सुव्रत को लड़की ही होना चाहिए था।

एक बात सोचकर अलका अनायास हँस पड़ी—नहीं! ऐसा कभी नहीं हो सकता!

बहुत दिन पहले का वह सतीजीवन अलका को याद आया। यूनिवर्सिटी में पढ़ता था। रोज क्लास की छुट्टी के समय कॉलेज के सामने आकर खड़ा रहता था। बड़े आदमी का लड़का था—बातें करता हुआ हॉस्टल तक साथ जाता था। सिर्फ दो महीने का परिचय था। लेकिन उस परिचय को घनिष्ठता में बदलने का मौका न मिला। एक दिन अचानक उसने आना बन्द कर दिया। सुनने में आया था, वह इंग्लैण्ड चला गया है—! लेकिन इतने दिन बाद क्या सतीजीवन ही उसको ढूँढ़ने आया है! एक क्यों, वह चाहे तो दस मोटर खरीद सकता है। अगर वही आज आया तो—?

जैसा बहुतों ने कहा है, वैसा सतीजीवन भी उससे कहता था। पुरानी, गढ़ी गयी सारी बातें! बड़े लोगों के मुँह से वे सब बातें सुनने पर खुशी होती है सिहरन जगती है मन में। अलका ने एक बार उसकी शक्ल याद करने की कोशिश की। कितनी दूर वे बढ़ पाये थे, यह भी आज याद नहीं पड़ता। उस समय अलका कॉलेज की एक मामूली लड़की थी और वह अमीर बाप का, कॉलेज में पढ़नेवाला बेटा था। यह भी चार-पाँच साल पहले की बात है। क्या इतने दिन बाद भी उसने अलका को याद रखा है? नहीं—भला, यह भी कैसे हो सकता है?

'बहन जी।'

अलका पीछे मुड़ी। मुड़ते ही वह चौकन्नी हो गयी—क्या कोई आया है? कोई आया है?'

'नहीं? चाय के लिए पानी चढ़ा दिया है, इसलिए बुलाने आयी थी। हाथ-मुँह धो लीजिये—'

चलो गनीमत है कि कोई नहीं आया। मंगला ने सच में डरा दिया था।

मंगला बोली, 'कल एक बाबू आपको ढूँढ़ने आये थे—दो बार आये थे। मैंने कहा, दीया जलने के बाद बहन जी नहीं रहतीं पढ़ाने चली जाती हैं—'

अलका ने बेचैन होकर पूछा, 'क्यों री, मेरा नाम भी बताया?'

मंगला बोली, 'जी हाँ आपका ही तो नाम लिया। बताकर गये हैं कि आज सुबह फिर आयेंगे।'

अलका के विस्मय की सीमा न रही। पूछा, 'देखने में कैसा था? गोरा, लम्बा और सिर के बाल घुँघराले, है न?'

अलका के वर्णन के साथ आगन्तुक का हुलिया हू-ब-हू मिल गया। मंगला बोली, 'सड़क पर मोटर खड़ी थी—बहुत बड़ी मोटर। साहेबी पोशाक पहने हुए थे—कहाँ बैठने के लिए कहती, इसलिए सुबह आने के लिए कह दिया है।'

अलका बोली, 'अच्छा किया।'

अच्छा किया या बुरा, यह कौन जानता है! लेकिन अलका को लगा—यह कैसे हुआ! सतीजीवन कैसे इस मकान का पता पा गया! पाँच साल—पाँच साल के लम्बे अलगाव के बाद भी क्या कोई इतनी सारी बातें याद रख सकता है? आसपास के मकानों में चहल-पहल शुरू हो गयी थी। पृथ्वी पर कर्म-चंचलता उतर आयी थी।

मंगला बोली, 'आप आइये बहन जी, मैं चाय की केतली उतारने जा रही हूँ।'

एकाएक क्या हो गया, अलका ने प्रातःकालीन सूर्य की तरफ देखकर—जो उसने कभी नहीं किया था—लज्जा, आनन्द, विस्मय और प्रत्याशा से न जाने किसे सम्बोधित कर कहा, शान्ति तुम दे नहीं सकते, आनन्द तुम दे नहीं सकते, फिर भी इस क्षण की प्रशान्ति के उपलक्ष्य में मैं तुमको प्रणाम करती हूँ।'

फिर अपने ही बचपने से अलका खुद लज्जित हो गयी। गनीमत है कि किसी ने नहीं देखा। बेकार की बातें हैं—सब बेकार की बातें हैं! सबसे पहले उसे यह सोचना होगा कि कैसे और ज्यादा रुपये कमाये जायँ। तीन ट्यूशन करके वह कमाती है पैंतालीस रुपये, और स्कूल से साठ रुपये मिलते हैं। इस एक सौ पाँच को बढ़ाकर एक दिन एक सौ दस करना होगा—फिर दस से बीस, बीस से तीस—तीस के अंक के बाद बहुत धीरे-धीरे बढ़ना है! लेकिन वह इतना क्यों सोचती है। अगर किसी को वह मन की सारी बातें बता पाती! सारी—सारी बातें। अगर सुबह-सुबह किसी को टेलीफोन पर भी यह सब बताया जा सकता। उसका कोई दोस्त नहीं है! अभी प्रीति ट्यूशन के लिए दौड़ेगी। जाते वक्त भेंट होगी। लेकिन उस वक्त उसके पास बात करने को फुरसत नहीं रहेगी।

नीचे से मंगला की आवाज आयी, 'बहन जी।'

अलका शंकित हो गयी, क्या वह आ गया?

मंगला ने कहा, 'चाय ठण्डी हो रही है—'

कुछ भी हो—यह सुनकर अलका को चैन मिला। अभी तक नहीं आया। लेकिन अब तो सबेरा हुआ है। अब तो किसी भी समय वह आ पहुँचेगा। अलका जल्दी-जल्दी नीचे चली गयी।

छोटी बहन जी याने प्रीति चली गयी है। प्रतिदिन की जीवनयात्रा के भँवर में उसका चलना-फिरना अलका की तरह सीमित है।

आज सबेरे अलका पढ़ाने नहीं जायगी। कल जो दो बार ढूँढ़ने आया था—आज कहीं उसे लौटना न पड़े। हो सकता है इसमें अलका का ही फायदा हो।

दोनों बिस्तरों को झाड़कर अलका ने करीने से बिछाया। दीवार की अलगनी में साड़ियों और शमीजों का अम्बार था, उनको भी ठीक से रखना पड़ा। ठीक से सफाई न होने से और लापरवाही से कमरा काफी गन्दा लग रहा था। हो सकता है इसी कमरे में उसे बैठाना पड़े। अलका ने खुद झाड़ू लिया। वार्निश उड़ चुकी मेज पर चाय के धब्बे थे। अचानक कमरे का और उसमें रखे सामान का भद्दापन मानो उसकी आँखों में बुरी तरह खटकने लगा। पहले कभी उसे ऐसा नहीं लगा। मोटर में बैठकर जो आता है वह सफाई का खयाल जरूर ज्यादा करता है। और यह स्वाभाविक भी है। माँ का दिया घी का भद्दा मर्तबान बगल के कमरे में छिपाना पड़ा। कमरे की दीवार में जितनी कीलें गड़ी थीं और उनसे जितनी रस्सियाँ लटक रही थीं सबको अपने हाथ से निकालना पड़ा। ऊपर से नीचे तक कहीं भी कमरे में सुरुचि का अभाव न झलके। पाँच साल इंग्लैण्ड में पढ़कर सतीजीवन लौटा है। उसके चेहरे से मेल बैठाकर अलका ने उसके सौन्दर्य-बोध के बारे में एक स्पष्ट धारणा बना ली। याने सब-कुछ मिलाकर वह इस कमरे में उसके बगल में कैसी जँचेगी यही सोचने में वह परेशान रही। लेकिन सबेरा तो कब का हो चुका है—कितनी देर हो गयी!

एक उत्तेजनापूर्ण परिवेश में स्वयं को रखकर सोचने में बड़ा मजा आता है। एकदम एकान्त कमरा—इस वक्त बाहर का कोई भी नहीं आयेगा। प्रीति दो घण्टे बाद लौटेगी। ज्यादा सोचते हुए अलका शरमा गयी। फिर उसने अपनी साड़ी बदल ली।

अच्छा, अगर ऐसा हुआ—लेकिन दूसरे ही क्षण अलका का सब-कुछ अस्तव्यस्त हो गया। लगा, मोटर की आवाज सुनायी पड़ी।

अलका को लगा मानो सुनियन्त्रित मृत्यु उसे धीरे-धीरे ग्रस रही है। यह मानो सुव्रत चौधुरी की अलका नहीं, स्कूल की लड़कियों को गणित पढ़ानेवाली बहन जी नहीं—नितान्त सामान्य-असामान्यता के घेरे के बाहर त्रस्त-भीत-चकित अलका है—एकान्त रूप से...

अलका से और ज्यादा सोचा न गया।

मंगला की आवाज सुनायी पड़ी, 'बहन जी—'

मंगला की पुकार सुनकर अलका नीचे गयी।

'—ये ही अलका बहन जी हैं—' मंगला आगे बढ़ गयी।

वे सज्जन भी आगे बढ़ आये!

'आप...?'

आये हुए सज्जन के गले से विस्मय और लज्जा ध्वनित हुई। बोले, 'मैं अलका देवी को ढूँढ़ रहा था—'

अलका बोली, 'मेरा ही नाम अलका है—'

आगन्तुक ने कहा, 'माफ कीजिये, क्या यही मकान बारह का सी है? क्या आप इस मकान में नयी आयी हैं?'

अलका बोली, 'जी हाँ—'

उस व्यक्ति ने कहा, 'यहाँ जो लोग पहले रहते थे, क्या आप उनका पता बता सकेंगी?'

लेकिन उसके बाद सहसा एक छोटा-सा नमस्कार कर, आये हुए सज्जन चले गये।

अलका को लगा—धरती मानो उसी क्षण फट गयी और वह अनायास उसमें प्रवेश कर गयी। उसने साफ देखा, उसकी तनख्वाह सत्तर से अस्सी, अस्सी से नब्बे और नब्बे से सौ तक पहुँच गयी है। फिर सौ का अंक भी धीरे-धीरे बढ़ रहा है...उसके बाद एक दिन उसको और बड़ा मकान किराये पर लेना होगा, और बढ़िया साड़ी, और बढ़िया गहने, माँ को लाना होगा। यहीं इस शहर के किसी अच्छे मुहल्ले में जरा और आराम की जिन्दगी बितानी होगी। इसके अलावा और कुछ नहीं, और कुछ भी नहीं, सिर्फ इतना ही। इससे और ज्यादा की माँग करना उसके लिए असंगत है, मानो अशोभनीय लोभ।

एक क्षण! सिर्फ एक क्षण के लिए उस दिन अलका पाल के जीवन में यौवन आकर भी अपमानित हो लौट गया।

पता नहीं क्यों यह कहानी सोना दीदी को नहीं दिखायी थी। शायद दिखाने में शर्म हुई हो! या हो सकता है उन दिनों सोना दीदी की बीमारी बढ़ गयी थी। सोना दीदी की बीमारी अद्‌भुत थी। खाना-पीना सब सामान्य लोगों की तरह चलता था। सब-कुछ खातीं, सब-कुछ करतीं लेकिन दिनभर सिर्फ लेटी रहतीं। लेटे-लेटे बस किताब पढ़ना या खिड़की से आसमान की तरफ देखते रहना। नहीं तो वे मुझसे गप लड़ाती थीं या चिट्‌ठी लिखाती थीं। मेरा यह जो लिखने का नशा है, इसके पीछे भी सोना दीदी का आग्रह है! उन दिनों जिसने उत्साह देकर, राय देकर और भले-बुरे का ज्ञान कराकर मेरे आज के व्यक्तित्व से मेरा परिचय करा दिया था, वह मेरी सोना दीदी ही हैं। पता नहीं, कब एक अकेले लड़के ने दुनिया के विचित्र लोगों के माध्यम से अपने को प्रकट करने की भाषा खोज ली थी, यह तो वह खुद भी उन दिनों जानता नहीं था। अपनी लज्जा छिपाने के लिए वह कभी-कभी कहानियाँ लिखने की कोशिश करता था। दब्बू किस्म का वह लड़का हैरान होकर सोचता था कि मानो उसकी यहाँ कोई जरूरत नहीं है। डरता था—शायद दुनियावालों की होड़ में एक दिन वह पिछड़कर लापता हो जायगा। कोई उसके बारे में सोचेगा नहीं, कोई उसे समझेगा नहीं और याद भी न रखेगा। शायद इसीलिए उसकी व्यथा का अन्त नहीं था। इसलिए वह सड़क के किनारे-किनारे लोगों की भीड़ से बचकर चलता था। सबकी निगाह से बचकर उसे आराम मिलता था। इम्तहान की पढ़ाई करते हुए, कभी-कभी बाहर लोगों की चहल-पहल की तरफ देखकर वह अनमना हो जाता था। शिक्षकों की सहानुभूति उसे कभी नहीं मिली। माँ-बाप का प्यार भी उसे बहुत कम मिला, ऐसा नालायक लड़का

था वह। स्कूल के और मुहल्ले के लड़कों के मजाक का निशाना बनकर उसने अकेले दिन काटा था। ऐसे ही समय एक दिन सोना दीदी से उसकी भेंट हो गयी थी।

उस दिन सोना दीदी को पाकर सचमुच मुझे नयी जिन्दगी मिल गयी थी।

लेकिन दीदी का यह रिश्ता जोड़ा हुआ रिश्ता था। कभी किसी जमाने में सोना दीदी का कोई पूर्वज हम लोगों के पैतृक गाँव के पास बस गया था। वह भी तीन पुश्त पहले की बात है! फिर उस कुल का कोई व्यक्ति शायद कभी छिटककर पुश्तैनी गाँव से बाहर चला गया था। उसके बाद वहाँ उसको यश, प्रतिष्ठा, धन-दौलत, किसी बात की कमी न रही। बंगाल की सीमा के बाहर उसके परिवारवाले दूर-दूर तक फैल गये। सगे-सम्बन्धी सबके लिए उसने अपने पाँव पर खड़े होने की सुविधा प्रदान कर दी थी। सोना दीदी उसी खानदान की लड़की थीं। उनकी शादी जबलपुर में हुई थी। पति के साथ सोना दीदी आराम से घर बसा सकती थीं। लेकिन ऐसा नहीं हुआ। क्यों नहीं हुआ, उसकी चर्चा अभी रहने दें।

सोना दीदी के बारे में सोचने पर मुझे बार-बार एक और व्यक्ति की याद आती है। वह मेरी मीठी दीदी है।

मीठी दीदी भी दिनभर सोना दीदी की तरह लेटी पड़ी रहती थीं। लेकिन मीठी दीदी का रोग बहुत बड़ा रहस्य था। और वह केवल मेरे लिये ही नहीं, बल्कि सबके लिए रहस्य था।

उन्हीं मीठी दीदी के बारे में अब बताऊँ।

मीठी दीदी मेरी सगी दीदी नहीं थीं और दूर रिश्ते की दीदी भी नहीं।

फिर भी मीठी दीदी शायद मेरी सगी दीदी से बढ़कर थीं। कहती थीं, जितने दिन में जिन्दा हूँ तू मेरे पास रहा कर, समझा?'

मौका पाते ही मीठी दीदी चुपचाप लेट जाती थीं। दुबली-पतली छरहरी देह, गोरा चिट्टा रंग। सिल्क की महीन साड़ी बदन से बार-बार सरक जाती थी। आरामकुर्सी से उठकर एक बार स्प्रिंग लगी खाट पर जा लेटतीं तो तुरन्त उठकर बगीचे में पड़े झूले में जा बैठतीं। फिर शायद मन करता तो उसी दम गाड़ी लेकर गंगा किनारे चलने को तैयार हो जातीं।

जीजा जी मेरी तरफ इशारा करके कहते थे, 'इसको भी साथ लेती जाओ मीठी, कहीं चक्कर आ गया तो गिर पड़ोगी, फिर...''

मीठी दीदी भी कभी-कभी कहतीं, 'तुम लोगों को मैं बहुत तकलीफ दे रही हूँ...'

मैं वहाँ होता तो कहता, 'वाह, तकलीफ किस बात की?'

मिठी दीदी कहतीं, 'नहीं रे, तू अपने जीजा जी को देख न, कभी उन्हें बीमार पड़ते नहीं देखा। लेकिन मेरी वजह से वह कहीं आ-जा नहीं सकते, मेरे ही कारण इतने नौकर-चाकर रखने पड़े हैं। सिर्फ मेरी सेहत के लिए शंकर को दूर भेजना पड़ा है।'

हालाँकि मीठी दीदी की नौकरानी साथ रहती। रात-दिन पारी-पारी से कोई-न-कोई नौकरानी उनके साथ होती। रात को अगर मीठी दीदी को नींद न आती तो नौकरानी पाँव सहलाकर सुलाती। अगर मीठी दीदी की साड़ी का आँचल कन्धे पर से सरक जाता तो नौकरानी उसे उठाकर सही जगह रखती।

मीठी दीदी की सनक भी तरह-तरह की थी। कब कैसी सनक उन पर सवार होगी यह वे खुद भी पहले से नहीं जान पाती थीं। शायद रात के दस बजे उनकी तली तोपसी मछली खाने की इच्छा होगी। शायद कुआर महीने की दोपहरी में उनका लँगड़ा आम खाने का मन करेगा। जीजा जी दफ्तर जा रहे हैं और मीठी दीदी बोलीं, 'मेरी छाती में न जाने कैसा दर्द हो रहा है, आज तुम कहीं मत जाओ।'

जीजा जी उस समय कोट-पैण्ट पहनकर चलने के लिए तैयार। नीचे गाड़ी स्टार्ट हो चुकी है। वे कहते, 'आज मुझे एक जरूरी काम है।'

मीठी दीदी कहतीं, 'तो फिर तुम्हारा काम ही बड़ा हो गया?'

जीजा जी न जाने कैसे असमंजस में पड़कर झटपट कहते, 'बल्कि मैं जाकर डॉक्टर सान्याल को भेज देता हूँ।'

मीठी दीदी की दुबली देह मानो रुँधी रुलाई से लरज उठती। कहतीं, 'अब मैं ज्यादा दिन नहीं रहूँगी। मेरे मरने के बाद तुम खुशी से काम करने जाना। तुम्हारा काम भागा नहीं जा रहा है।'

सचमुच उस समय हम सबको यही लगता था कि मीठी दीदी ज्यादा दिन नहीं जियेंगी। कलकत्ते के हार्ट स्पेशलिस्टों में कोई भी रोग समझ नहीं पाया। कितनी बार कलकत्ते के बाहर से डॉक्टर आया है। वियना से आया है। अमेरिका से आया है। जीजा जी बड़ी-बड़ी रकम खर्च कर मीठी दीदी का इलाज कराते। लेकिन क्या रोग है, कोई भी बता नहीं पाया। लेकिन एक बात में सब एक राय थे कि रोगिणी को किसी तरह उत्तेजित न होने दिया जाय। जरा-सी उत्तेजना उसकी जान ले सकती है।

मीठी दीदी अपने पति से कहतीं, 'मेरे मरने के बाद तुम जी भरकर बाहर घूमना, मैं देखने नहीं आऊँगी। लेकिन जो दो-चार दिन जिन्दा हूँ, दया करके मुझे शान्ति से रहने दो।'

हाँ, तो मीठी दीदी को शान्ति से रहने देने के लिए जीजा जी क्या कोई कसर करते थे।

दो-चार दिन–

लेकिन 'दो-चार दिन', 'दो-चार दिन' करके कितने दिन मीठी दीदी जियेंगी, मैं बस यही सोचता था। लेकिन हाँ, कहना पड़ेगा कि जीजा जी का स्वास्थ्य लाजवाब था, एक दिन के लिए वे बीमार नहीं पड़े, कभी उनको जुकाम नहीं हुआ। चालीस साल की उम्र में भी जीजा जी मानो पच्चीस साल के जवान लगते थे। तड़के ही उठते। उठकर

सामनेवाले बगीचे का बीस-पच्चीस बार तेजी से चक्कर लगा लेते। एक दिन भी सुनने में नहीं आया कि जीजा जी के सिर में दर्द है। कभी वे डॉक्टर के पास नहीं गये। कभी दवा पी है, यह उनको भी याद नहीं पड़ता। ऐसा अटूट स्वास्थ्य था उनका। उनका बदन भी कैसा गठा हुआ और मजबूत था।

फिर भी जीजा जी को मीठी दीदी से उलाहना सुनना पड़ता था।

शायद वह कोई रविवार होता, खाने की टेबिल पर शायद हम सब खाने बैठे होते। जीजा जी चुपचाप खाने में मगन दिखायी पड़ते।

इतने में मीठी दीदी बोल पड़तीं, 'अरे, उतना सारा गोश्त क्या तुम अकेले खा जाओगे?'

जीजा जी बुरी तरह शरमा जाते। क्या बोलें, मानो वे समझ नहीं पाते। फिर मीट का प्लेट एक किनारे हटाकर कहते, 'यह क्या महाराज, आज तुमने मुझे ज्यादा मीट दे दिया है।'

मीठी दीदी को मैंने उस वक्त भी गौर किया है। ढेर-सारी तीता सब्जी उनकी थाली पर होती। बार-बार माँगकर भात भी बहुत-सा ले लेतीं। मछली का कलिया लगभग खत्म कर चुकी होतीं। मछली के सारे काँटे तक वे चबाकर पीस डालतीं। फिर वे चुपचाप मीट का प्लेट खत्म कर डालतीं तो महाराज तुरन्त और मीट दे जाता, लेकिन दीदी उधर ध्यान नहीं देतीं। हम दोनों का दूना खाना खाकर मीठी दीदी मानो तीता सब्जी चखने बैठ जातीं। पता नहीं जीजा जी इसका खयाल करते थे या नहीं, लेकिन मैं करता था।

फिर मीठी दीदी तीता सब्जी में पड़ा डण्ठल चबाती हुई कहतीं, 'बता दिया ज्यादा मत खाओ, ज्यादा खाने से आदमी की सेहत ठीक नहीं रहती।'

जीजा जी कहते, 'नहीं तो मैंने कहाँ ज्यादा खाया?'

मीठी दीदी कहतीं, 'कोई-कोई समझता है, ढेर-सारा खाने से ही शरीर ठीक रहता है। यह गलत है।'

जीजा जी कहते, 'जरूर!'

इतने में महाराज आकर कहता, 'मालकिन, अमड़े की चटनी बनायी थी लेकिन देना भूल गया।'

मीठी दीदी कहतीं, 'भूल गये तो अच्छा हुआ—अब उनको मत देना। बल्कि मेरे प्लेट में जरा-सा दे दो, कैसी चटनी बनी है जरा चखकर देखूँ!' फिर मेरी तरफ देखकर दीदी पूछतीं, 'क्या तू भी थोड़ी-सी लेगा?'

मैं कहता, 'हाँ, ले सकता हूँ।'

मीठी दीदी तुरन्त कहतीं, 'नहीं, नहीं, तुझे और लेने की जरूरत नहीं है। अपने जीजा जी की तरह अभी से ज्यादा खाने की आदत मत डालो। कभी भरपेट मत खाना, यह बता देती हूँ। हमेशा जरा पेट खाली रखकर खाना चाहिए।'

खैर, महाराज मीठी दीदी को सिर्फ़ अमड़े की चटनी नहीं देता। पुराना रसोइया था! सिर्फ चटनी मीठी दीदी खा नहीं सकतीं। साथ थोड़ा भात भी चाहिए। रसोइया मीठी दीदी को भात लाकर देता।

थोड़ी देर बाद महाराज पूछता, और थोड़ा-सा भात दूँ मालकिन?'

तब तक भात खत्म हो चुका होता। मीठी दीदी कहतीं, 'नहीं, नहीं, तुम क्या पागल हो गये महाराज? देख नहीं रहे हो कि मेरी तबीयत खराब है—क्या मुझे खिला-खिलाकर मार डालना चाहते हो?'

न जाने क्यों जीजा जी को देखकर मुझे लगता कि उनका पेट नहीं भरा है। गटागट एक ग्लास पानी पीकर जीजा जी उठ जाते।

मीठी दीदी कहतीं, 'खाना खाकर अभी अपने कमरे में जाकर लेट मत जाना।'

'नहीं, नहीं, लेटूँगा क्यों, अभी मुझे बहुत काम करना है।'

मीठी दीदी कहतीं, 'यह तुम्हारे भले के लिए कह रही हूँ, खाना खाकर लेटने से हाजमा खराब होता है, खट्टी डकार आने लगती है।'

फिर जीजा जी अपने कमरे में चले जाते। और मीठी दीदी उस वक्त अपनी स्प्रिंगदार खाट पर लेट जातीं। कहतीं, 'कैसा करम करके आयी हूँ! न चाहने पर भी जबर्दस्ती बिस्तर पर पड़े रहना होगा।'

उस बार जीजा जी को अपने दफ्तर में बहुत बड़ा प्रोमोशन मिला था। सिर्फ प्रोमोशन ही नहीं। यार दोस्तों में, मुहल्ले में और दफ्तर में सबको जलानेवाला प्रोमोशन। जीजा जी पैसेवाले आदमी थे। एक साथ दो-तीन मोटरें रखने की उनकी हैसियत थी। बैंक में जमा रुपये का अंक भी उल्लेखनीय था। लेकिन यह सब-कुछ उनकी अपनी कोशिश का फल था। मामूली हैसियत से केवल अपनी कर्मनिष्ठा और पुरुषार्थ के बल पर मकान, मोटरकार और मीठी दीदी के वे स्वामी बने थे।

मीठी दीदी की शादी से पहले उनको मैं जानता नहीं था। फिर भी उनके बारे में मैंने सुना था।

माँ कहती थीं, 'मीठी की शादी के समय लड़कों में पूरी तरह होड़ लग गयी थी। पटल कहता था, मैं शादी करूँगा, चाइबासा का डिप्टी मजिस्ट्रेट अरुण कहता था, मैं शादी करूँगा। मनोहर भैया के घर रात-दिन दस-बीस लड़कों की भीड़ लगी रहती थी। सब टेनिस खेलते और मीठी बगीचे में बेंत की कुर्सी पर बैठे टुकुर-टुकुर उनका खेल देखती रहती।'

मैं पूछता, 'मीठी दीदी खेलती नहीं थीं माँ?'

'हुँह, वह क्या खेलती! वह तो अपनी सेहत लेकर परेशान रहती थी। उसके लिए मनोहर भैया आखिर कंगाल हो गये। बस, डॉक्टर और दवा—क्या बीमारी थी, कोई बता

नहीं पाया। सिर्फ आराम करने के लिए कहता। उस लड़की को लेकर मनोहर भैया को क्या कम परेशान होना पड़ा? आखिर मनोहर भैया ने सबको बुलाकर कहा—मेरी लड़की से जो शादी करेगा उसे यह तय करना होगा कि मेरी बेटी को कभी खटने नहीं देगा, उससे कभी कोई काम नहीं लेगा। अच्छे डॉक्टरों से इलाज करायेगा, जैसा मैं करा रहा हूँ। सुनकर सब राजी हो गये, सभी अमीर घर के लड़के थे—बड़ी-बड़ी नौकरियाँ करनेवाले। सभी डेढ़-दो हजार तनख्वाह पाते थे। सुनकर चाइबासा की हम सब लड़कियाँ हँसते-हँसते लोट-पोट होने लगी थीं। वही तो मरियल काठी की लड़की वह और कितने दिन जियेगी, एक बच्चा हुआ कि हड्डी-हड्डी दिखने लगेगी—लेकिन उन लड़कों की क्या पसन्द थी राम जाने, सब-के-सब तैयार हो गये।'

पिता जी कहते, 'दुबली-पतली होना तो अच्छा है, कम खाती होगी।'

माँ कहतीं, 'बात सुनो इनकी, कम खाती होगी। रात-दिन बस खाती ही थी। कैसे हजम करती थी, क्या पता। मनोहर भैया उस लड़की के पीछे दिवालिया हो गये आखिर तक, लकड़ी का कारोबार था उनका। लड़की के खाने के मारे चारों तरफ कर्ज हो गया। सबेरे नींद खुलते ही लड़की का खाना शुरू हो जाता। मुँह में बराबर कुछ-न-कुछ भरा ही रहता। चाकलेट, बिस्किट, लाजेन्ज, मछली, मांस, साग-भाजी—दुनिया भर की खाद्य-अखाद्य कोई चीज नहीं बचती थी।'

पिता जी कहते, 'अगर हजम कर सकती है तो क्या हर्ज है?'

माँ कहतीं, 'तुम तानेवाली बात न किया करो, इतने दिन हो गये तुम्हारे घर आयी हूँ, कोई कह दे, मेरे लिये तुमने डॉक्टर को कितना पैसा दिया है?'

पिता जी दिल खोलकर हँसते। और माँ गम्भीर हो जाती।

फिर मैं पूछता, 'उसके बाद क्या हुआ माँ?'

माँ कहतीं, 'उसके बाद बड़ा मजा हुआ। जब सब राजी हो गये तब मनोहर भैया ने कोई चारा न देखकर कहा—मीठी जिसको पसन्द करेगी, उसी से उसकी शादी करूँगा। उन लड़कों में पटल सबसे मजबूत था, उम्र कम थी, अपनी कोशिश से उसने अपना बदन बनाया था—देखने में पहलवान-जैसा लगता था, मीठी बराबर पटल से चिढ़ती थी—'

मैं पूछता, दीदी क्यों चिढ़ती थीं माँ?'

'भला क्यों न चिढ़ेगी? मीठी खुद तो फूँक मारने से उड़ जाती थी, जरा-सा काम करने पर सिर चकराने लगता था, कोई न सुलाये तो नींद नहीं आती थी, भला ऐसी लड़की कैसे फूटी आँखों वैसे मजबूत बदन के लड़के को, पसन्द करती? खैर, आखिर में मीठी पटल से शादी करने को राजी हो गयी।'

मैंने बचपन में यह सब कहानियाँ माँ से सुनी थीं। उसके बाद मैट्रिक पास करके जब कलकत्ते में मेरे पढ़ने की बात चली, तब पटल जीजा जी ने लिखा था, 'उसे मेरे पास भेज दीजिये, वह मेरे यहाँ रहकर पढ़ेगा, उसे कोई तकलीफ न होगी।'

आते समय माँ ने कह दिया था, 'उस घर में ज्यादा ऊधम मत मचाना बेटा, इकलौता बेटा शंकर, उसे भी पटल ने अपने पास नहीं रखा, कहीं मीठी की तबीयत न खराब हो जाय—'

जिस समय मैं मीठी दीदी के घर पहली बार आया, उस समय शंकर देहरादून में रहता था। हंगरफोर्ड स्ट्रीट में मकान बनाने के पीछे भी यह एक कारण था। उस मुहल्ले में रहनेवाले ज्यादातर लोग साहब या साहब किस्म के थे। बहुत बड़ी, दस बीघा जमीन पर मकान। घने पेड़-पौधे। मकान से सड़क या बगलवाला मकान दिखायी नहीं पड़ता था। किसी तरह की आवाज वहाँ नहीं पहुँचती थी। सुनसान निर्जन परिवेश। सिर्फ कभी-कभी चिड़ियों की चहक से दोपहर की खामोशी टूटती।

जिस दिन शंकर पैदा हुआ, उस दिन से उसका जिम्मा नर्स पर आ पड़ा था। दिन में एक-आध बार थोड़ी देर के लिए उसे मीठी दीदी की गोद में रखा जाता था। लेकिन जीजा ज़ी का हुक्म था—शंकर के रोते ही उसे दूर हटा ले जाना होगा, एकदम मीठी दीदी के कान की पहुँच के बाहर। भय था कि बच्चे की रुलाई से कहीं उसका हार्ट फेल न हो जाय। मीठी दीदी अगर दक्खिन तरफ के कमरे में होतीं तो शंकर को एकदम उत्तर तरफ के कमरे में ले जाया जाता। कभी-कभी बगीचे के पार उधर मालियों के क्वार्टर में। वहाँ बच्चा अगर रोते-रोते बिलबिलाने लगता तो भी मीठी दीदी के बीमार पड़ने का कोई डर नहीं था।

इस तरह धीरे-धीरे वह बच्चा एक साल का हो गया। दो साल का हो गया। फिर बहुत परेशान करने लगा। जिधर मन करता दौड़ने लगता, चिल्लाता, बरबस बच्चे की आवाज कान में आती। उस आवाज से एक दिन मीठी दीदी का हार्ट फेल होने लगा था। बड़ी परेशानी हुई थी। डॉक्टर आये थे, नर्स आयी थी। आक्सीजन गैस आयी थी। और जीजा जी दो रात सो नहीं सके थे।

बड़ी मुश्किल से, बड़ा पैसा खर्च कराके, डॉक्टर सान्याल की बड़ी कोशिश से उस बार दीदी बच गयी थीं। लेकिन जीजा जी ने फिर कोई जोखिम नहीं लिया। आखिर कैसे क्या मुसीबत हो जाय, क्या पता!

मीठी दीदी ठीक हो गयीं तो जीजा जी ने उनसे कहा था, 'शंकर को मैं देहरादून भेज दूँ? तुम क्या कहती हो? वहाँ वे अच्छी ट्रेनिंग देते हैं। और छोटे बच्चों की देख-भाल वे खूब करते हैं।'

मीठी दीदी की आँखें भर आयी थीं, फिर भी बोली थीं, 'मेरा भाग्य भी कैसा है देखो, अपने बेटे तक को अपने पास रख नहीं सकती, प्यार नहीं कर सकती।'

'इससे क्या हुआ? तुम्हारे ठीक होते ही—'

मीठी दीदी ने कहा था, 'मैं तो अब एकदम ठीक हो जाऊँगी। अब मेरे दिन ज्यादा नहीं रह गये, यह मैं समझ रही हूँ ज्यादा-से-ज्यादा पन्द्रह दिन—उसके बाद मेरे मरने पर उसे तुम जरूर घर ले आना और अपने पास रखना।'

लेकिन उसके बाद कितने ही पन्द्रह दिन बीत गये, पन्द्रह साल बीत चले, लेकिन मीठी दीदी को कुछ नहीं हुआ। उन्होंने प्लेट-प्लेट भर मीट खाया, कटोरिया भर-भर अमड़े की चटनी खायी, चटपटी तीता सब्जी खायी और रोहू मछली का कलिया खाया। अच्छे-अच्छे बिस्किट, केक, लाजेन्ज खाये, कीमती गाड़ियों में बैठकर घूमीं। उनके सोने का कमरा एअर कण्डिशण्ड किया गया। दवाएँ, अवकाश, आराम, उपलब्ध समस्त सुख की सामग्री जीजा जी ले आये। लेकिन न तो मीठी दीदी की बीमारी ठीक हुई न वे मरीं।

फिर भी मीठी दीदी की जिन्दगी के लिए कितनी सावधानी और कितनी रोकथाम बरती गयी। पास के पेड़ पर कोई कौवा भी काँव-काँव करता तो मीठी दीदी का दिल धड़कने लगता। हा-हू करके उस कौवे को भगाना पड़ता। आँधी-पानी के दिनों में अगर बादल जोर से गरजता तो दफ्तर से फोन करके जीजा जी हालचाल पूछते—मीठी कैसी है? पहले अखबार खुद पढ़कर तब जीजा जी मीठी दीदी को पढ़ने देते। खून-कतल की बहुत-सी खबरें अखबार में रहती हैं। वे सब पढ़कर कहीं मीठी दीदी का हार्ट फेल न हो जाय।

कितनी ही बार जीजा जी को प्रोमोशन का मौका मिला था। अवसर ऐसा किसी के लिए नहीं होता। उड़ीसा के मयूरभंज में जाने पर तनख्वाह होती महीने में पाँच हजार रुपये। वहाँ मिट्टी के नीचे दबी सम्पदाओं के बारे में जाँच-पड़ताल करने के लिए इण्डिया गवर्नमेण्ट ने जीजा जी को ही भेजने का निश्चय किया था। तनख्वाह के अलावा टी. ए. भी खूब था।

लेकिन हर बार मीठी दीदी कहतीं, 'बस और दो-चार दिन तुम मेरे लिये रुक जाओ, अब तुम लोगों को ज्यादा दिन तकलीफ नहीं दूँगी।'

जीजा जी असमंजस में पड़ जाते।

'और दो-चार, दिन सिर्फ दो-चार दिन, उसके बाद मैं तुम्हें आजादी दे जाऊँगी—तब तुम जहाँ खुशी हो, जाना।'

यह सब आज से लगभग पन्द्रह-बीस साल पहले की बात है। लेकिन उस छोटी उम्र में भी मुझे न जाने कैसा शक हुआ था कि यह सब दूसरों को धोखा देने के अलावा और कुछ नहीं है। मुझे मीठी दीदी बहुत स्वार्थी लगी थीं। मानो उस आराम, उस अवकाश, उस फिजूलखर्ची और उस शान-शौकत से कहीं से वंचित न हो जायँ, कहीं उनको मेहनत न करनी पड़े—इसके लिए वह सब एक रचा गया फरेब था।

शंकर जब दुर्गापूजा या गर्मी की छुट्टी में घर आता तब जीजा जी न जाने कैसे घबड़ाये हुए-से रहते, 'उधर मत जाओ शंकर! तुम्हारी माँ की तबीयत ठीक नहीं है, यह मालूम है न...'

शंकर भी न जाने कैसा परेशान नजर आता। कम उम्र के लड़कों के लिए स्वाभाविक है शोरगुल मचाना, खेलना-कूदना, चिल्लाना। लेकिन कदम-कदम पर बाधा पाकर वह

आखिर में न जाने कैसा मायूस हो गया था। बाद में मानो उसे कलकत्ते आना ही अच्छा नहीं लगता था। आते ही वह अपने स्कूल लौट जाने के लिए बेचैन हो जाता। बार-बार कहता, 'कब यह छुट्टी खत्म होगी।'

याद है, एक बार उसने कहा था, 'यहाँ मेरा मन नहीं लगता, कुछ भी अच्छा नहीं लगता।'

'क्यों?'

शंकर ने कहा था, 'पता नहीं।'

जो अपने ही रक्त-मांस का बना है, वह भी इतनी कम उम्र में कैसे पराया हो जाता है, यह सोचते हुए मुझे हैरानी होती थी। मेरी भी माँ थीं। जब भी छुट्टी में मैं घर गया, मुझे कुछ और ही मिला। मुझे बहलाने के लिए कितने तरह के इन्तजाम किये गये—तरह-तरह के पकवान बने और तरह-तरह से आनन्द मनाया गया। और यह शंकर भी तो मीठी दीदी का बेटा है। अमीर बाप का बेटा! इसके घर आने पर तो और ज्यादा खुशी मनायी जानी चाहिए।

लेकिन कभी अगर शंकर भूल से जोर-जोर से हँस पड़ता तो कहीं से नौकरानी दौड़कर आती और कहती, 'चुप हो जाओ राजा बाबू, तुम्हारी माँ का दिल धड़क रहा है।'

अगर कभी अनमना ही शंकर माँ के कमरे की तरफ चला जाता तो उसी दम नौकर या नौकरानी दौड़कर आती—इधर नहीं, इधर नहीं—'

पूरा मकान मानो अस्पताल बना हुआ था। लेकिन जिसके लिए अस्पताल बना हुआ था, वह तो मजे में घूमती-फिरती थीं, खाती-पीती थीं और सज-धजकर रहती थीं। मीठी दीदी शाम को नहाती थीं। नहाने के बाद आईने के सामने जाकर बैठती थीं। दो नौकरानियाँ उस वक्त उनके पास मौजूद रहतीं। तब रूज, लिपस्टिक, तेल, सेण्ट और पाउडर वगैरह न जाने क्या-क्या निकाला जाता! बढ़िया-बढ़िया साड़ियाँ निकाली जातीं। ब्लाउज निकाले जाते। आलता निकाला जाता। घण्टे भर नौकरानियाँ मीठी दीदी को सजातीं-सँवारतीं। उस समय वे दुल्हन-सी लगने लगती थीं।

उसके बाद आरामकुर्सी को बरामदे में रेलिंग के पास रखा जाता था। सज-धजकर, साड़ी और ब्लाउज पहनकर मीठी दीदी धीरे-धीरे चलकर उस आरामकुर्सी पर बैठ जाती थीं। कोई बात नहीं, कोई काम नहीं, सिर्फ बैठे रहना और आलस की लहर में अपने को ढीला छोड़ देना। इतना आलस मीठी दीदी कैसे बर्दाश्त करती थीं, क्या मालूम? लेकिन सभी सोचते थे—तब तो सिर्फ दो-चार दिन, शायद और दो-चार घण्टे—उसके बाद सब-कुछ खत्म हो जायगा।

छुट्टी में जब मैं घर जाता तब माँ को सब-कुछ बताता और सब-कुछ सुनकर माँ कहतीं, 'उस लड़की ने मनोहर भैया को इसी तरह जलाया है, वह पटल को भी जलाकर छोड़ेगी, देख लेना।'

लेकिन जीजा जी में अद्भुत धैर्य था। पत्नी के लिए ऐसे हँसते हुए ऐसा आर्थिक, शारीरिक और मानसिक कष्ट बर्दाश्त करते और किसी को मैंने नहीं देखा। लेकिन उनको जोरू का गुलाम कैसे कहूँ! मीठी दीदी के व्यवहार और चेहरे में न जाने कैसा जादू था।

रोज सबेरे जीजा जी एक बार मीठी दीदी से पूछते, 'आज तुम क्या खाओगी? क्या खाने का मन कर रहा है?'

मीठी दीदी किसी दिन कहतीं, 'आज फाउल लाने के लिए महाराज से कह दो–'

किसी दिन कहतीं, 'आज मटन–'

फिर किसी दिन कहतीं, 'आज महाराज से टोस्ट और फाउल बनाने के लिए कह दो।'

कभी कहतीं, 'चलो आज होटल में जाकर खाना खा आयें, घर में खाना अच्छा नहीं लग रहा है।'

ऐसा कभी नहीं हुआ कि मीठी दीदी ने कहा हो–आज तबीयत खराब है, आज कुछ नहीं खाऊँगी।

अगर कभी जीजा जी कहते, 'इस ठण्ड में न निकलो तो अच्छा है, कहीं सर्दी न लग जाय।'

तो मीठी दीदी कहतीं, 'और ज्यादा दिन नहीं रह गये–जो दो-चार दिन जिन्दा हूँ, घूम-फिर लूँ।'

यह सब पन्द्रह-बीस साल पहले की बात है।

मीठी दीदी के घर रहकर मैंने आई. ए. पास किया, बी. ए. पास किया–एम. ए. पास किया। यह सब करके नौकरी के सिलसिले में मैं उन दिनों बिलासपुर में रह रहा था। खबर मिली थी, मीठी दीदी अब भी जिन्दा हैं। कभी उनको एक दिन के लिए भी बुखार आते नहीं सुना, कभी एक दिन के लिए बिना खाये रहते नहीं सुना। हाँ, यह जरूर सुना कि मीठी दीदी के लिए जीजा जी अपना प्रोमोशन, अपना सुख-चैन सब त्यागकर हंगरफोर्ड स्ट्रीट के मकान में पड़े हैं।

लेकिन उस बार माँ की चिट्ठी में जीजा जी के अचानक चल बसने की खबर पाकर चौंक पड़ा था।

जीजा जी को कभी बीमार पड़ते नहीं देखा था। ऐसा आदमी इस तरह अचानक कैसे मर गया। बुखार नहीं आया, कुछ दिन बिस्तर पर पड़े नहीं रहे, अचानक हार्ट फेल हो जाने से वे चल बसे थे।

मीठी दीदी के लिए मैं डर रहा था।

यह शोक मीठी दीदी कैसे बर्दाश्त करेंगी, क्या मालूम। जीजा जी के चल बसने की खबर सुनते ही उनका हार्ट फेल होना चाहिए।

याद है, समवेदना प्रकट कर मीठी दीदी के पास एक पत्र भेजा था। लेकिन बहुत दिन तक उस पत्र का कोई जवाब नहीं आया था।

उस बार जब मैं कलकत्ते गया तब मीठी दीदी से जाकर मिला।

मीठी दीदी ठीक उसी तरह आरामकुर्सी पर बैठी थीं। रूज, पाउडर, लिपस्टिक, सिल्क, सेण्ट, साबुन और दवा—किसी बात में हेर-फेर नहीं हुआ था। बगल में घनिष्ठ होकर डॉक्टर सान्याल बैठे थे।

डॉक्टर सान्याल ने कहा था, 'बड़ी मुश्किल से तुम्हारी मीठी दीदी को जिन्दा रखा है। जबर्दस्त शॉक पाया था, तीन दिन एकदम होश नहीं था।'

मैंने पूछा था, 'शंकर कहाँ है? सुना, वह कलकत्ते लौट आया है।'

डॉक्टर सान्याल ने कहा था, 'अभी कहीं निकला है। उसे भी माँ के पास ज्यादा आने से मना कर दिया है—हार्ट कितना वीक है, किसी तरह का इक्साइटमेण्ट बरदाश्त न होगा—कॉन्स्टैण्ट केअर लेना पड़ रहा है।'

मीठी दीदी ने डॉक्टर सान्याल से कहा था, 'चलिये, जरा गंगा किनारे घूम आया जाय। गाड़ी निकालने को कह दीजिये।'

डॉक्टर सान्याल ने एतराज किया था, इस हालत में आपके लिए कहीं जाना ठीक नहीं है—ऐसा वीक हार्ट लेकर—'

मीठी दीदी खड़ी होकर बोली थीं, 'अब तो दो-चार दिन—सिर्फ दो-चार दिन जिन्दा रहूँगी—जिन्दगीभर बीमार रही, अब और नहीं अच्छा लगता—जो होना होगा, हो जाय।'

याद है, दो दिन हंगरफोर्ड स्ट्रीट में था, लेकिन डॉक्टर सान्याल को बराबर मीठी दीदी के पास बैठे रहते देखा! न जाने क्यों मुझे यह अच्छा नहीं लगता था। मीठी दीदी की साज-पोशाक में भी कोई परिवर्तन नहीं देखा था। साड़ी, गहने, सिल्क, सेण्ट—सब-कुछ पूरी तरह बरकरार था। एक-एक बार लगता था, शायद यह सब मीठी दीदी अपने सेहत के लिए कर रही हैं। अचानक विधवा के से-कपड़े पहनने पर शायद जीजा जी की बात ज्यादा याद पड़ने लगेगी। और ऐसा होते ही हार्ट को आघात लगेगा। शायद इसीलिए यह सब उसी तरह चल रहा है। शायद इसीलिए जीजा जी का उतना बड़ा ऑयल पेण्टिंग हॉल से हटा दिया गया है।

उसी रात मैं मीठी दीदी के घर रह गया था। शंकर दीया जलने के बाद लौटा था।

मुझे देखकर वह आश्चर्य में पड़ गया। बोला, 'छोटे मामा, आप—'

मैंने पूछा, 'इतनी देर तक तुम कहाँ थे?'

'कहीं नहीं—'

'दोपहर के निकले हो और अभी आ रहे हो, इतनी देर क्या कर रहे थे?'

मैंने देखा, शंकर मानो पहले से ज्यादा संजीदा हो गया है। कहा, 'कुछ भी अच्छा नहीं लगता, इसलिए चौरंगी के मैदान में जाकर एक बेंच पर अकेले लेटा था।'

उस उम्र के एक लड़के के लिए इस तरह वक्त काटना न जाने मुझे क्यों अस्वाभाविक लगा था।

मैंने पूछा, 'आजकल तुम खेलते हो न? टेनिस खेलना कैसा चल रहा है?'

'यहाँ आने के बाद वह सब छूट गया है, छोटे मामा।'

उस दिन खाने की मेज पर डॉक्टर सान्याल भी हम लोगों के साथ बैठे थे, इतना याद है। मीठी दीदी की बगल में उनकी कुर्सी लगी थी। बगल में डॉक्टर का रहना जरूरी था। पता नहीं, मीठी दीदी को कब क्या हो जाय!

शंकर चुपचाप बैठकर खा रहा था।

मीठी दीदी बोलीं, 'महाराज, तुम्हारी अकल भी खूब है, शंकर को उतना सारा मीट क्यों दे दिया है?'

शंकर अनमना-सा खाये जा रहा था। सहसा मुँह उठाकर बोला, 'मुझसे कह रही हो माँ?'

'हाँ, तुम्हीं से कह रही हूँ। इतना क्यों खाते हो? खाना होना चाहिए लाइट, जिससे पेट में दबाव न पड़े। मान लिया कि महाराज ईडियट है, लेकिन तुम तो पढ़े-लिखे हो। तुम्हारे स्कूल में इतनी बातें सिखायी जाती हैं, क्या हाइजीन नहीं सिखायी जाती?'

डॉक्टर सान्याल ने कहा, 'आप इस तरह उत्तेजित न होइये मिसेज सेन।'

मछली का मुड़ा चूसते हुए मीठी दीदी बोलीं, 'और मैं कितने दिन जिन्दा रहूँगी डॉक्टर सान्याल। लेकिन छोटे बच्चे अगर इसी उम्र में स्वास्थ्य की बुनियादी बातें न सीख लें तो कब सीखेंगे?'

डॉक्टर सान्याल ने कहा, 'मैंने आपसे बार-बार कहा है मिसेज सेन, कि घर की छोटी-मोटी बातों के लिए आप कभी परेशान न होइये, इससे आपका हार्ट और भी वीक हो जायगा।'

मीठी दीदी तीता सब्जी में पड़ा डण्ठल चबाती हुई बोलीं, 'महाराज, आज तुम तीता सब्जी में ठीक से मिर्चा डालना भूल गये हो।'

महाराज पीछे खड़ा था। बोला, 'नहीं मालकिन, मिर्चा मैंने डाला है।'

'खाक डाला है! तीता सब्जी अगर खाने में तीता न हुई तो क्या खायी जा सकती है?'

फिर मुझे साक्षी मानकर मीठी दीदी ने कहा, 'हाँ, तुम्हीं बताओ न तीता सब्जी खाने में तीता है?'

मैंने कहा, 'मैंने तीता सब्जी नहीं खायी।'

'क्यों? तुम तीता सब्जी नहीं खाते?'

महाराज ने कहा, 'वह सिर्फ आपके लिए बनी है मालकिन।'

मीठी दीदी की आवाज कुछ तेज हो गयी थी, 'क्यों? सिर्फ मेरे लिये क्यों? क्या तुम मुझे खिला-खिलाकर मार डालना चाहते हो? क्या मेरे मरने से तुम लोगों को चैन मिलेगा?'

महाराज बुरी तरह शर्मिन्दा हो गया था। मैंने देखा था, शंकर भी खाना भूलकर सिर नीचा किये बैठा है। मैं भी कम लज्जित नहीं हुआ था। मुझे तीता सब्जी न देने पर बात कितनी बढ़ गयी थी।

मीठी दीदी बोलीं, 'मेरा भाग्य ही ऐसा है–जिसका हार्ट कमजोर हो, वह जिन्दा क्यों रहे?'

उसके बाद मीट का कटोरा खत्म कर बोली थीं, 'जिनके रहने की बात थी, वह कैसे अचानक चले गये और मैं यह सब भोगने के लिए पड़ी रही।'

मीठी दीदी के मुँह के पास मुँह ले जाकर डॉक्टर सान्याल ने कहा, 'ओफ, मैंने आपसे बार-बार कहा नहीं मिसेज सेन, कि यह सब बातें आप कभी मन में न लायें। ऐसा करने से बिलावजह कमजोर हार्ट और कमजोर हो जायेगा।'

फिर महाराज से कहा, 'अब तुम यहाँ से जाओ महाराज, अब हमें किसी चीज की जरूरत नहीं पड़ेगी। मैं देख रहा हूँ कि तुम सब मिलकर उनकी बीमारी बढ़ा दोगे।'

थोड़ी देर बाद मेरे कान में कहा, 'तुम शंकर को लेकर चुपचाप टेबिल से उठ जाओ। देख रहा हूँ कि तुम्हारी मीठी दीदी एक्साइटेड होने लगी हैं–चलो जल्दी करो–'

उस समय तक मेरा खाना खत्म नहीं हुआ था। शंकर का भी खाना अधूरा था। लेकिन मीठी दीदी के मुख की तरफ देखा तो उनके दुबले-पतले शरीर में मानो आग लगी है। दोनों कान करौंदे के समान लाल हो गये थे। शायद हार्ट का पैलपिटेशन होने पर ऐसा होता है।

उस दिन चुपचाप शंकर को लेकर खाने की टेबिल से उठ आया था, इतना याद है।

याद है, बाद में डॉक्टर सान्याल ने कहा था, 'मिस्टर सेन का शोक ये किसी तरह भूल नहीं पा रही हैं--उसी को तो भुलाने की कोशिश मैं कर रहा हूँ। देख नहीं रहे, मिस्टर सेन का ऑयल पेण्टिंग तक घर से हटा दिया गया है।'

और एक दिन उन्होंने कहा था, 'ये लोग तो आइडियल हज़्बैण्ड और वाइफ थे, इसीलिए मिसेज सेन को ऐसा शॉक लगा है। मिसेज सेन ने तो मांस-मछली खाना छोड़ दिया था। मैंने देखा कि एक तो ऐसा स्वास्थ्य है, उस पर अगर खाना-पीना भी छोड़ देंगी तो उनको बचाना मुश्किल हो जायगा। इसलिए बहुत समझा-बुझाकर–'

जितने भी दिन मैं हंगरफोर्ड स्ट्रीट में था, बराबर मुझे सिर्फ जीजा जी ही याद आते रहे। सच में इतनी जल्दी उनके मरने की बात नहीं थी। लेकिन मुझे बराबर लगता रहा कि जीजा जी को मारकर राहत मिली है।

शंकर के साथ मैं एक कमरे में एक ही बिस्तर पर सोता था। आधी रात के बाद नींद खुलती तो देखता कि बगल में शंकर करवटें बदल रहा है।

मैं बुलाता, 'शंकर!'

'क्या?'

'अभी तक सोये नहीं?'

'नींद नहीं आ रही है छोटे मामा।'

'क्यों नींद नहीं आ रही है? दोपहर को सोये थे क्या?'

'नहीं, रात को कभी मुझे नींद नहीं आती।'

'क्यों?'

'क्या मालूम!'

बारह साल का शंकर उस दिन अपनी नींद न आने का कोई दूसरा कारण बता नहीं पाया था। मैं भी मानो पूरी तरह उसका कारण समझ नहीं पाया था।

याद है, एक बार डॉक्टर सान्याल ने मीठी दीदी का जन्मदिन मनाया था।

मीठी दीदी ने कहा था, 'मेरा जन्मदिन किसलिए? अब और कितने दिन जिन्दा रहूँगी?'

डॉक्टर सान्याल ने कहा था, 'आपका जन्मदिन तो एक उपलक्ष्य मात्र है मिसेज सेन! मतलब है, आपको थोड़ी-सी आशा देना और आपकी जान भी कीमती है, इसकी याद दिलाना। आप इसके लिए एतराज न कीजिये मिसेज सेन!'

मीठी दीदी ने कहा था, 'लेकिन मैं उतनी चहल-पहल, उत्तेजना और शोरगुल क्या बरदाश्त कर सकूँगी? मेरे हार्ट की जो हालत है—'

डॉक्टर सान्याल ने कहा था, 'मैं तो हूँ मिसेज सेन, डर किस बात का? आपके दीर्घ जीवन की कामना करने के लिए ही यह उत्सव है। दुनिया की छोटी-मोटी बातों से मन को थोड़ी देर के लिए दूर हटा रखना—यह तो हार्ट के लिए अच्छा है। मैं कह रहा हूँ, आप इसके लिए कोई दुविधा न करें। आप जिस तरह रोज इस चेयर में बैठी रहती हैं, उसी तरह सिर्फ बैठी रहेंगी, हम दो-चार जने आपकी दीर्घ आयु के लिए प्रार्थना करेंगे।'

और हुआ भी ऐसा ही था। गुलदस्तों से मीठी दीदी का कमरा सजाया गया था। बिस्तर, फर्नीचर, ड्रेसिंग टेबिल—जिधर भी मीठी दीदी की निगाह जा सकती थी, उधर ही फूल थे, सिर्फ फूल। शान्त गम्भीर वातावरण में मीठी दीदी का पहली बार जन्म-दिवस मनाया गया था। मीठी दीदी रोज जिस तरह सज-धजकर बैठी रहती थीं, उस दिन भी उसी तरह बैठी थीं। शाम को सिर्फ हम तीन—मैं, शंकर और डॉक्टर सान्याल—ने अपना-अपना उपहार सामने रखे तिपाये पर रख दिया था। डॉक्टर सान्याल

ने हीरा-जड़ा एक कीमती ब्रोच दिया था। अब लगता है, उन दिनों उस चीज का दाम बहुत कम होने पर भी आठ-नौ सौ रुपये रहा होगा।

मीठी दीदी ने देखकर कहा था, 'इतनी कीमती चीज मुझे क्यों दी—अब मैं यह सब कितने दिन पहन सकूँगी?'

डॉक्टर सान्याल ने कहा था, 'आज कृपा करके ये सब बातें जबान पर न लायें मिसेज सेन।'

मैंने और शंकर ने न्यू मार्केट से खरीदे गये रजनीगन्धा के दो गुच्छे दिये थे।

मीठी दीदी ने देखकर कहा था, 'फूल ही मेरे लिये ठीक हैं रे—फूल की तरह मेरी जिन्दगी भी दो दिन की है।'

कहते हुए मीठी दीदी की आँखें न जाने कैसी करुण हो गयी थीं। उनकी दुबली-पतली देह मानो थोड़ी देर के लिए थर-थर काँप उठी थी। लेकिन डॉक्टर सान्याल वहाँ थे, इसलिए बड़ी मुश्किल से उन्होंने उस दिन सँभाल लिया था।

झटपट स्मेलिंग साल्ट की शीशी मीठी दीदी की नाक के पास थामकर डॉक्टर सान्याल ने शंकर से कहा था, 'तुम मामा के संग अभी यहाँ से चले जाओ शंकर, मिसेज सेन की जैसी हालत देख रहा हूँ।'

मीठी दीदी के जन्मदिन का वह पहला समारोह उस दिन वहीं खत्म हो गया था। उसके बाद हर साल मैं जहाँ कहीं भी रहा, मीठी दीदी के जन्मदिन पर कभी चिट्ठी, कभी टेलीग्राम मेरे पास आता रहा। और हर बार मैं उनके पास गया। लेकिन कभी भूल से उनको उपहार में फूल नहीं दिया। फूल मीठी दीदी के नजदीक जा नहीं सकता था। फूल देखते ही तो उनको याद पड़ जाता था कि फूल के समान उनका जीवन भी क्षणस्थायी है—फूल के समान उनकी आयु भी कुछ देर के लिए है। दिल के मरीजों के लिए ऐसा याद आना सचमुच खतरनाक है।

मीठी दीदी का जन्मदिन हर साल मनाया जाता रहा। सिर्फ बीच में दो साल के लिए बन्द था। उस समय डॉक्टर सान्याल मीठी दीदी को लेकर इलाज कराने वियना गये हुए थे।

पहले तो मीठी दीदी राजी नहीं हुई थीं, कहा था, 'और कै दिन जियूँगी—इसके लिए झूठमूठ परेशान होना।'

डॉक्टर सान्याल ने कहा था, 'फिर भी आखिरी कोशिश करके देखूँगा।'

उस समय मेरा एक जगह से दूसरी जगह तबादला होता जा रहा था। इसलिए मीठी दीदी की कोई खबर न ले सका। बिलासपुर से जबलपुर जा रहा था, तो जबलपुर से नैनी। फिर नैनी से इलाहाबाद। सुना था, हंगरफोर्ड स्ट्रीटवाले मकान में शंकर अकेले रहता है। उसके बारे में सोचकर न जाने क्यों मन मसोसने लगता था। जन्म के बाद से माँ-बाप का स्नेह नजदीक से पाने का मौका उसे नहीं मिला था। अकेले बेसहारा

शैशव और किशोर बिताकर उसने यौवन की सीमा में कदम रखा ही था। कभी-कभी सोचता था कि उसकी शादी हो जाती तो अच्छा होता। लेकिन कौन उसकी शादी करता?

उस बार मीठी के आगे मैंने बात छेड़ी थी।

कहा था, 'शंकर की शादी कर दीजिये मीठी दीदी।'

मीठी दीदी बोली थीं, 'और मैं कै दिन की मेहमान हूँ, मेरी जिन्दगी तो खत्म हो चली है। जब मैं सबको छुट्टी देकर चली जाऊँगी तब शंकर भी आराम से ब्याह कर चैन से घर बसायेगा। क्या दो-चार दिन भी वह मेरे लिये रुक नहीं सकता?'

वियना से मीठी दीदी लौट आयीं तो उस बार उनके जन्मदिन पर फिर मुझे निमन्त्रण मिला। उस बार सोचा था कि अब जाकर देखूँगा मीठी दीदी की सेहत काफी सुधर गयी है। लेकिन जाकर देखा कि वही पहले की सी-हालत है। पहले की ही तरह वे आरामकुर्सी पर अधलेटी बैठी हैं।

जो उपहार साथ ले गया था, उसे सामनेवाली टेबिल पर रखकर पूछा था, 'कैसी हैं मीठी दीदी?'

मीठी दीदी हमेशा की तरह सिल्क, साटन, जार्जेट, स्नो और पाउडर से लिपटी बैठी थीं।

बोली थीं, 'मेरा क्या--अब शायद ज्यादा दिन नहीं रहना है।'

मैंने कहा था, 'वियना जाकर भी आपकी तबीयत ठीक नहीं हुई?'

मीठी दीदी बोली थीं, 'अब मरने से पहले यह ठीक होने की नहीं!'

इतना कहकर वे चाकलेट चूसने लगी थीं।

खैर, तबीयत ठीक करने के लिए मीठी दीदी की कोशिश में कोई कमी नहीं थी। डॉक्टर सन्याल भी मीठी दीदी को जगह-जगह घुमा लाते थे। कभी पुरी, कभी चिल्का तो कभी कहीं और। डॉक्टर सान्याल पता नहीं कब मीठी दीदी का इलाज करने आये थे। वह भी एक युग पहले की बात है। जीजा जी उस समय जिन्दा थे। उसके बाद कितने साल बीत गये। लेकिन मीठी दीदी की न बीमारी ही ठीक हुई और न डॉक्टर सान्याल ही अपनी बहुत बड़ी जिम्मेदारी से छुटकारा पा सके।

याद है, उस बार शंकर के आत्महत्या करने की खबर पाकर मैं भागा-भागा कलकत्ते गया था।

ऐसे अचानक यह घटना घटी थी कि पहले तो मैं विश्वास ही नहीं कर सका।

मैं डर रहा था कि अब शायद मीठी दीदी को कोई बचा नहीं पायेगा। शंकर के शोक में जरूर मीठी दीदी का हार्ट फेल करेगा। उस बार जीजा जी के मरने का शोक मीठी दीदी किसी तरह बरदाश्त कर गयीं, डॉक्टर सान्याल की कोशिश से; लेकिन शंकर की अकालमृत्यु का आघात वे कैसे सह लेंगी? शायद जाकर देखूँगा कि शंकर तो नहीं ही है मीठी दीदी भी नहीं हैं।

बहुत डरता हुआ हंगरफोर्ड स्ट्रीटवाले मकान में जा पहुँचा था। शंकर का अन्त ऐसे होगा, यह मैं सोच भी नहीं सकता था। फिर भी एक बार सोचा कि शंकर ने शायद मीठी दीदी को आघात पहुँचाने के लिए ऐसा रास्ता अख्तियार किया है। शायद शंकर ने सोचा था कि मीठी दीदी से बदला लेने का यही एकमात्र उपाय है।

लेकिन शंकर को क्या पता था कि मीठी दीदी का हार्ट लोहे का बना है।

मकान के अन्दर जाने के रास्ते में बाहरवाले कमरे में डॉक्टर सान्याल बैठे थे।

मुझे देखकर उन्होंने कहा, 'तुम आ गये—शायद तुमने खबर सुनी है।'

मैंने पूछा, 'शंकर ने ऐसा क्यों किया? क्या हुआ था?'

फिर डॉक्टर सान्याल ने वह किस्सा बताया। शंकर बराबर बहुत कम बोलता था, किसी से उसका कोई विरोध नहीं था। शायद उसका दिमाग खराब हो गया था। मुझे याद है, डॉक्टर सान्याल ने कहा था, 'अगर शंकर सुइसाइड न करता तो जरूर आखिर में पागल हो जाता।'

मैंने फिर पूछा, 'लेकिन दिमाग क्यों खराब हुआ?'

डॉक्टर सान्याल ने बताया, 'डॉक्टरी में इसे मेनिया कहते हैं। बहुत ज्यादा ब्रूडिंग नेचर का होने पर ऐसा होता है। ऐसा आदमी या तो सुइसाइड करता है या अन्त तक पागल हो जाता है।'

उन्होंने फिर कहा, 'तुम अपनी मीठी दीदी को यह सब मत बताना। उनको अभी तक यह खबर मालूम नहीं है।'

'मीठी दीदी को मालूम नहीं है?'

'हाँ, उनको यह सब नहीं बताया गया, बताने पर इस बार मैं उनको बचा नहीं सकता था। मिस्टर सेन के मरते समय क्या हुआ था, वह तो मैं ही जानता हूँ—खैर, कुछ भी हो, माँ का दिल है, बेटे की मौत कोई भी माँ बरदाश्त नहीं कर सकती। फिर मिसेज सेन के हार्ट की जो हालत है, किसी भी दिन कुछ भी हो सकता है।'

याद है, उस दिन सीढ़ी से मीठी दीदी के कमरे में जाते समय मानो मेरे सिर पर खून सवार हो गया था।

सोचा था, शंकर की अल्पमृत्यु का समाचार मैं ही मीठी दीदी को सुनाऊँगा और यह देखूँगा कि मीठी दीदी का हार्ट फेल होता है या नहीं! अगर होता है तो भी मुझे कोई अफसोस नहीं। मेरे मन में आया था—मीठी दीदी का ऐसा नाम किसने रखा था क्या पता, लेकिन उनमें कहीं मिठास का नाम नहीं।

लेकिन मेरा सारा निश्चय मीठी दीदी के सामने जाकर कमजोर पड़ गया।

वही सिल्क, सेण्ट, जार्जेट, स्नो और पाउडर! वही आरामकुर्सी, वही तबीयत खराब रहने की शिकायत। उसी तरह चाकलेट चूसना और उसी तरह उनका पैर सहलाती हुई नौकरानी।

सचमुच उनके सामने जाकर मैं कुछ कह नहीं पाया।

मीठी दीदी बोलीं, 'अब ज्यादा दिन नहीं, अब जल्दी ही तुम लोगों को छुट्टी दे दूँगी।'

इतना कहकर मीठी दीदी चाकलेट चूसने लगीं।

उस दिन हंगरफोर्ड स्ट्रीट से लौटकर दूसरे दिन घर गया था। माँ ने कहा था, 'शंकर हीरा लड़का था, इसलिए अपनी जान ले ली, नहीं तो कोई और लड़का होता तो माँ को मार डालता। मनोहर भैया अगर आज होते तो ऐसी बेटी को गोली से उड़ा देते, यह मैं कहे देती हूँ।'

मैं कुछ समझ नहीं पाया। पूछा, 'क्यों?'

'और नहीं तो क्या? कहाँ बेटे की शादी करती, घर में बहू ले आती और कहाँ वह कलमुँही राँड़ खुद शादी कर बैठी। शंकर ने क्या यों ही अपनी जान ले ली।'

मैंने पूछा, 'किसने शादी की?'

'अरे वही मीठी, इतना बड़ा लड़का रहते डॉक्टर से शादी कर ली!'

ये सब बातें भी पन्द्रह-बीस-पच्चीस साल पहले की हैं। उसके बाद हर साल मीठी दीदी के जन्मदिन पर कलकत्ते गया हूँ। यथा-रीति उपहार दे आया हूँ। डॉक्टर सान्याल को हमेशा की तरह मीठी दीदी की सेहत के लिए यह ख्याल रखते देखा है कि उनके लिए कोई बात उत्तेजना का कारण न बने, किसी तरह उनके मन में अशान्ति न पैदा हो! अगर ऐसा हो गया तो मीठी दीदी को बचाना मुश्किल होगा।

डॉक्टर सान्याल ने बार-बार कहा है कि तुम्हारी मीठी दीदी के हार्ट की जो हालत है, उससे किसी भी क्षण कोई भी दुर्घटना घट सकती है। लेकिन पिछले पन्द्रह-बीस-पच्चीस वर्षों में कोटि-कोटि क्षण खामोशी से महाकाल में लय हो गये लेकिन कोई दुर्घटना नहीं घटी। उसके बाद जब डॉक्टर सान्याल के चल बसने की खबर मिली तब भी अच्छी तरह जानता था कि मीठी दीदी को कुछ न होगा। मैं खूब जानता था कि मीठी दीदी का हार्ट लोहे का है। यह भी अच्छी तरह जानता था कि मीठी दीदी कुछ भी हों—लेकिन मीठी कतई नहीं हैं। फिर भी मीठी दीदी के घर गया। मीठी दीदी के जन्मदिन के निमन्त्रण पर मुझसे बिना गये रहा नहीं गया।

अभी पिछले साल मैं मीठी दीदी के जन्मदिन पर कलकत्ते गया था।

अच्छी तरह जानता था—मीठी दीदी उसी तरह आरामकुर्सी पर अधलेटी पड़ी मिलेंगी। नौकरानी पाँव सहलाती होगी। सिल्क, सेण्ट, जार्जेट, स्नो और पाउडर में लिपटी सजी-धजी मीठी दीदी चुपचाप बैठी होंगी। हर बार की तरह इस बार भी जाकर उपहार दूँगा। तिपाई पर उपहार सामग्री को रखूँगा। पूछूँगा—'कैसी हो मीठी दीदी?'

मीठी दीदी उसी तरह कहेंगी, 'मेरा भी क्या रहना, अब दो-चार दिन में तुम लोगों को छुटकारा दे दूँगी।'

इतना कहकर मीठी दीदी फिर हमेशा की तरह आरामकुर्सी में अपने को ढीला छोड़कर चाकलेट चूसेंगी और आराम से टुकुर-टुकुर ताकती रहेंगी। सच में विधाता ने मानो मीठी दीदी को अक्षय आयु देकर इस दुनिया में भेजा था।

लेकिन पिछली बार के जन्मदिन पर मीठी दीदी ने सचमुच मुझे हैरत में डाल दिया।

हंगरफोर्ड स्ट्रीटवाले मकान में पहुँचकर भी पहले मुझे कुछ मालूम न हो सका था।

नौकर-चाकर और माली-नौकरानी, सब पहले की तरह थे। लेकिन वह परिचित आरामकुर्सी खाली पड़ी थी।

एक नौकरानी को देखकर मैंने पूछा, 'मीठी दीदी कहाँ हैं?'

नौकरानी ने कहा, 'कमरे में लेटी हैं—बीमार हैं।'

मैंने हैरान होकर पूछा, 'बीमार कब से हैं?'

नौकरानी ने कहा, 'कल से। कल अचानक गिर पड़ीं।'

हाँ, तो मीठी दीदी सचमुच बीमार थीं। कमरे में जाकर देखा कि वे खाट पर चित लेटी हैं। सारी देह सुन्न है। कोई अंग नहीं हिलता। पकड़कर करवट बदलवाना पड़ता है। मुँह को उठाकर खिलाना पड़ता है। सारा शरीर शिथिल हो गया है। पैरालिसिस से मीठी दीदी एकदम पंगु हो गयी हैं। फिर भी ऐसे में किसी ने उनको पाउडर, स्नो, रूज और लिपस्टिक पोतकर सजाया था। पाँवों में जान नहीं थी। फिर भी एक नौकरानी बैठी पाँवों को सहला रही थी।

हमेशा की आदत के मुताबिक मैंने पूछा, 'कैसी हैं मीठी दीदी?'

मीठी दीदी मेरी तरफ सूनी आँखों से देखती रही थीं, कुछ बोल न सकीं। सिर्फ उनके दोनों होंठ मानो हिले थे। लगा था मानो वे कुछ कहना चाह रही हैं—मेरा रहना और न रहना...अब और कै दिन रहूँगी...कै दिन बाद तुम सबको छुट्टी दे जाऊँगी...अब सच में और ज्यादा दिन नहीं...'

मीठी दीदी की आँखों से आँसू बहकर पाउडर-स्नो धुल गया। जिन्दगी में वही पहली बार मीठी दीदी की आँखों में आँसू देखा था। लेकिन तब भी मुझे लग रहा था मानो मीठी दीदी अब भी झूठ कह रही हैं, अब भी हमें धोखा दे रही हैं। यह भी मानो एक बहाना है, मानो यह भी मीठी दीदी का एक नये ढंग का फरेब है। जब तक एकदम नहीं मर जातीं तब तक मीठी दीदी पर विश्वास नहीं किया जा सकता।

आज सोचता हूँ कि वह मीठी दीदी कहाँ गयीं? और वह सोना दीदी भी कहाँ गयीं?

आजकल लिखते समय अक्सर अनमना हो जाता हूँ। अनेक बार अपनी ही चिन्ता के समुद्र में गोते लगाने लगता हूँ। कभी लेखक बन सकूँगा, क्या यह उन दिनों मैं सोच पाया था? केवल लोलुप आँखों से दूसरों की किताबों को देखा करता था। कितने ही लोगों की कहानियाँ कितने मासिक और साप्ताहिक पत्रों में छपीं, कितनी ही रचनाएँ पढ़ते हुए रोकर आँखें सुजा डालीं, मन-ही-मन क्षुभित हुआ और ईर्ष्या हुई कि कब मैं भी ऐसी रचनाएँ कर सकूँगा। कब मेरी रचनाएँ पढ़कर भी लोग इस तरह हँसेंगे, रोयेंगे और दीन-दुनिया को भूल जायेंगे। लेकिन कहाँ गयीं वे सब रचनाएँ और वे सब लेखक?

मैं स्वयं गलत पता लिखे खत के समान एक शहर से दूसरे शहर घूमता रहा। जीवन के एक घाट से दूसरे घाट लगता रहा। दस स्कूलों में घूमकर तब स्कूली जीवन की अन्तिम परीक्षा में उत्तीर्ण हो सका। क्या तब भी यह मालूम था कि सिर्फ स्कूल की परीक्षा ही आखिरी परीक्षा नहीं है। जीवन की शेष परीक्षा की चौखट लाँघने के लिए अथक साधना चाहिए। लेकिन यह बात सोना दीदी न बतातीं तो मैं कभी न जान पाता। उस समय तक यही जानता था, सम्पादक से दोस्ती रहने पर ही रचना छपती है। या प्रकाशक का रिश्तेदार होने पर ही किताब छपती है। अर्थ रहने से परमार्थ की प्राप्ति होती है। लेकिन सोना दीदी ने मुझको जीवन के एक दूसरे ही पहलू के बारे में बताया। कहना चाहिए कि सोना दीदी ने ही मुझको पहली बार स्वीकार किया।

लेकिन सोना दीदी से परिचय भी एक मजेदार किस्सा है।

अमरेश ने ही पहली बार उनसे मेरा परिचय करा दिया था। वही अमरेश! अमरेश के बारे में बताने का अवसर यह नहीं है। 'कन्यापक्ष' में सिर्फ नारी चरित्रों का ही अंकन करने का निश्चय किया है। लेकिन जिस दिन अमरेश के बारे में लिखूँगा उस दिन अपनी सारी कृतज्ञता उँड़ेल देनी पड़ेगी। क्या अमरेश कभी खुद भी यह समझ पाया था कि उसने मेरा क्या उपकार किया है।

एक दिन अमरेश ने ही मजाक करते हुए कहा था, 'जानती हैं सोना दीदी, यह कवि है—'

पहले सोना दीदी ने भी इसे मजाक समझ लिया था। कहा था, 'क्या, तुकबन्दी करता है?'

मैंने कहा था, 'नहीं, तुकबन्दी नहीं करता। कहानी लिखता हूँ।

'कहानी?' सुनकर सोना दीदी हँसी नहीं थीं। अवाक् हो गयी थीं। उन्होंने आगे और कुछ नहीं कहा था।

लेकिन कहाँ गया वह अमरेश? कहाँ गये अमरेश के क्लब के वे सब दोस्त? सोना दीदी के मकान के सामनेवाले बगीचे के एक कोने में अमरेश की व्यायामशाला थी। हम सब अमरेश के शागिर्द थे। डम्बल और मुग्दर से हम कसरत करते थे। उसके बाद यथा-नियम क्लब टूट गया था। सब इधर-उधर हो गये थे। सिर्फ मैं बचा था। सोना दीदी से एक मेरा ही सम्पर्क बना रहा।

सच में, अगर मैं कभी अपने लेखकीय जीवन की जन्मकथा लिखूँगा तो पहले सोना दीदी के बारे में लिखना पड़ेगा। सोना दीदी न होतीं तो मेरे लेखक-जीवन का बहुत सारा हिस्सा अनुपजाऊ पड़ा रहता! मुफस्सिल के एक गरीब लड़के को सोना दीदी ने किन आँखों से देखा था, क्या पता? लेकिन सोना दीदी मेरी कौन थीं? कोई नहीं। मेरे समसामयिक जो थे, एक-एक कर उनकी दस-बारह किताबें निकल गयीं। लोगों में उनका नाम हो गया। लेकिन मेरी एक भी किताब बाजार में नहीं आयी।

सोना दीदी कहती थीं, 'न निकले तेरी किताब, पहले तू अपना हाथ माँज ले—उसके बाद...'

एक-एक कहानी लिखता था और सोना दीदी को पढ़कर सुनाने ले जाता था। पूछता था, 'अब हाथ मँजा?'

सोना दीदी कहतीं, 'नहीं, अभी बहुत बाकी है—तेरे बढ़िया उपन्यास लिखने में अभी बहुत देर है।'

याद है, उन सारी दुपहरियों की दौड़-धूप। चिलचिलाती धूप में चारों तरफ भाँयँ-भाँयँ होता रहता। लगता, सारा कलकत्ता मानो खाली हो गया है। सड़क पर एक भी फेरीवाला नजर नहीं आता। और अकेले मैं साइकिल पर बैठे जा रहा होता पत्रिकाओं के दफ्तर में। सोचता, क्या मेरी कहानी उन लोगों को पसन्द आयी? एक पत्रिका के दफ्तर से दूसरी पत्रिका के दफ्तर में। उसके बाद फिर किसी और पत्रिका का दफ्तर। ग्रह के ग्रहान्तर में, कक्षा से कक्षान्तर में। एक बेचैन लड़के ने साइकिल पर बैठकर सारा कलकत्ता रौंद डाला था। कोई भी एक रचना छप जाय और लोग मेरी तारीफ करें। मेरा नाम हो मेरा नाम होने से मेरे वंश का गौरव बढ़े। सिर्फ इतना ही। इससे ज्यादा मैं और कुछ नहीं चाहता था।

उन दुपहरियों में सोना दीदी अपने ठण्डे कमरे में आरामकुर्सी पर बैठे भीगे बाल खोल देती थीं। हाथ से थामी किताब के पन्ने पंखे की हवा में फर-फर उड़ते रहते थे। बाहर बगीचे में, आम के पेड़ की डाल में कोई एक पतंग आकर फँसी होती। बगीचे के हरे परिवेश में लाल-नीले मिले-जुले रंग की वह पतंग बेमौके छन्दपतन की तरह लगती। सोना दीदी का मुहल्ला ही दूसरे ढंग का था। वहाँ सुबह-शाम भी चहल-पहल नहीं रहती थी। हाथ में सब्जी या मछली लाने का झोला लटकाये राह चलनेवाले वहाँ बहुत ज्यादा नहीं थे। जो कुछ आवाज होती, वह भी मोटर की। वह मुहल्ला ही मोटर पर चलनेवालों

का था। और मैं? मैं, आम के पेड़ पर लटकती उस पतंग के समान उस घर में एकमात्र अनोखा अतिथि होता। मौके-बेमौके उस घर में मेरा जाना बेरोक-टोक था।

मेरी आवाज पाते ही सोना दीदी पूछती, 'कौन है रे?'

'मैं हूँ।'

'अच्छा, आ जा।' कहकर सोना दीदी फिर आरामकुर्सी से टिक जातीं।

फिर पलटकर पूछतीं, 'और क्या लिखा है?'

सोना दीदी जानती थीं कि लिखने की बात छेड़ने के अतिरिक्त मैं और कुछ नहीं चाहता। उन दिनों लिखना ही मेरा जप-तप और अनवरत चिन्तन का विषय था। उसी दम कागज का पुलिन्दा निकल आता था। दो-चार कहानियाँ हर वक्त मेरी जेब में रहती थीं। बैठने के लिए जगह और एक धैर्यवान् श्रोता पाते ही मैं खुश हो जाता था। मैं जिन्दगी देखना और दिखाना चाहता था। जो बात लज्जालु मन किसी से कह नहीं सकता था, जो बात अकेले घर की चारदीवारों के अन्दर सिर धुनती थी—गोष्ठी में, जन-समारोह में और सभा में निकलते हुए सकुचाती थी, वही बात तीन रुपये दाम के ब्लैकबर्ड फाउण्टेन पेन की नोक से कैसी आसानी से निकल आती थी। मानो वह बात मुखर हो मेरे बारे में कहती—कि वह लज्जालु होने पर भी सब समझता है। तुम लोग उसे जितना बेवकूफ समझते हो, उतना वह है नहीं। वह तुम लोगों को भी समझता है! जो तुम अपने-आप नहीं समझते, उसे वह तुमको समझा देगा। जो गूँगा है, उसकी जबान पर वह भाषा देगा। वह कलाकार है। वह साहित्यकार है।

लेकिन एकमात्र सोना दीदी मुझे ठीक से समझती थीं।

मैं कहता, 'सोना दीदी, उन लोगों ने कहा है कि उस कहानी को छापेंगे।'

सोना दीदी आश्चर्य में पड़ जातीं। पूछती, 'छापेंगे?'

'वाह! क्यों नहीं छापेंगे? उन लोगों की पत्रिका में जो कहानियाँ निकलती हैं, उनसे तो मेरी कहानी अच्छी है।'

'हो अच्छी, लेकिन वे कहानियाँ क्या तेरे लिये आदर्श हैं? एक दिन तुझे महाभारत लिखना है न? एक दिन तुझे दुनिया के लोगों और उनके जीवन के बारे में सोचना है न? किसने क्या छापा और नहीं छापा, किसकी कहानी से तेरी कहानी अच्छी हुई, क्या तू यही सब देखेगा?'

मैं कहता, 'मैं कौन हूँ कहाँ रहता हूँ, यह कोई नहीं जानता, अगर मैं जाकर पूछताछ न करूँ तो वे मेरी कहानी को रखे रहेंगे और जान-पहचान के लोगों की कहानी पहले छापेंगे।'

इस पर सोना दीदी कहतीं, 'एक दिन तेरे पास सब दौड़कर आयें, ऐसा लिखने की कोशिश तू क्यों नहीं करता? जो कुछ देखा है, जो कुछ देख रहा है, सब लिखकर रखता जा। जो कुछ सोच रहा है, जो कुछ पढ़ रहा है, सब-कुछ लिखता जा—उस दिन तेरे काम आयेगा।'

उसके बाद हाथ की किताब पास की टेबिल पर रखकर सोना दीदी सीधी बैठ जातीं।

कहतीं, 'पहले लोगों को अच्छी तरह पहचानना सीख। अब तक तूने कितने लोगों को पहचाना है? तेरी उम्र भी क्या है? अब तक जितनों के साथ रहा है, अब भी जिनके साथ उठता-बैठता है, एक साथ रहता है, क्या उन्हीं को ठीक से पहचान सकने का दावा कर सकता है? मेरे साथ जो तेरी इतनी जान-पहचान है, जाने कितने दिन तू दोपहर को मेरे साथ गप लड़ाते हुए यहीं सो गया था—मगर क्या तू मुझको ही पहचान पाया है।

एकाएक सोना दीदी मुझको सोचने को मजबूर करतीं। क्या सोना दीदी को मैं पहचानता हूँ? सोना दीदी के सब-कुछ को? अभी जो मेरे सामने, इस दोपहर को बाल खोलकर इजी चेयर पर बैठी हैं? जो धैर्य के साथ घण्टों मेरी कहानियाँ सुना करती हैं? उत्साहित करती हैं और निरुत्साहित भी! पास खींच लेती हैं तो दूर हटाने में भी संकोच नहीं करतीं। जो बाहर से कितनी निश्चल दिखतीं लेकिन भीतर से कितनी अशान्त हैं। एक ही जीवन में जिस महिला ने बुद्धि, विद्या और फैशन सब निःशेष कर भोग लिया है। जो इस घर को चलाती हैं, इस घर की गृहिणी हैं लेकिन वे इस घर के किसी व्यक्ति की पत्नी नहीं हैं। जिन्होंने एक मामूली कारण से एक दिन अपना घर-द्वार और अपना पति त्याग दिया है। जो आज जिन सन्तानों का पालन-पोषण कर रही हैं, कानूनन वे उनकी माँ नहीं हैं। वे दावत देती हैं तो उस दावत में शामिल होकर कोई भी पुरुष या स्त्री अपने को गौरवान्वित समझती है, लेकिन वे सोना दीदी हैं कौन?

हर बात पर दास साहब कहते, 'मुझसे कहना बेकार है, यह सब सोना से जाकर कहो—

अभिलाष था दास साहब का नौकर। वह चाय ले आता तो दास साहब कहते, 'अभी तो चाय पी, फिर क्यों?'

अभिलाष कहता, 'आज तो आपने चाय नहीं पी—'

दास साहब बिगड़ जाते, कहते, 'जरूर पी है, जाकर पूछ अपनी माँ से—'

सोना दीदी आकर कहतीं, 'फिर क्या हो गया?'

'देख लो सोना, अभिलाष मुझे बार-बार चाय पिलाकर मार डालना चाहता है, कितनी मुसीबत से ब्लडप्रेशर को कम करने की कोशिश कर रहा हूँ।'

छुट्टी में बच्चे घर आकर ठुनकने लगते तो दास साहब कहते, 'मुझसे नहीं—तुम सब अपनी माँ से जाकर बात करो।'

दफ्तर से दोपहर को फोन करके दास साहब पूछते, 'आज क्या खाऊँगा सोना?'

सोना दीदी इधर से कहतीं, 'क्यों, रोज जो खाते हो, टोमैटो का सूप और दो स्लाइस ब्रेड—'

'नहीं, आज यहाँ चिकेन टोस्ट बना है, खा लूँ जरा-सा?'

'नहीं। पहले डॉक्टर को प्रेशर दिखा लो, उसके बाद चाहे जितना खाओ।'

जबलपुर से स्वामीनाथ बाबू लिखते, 'तुम कुछ चिन्ता मत करो सोना, पुँटू का बुखार उतर गया है। कल निन्यानबे था, आज अठानबे पर आ गया है। डॉक्टर भादुड़ी ने कहा है, टाइफायड से उठने के बाद कहीं चेंज में जाना ठीक रहता है। सोच रहा हूँ कि दफ्तर से छुट्टी लेकर उसे कुछ दिन के लिए कहीं ले जाऊँ--एकदम दुबली हो गयी है, तुम देखने पर उसे पहचान न सकोगी।'

खाने की टेबिल पर सोना दीदी घण्टा भर बैठे-बैठे खाती रहतीं। उस समय सब लोग घर के बाहर होते। दास साहब बीच-बीच में दफ्तर से टेलीफोन करते। और उस समय मैं अपनी कहानी की कापी लेकर उनको कहानी पढ़कर सुनाता रहता। एक कहानी खत्म होने पर दूसरी कहानी। और यह एक दिन नहीं। सोना दीदी से परिचय होने के पहले ही दिन से वे न जाने क्यों मुझे अच्छी लगी थीं। जब कलकत्ते में कोई मुझे नहीं जानता था तब एक सोना दीदी से मुझे कितनी मदद मिली थी। फिर भी क्या सचमुच में सोना दीदी को पहचान सका हूँ? या पहचानने की कोशिश की? सिर्फ जानता था कि सोना दीदी दास साहब की विवाहित पत्नी नहीं हैं। लेकिन यह बात दोनों को देखकर समझा नहीं जा सकता था। उस घर के बच्चों को देखकर भी समझा नहीं जा सकता था। सोना दीदी के आचार-व्यवहार से या बाहर दस जने के बीच उठते-बैठते समय भी कोई यह समझ नहीं पाता था। घर के नौकर-चाकर के व्यवहार में भी इसलिए कोई फर्क नहीं था। वैसा ही सहज स्वाभाविक और स्वस्थ सम्पर्क था, जैसा मैंने अपने घर में देखा है। माँग में सिन्दूर। पाँवों में महावर। खाना साहबी ढंग का जरूर था, लेकिन सोना दीदी के लिए कभी-कभी बेर की चटनी और तीता सब्जी बनती थी।

उधर से स्वामीनाथ बाबू बीच-बीच में सोना दीदी को चिट्ठी लिखते। मेरे आगे सोना दीदी का कुछ भी छिपा नहीं था। उनकी सभी चिट्ठियाँ बाहर पड़ी रहती थीं। किसी चिट्ठी में स्वामीनाथ बाबू लिखते; 'लाइफ इन्श्योरेन्स का एक एजेण्ट आया था--क्या और लाइफ इन्श्योर करा लूँ?'

सोना दीदी जवाब में लिखतीं, 'लाइफ इन्श्योर न कराकर मकान की मरम्मत करा लो या कलकत्ते में एक मकान बना लो। नौकरी से रिटायर होने के बाद क्या करोगे?'

कभी स्वामीनाथ बाबू लिखते, 'तुम्हारे कहने के मुताबिक दूध पीना शुरू कर दिया है।'

तब सोना दीदी लिखतीं, 'अगले महीने से दूध और बढ़ा देना--अपने लिये अलग से आधा सेर रख लेना।'

ऐसे ही महीने पर महीने और साल पर साल बीतते जाते थे।

जब सोना दीदी से पहले-पहल परिचय हुआ था तब इस सबके बारे में मेरे मन में कोई कुतूहल नहीं था। पति के साथ पत्नी को भी एक घर में एक साथ रहना पड़ता

है या नहीं, इस बारे में मैं ठीक से कुछ जानता नहीं था। एक बार भी मेरे मन में नहीं आया था कि सोना दीदी के पति जबलपुर में क्यों रहते हैं? स्वामीनाथ बाबू ही सोना दीदी के पति हैं तो ये दास साहब कौन हैं? दास साहब इस घर के कौन हैं? सोना दीदी से दास साहब का क्या सम्पर्क है? ज्यादा दिन उस घर में आने-जाने और उम्र बढ़ने के साथ-साथ जब इस बारे में कौतूहल जगना चाहिए था तब सोना दीदी के व्यवहार से इतना मुग्ध हो गया था कि इस बारे में कुछ सोचने का मौका नहीं मिला। सोना दीदी किसको ज्यादा चाहती थीं, यह भी समझना मुश्किल था। एक बार उनके अपने पति की बात याद आती तो एक बार दास साहब याद आते। फिर कभी मुझे अपनी ही बात याद आती!

उस बार अचानक स्वामीनाथ बाबू के बीमार पड़ने की खबर आयी थी। अब चल बसे तब चल बसे, ऐसी हालत थी। मैं अक्सर सोना दीदी के पास जाकर बैठा रहता। उधर से टेलीग्राम आता और इधर से टेलीग्राम जाता। मैं सिर्फ चुपचाप बैठे रहने के अलावा और कर भी क्या सकता था!

स्वामीनाथ बाबू जबलपुर में नौकरी करते थे। जबलपुर पोस्ट ऑफिस की मुहर लगी चिट्ठी आते ही मैं जबलपुर के बारे में सोचने बैठ जाता था। मैंने बचपन के बहुत-सारे दिन जबलपुर में बिताये थे। जबलपुर की जामुन दीदी और मिछरी भाभी की बात मुझे याद आती थी। याद आती थी नेपियार टाउन में जामुन दीदी के मकान में हम लोगों के फुटबाल खेलने की बात! उस मनोहर-दि-छबीला की बात! मानो सब-कुछ याद आ जाता।

इतने दिनों बाद उस मनोहर से उस दिन अचानक भेंट भी हो गयी थी।

सोना दीदी के बारे में बाद में बताऊँगा। इसके पहले जबलपुर की कहानी कह लूँ। जबलपुर का मनोहर। और मनोहर के माने नेपियर टाउनवाली हम लोगों की जामुन दीदी।

कलकत्ते आकर सोना दीदी को देखने के बाद शुरू-शुरू में मुझे जामुन दीदी याद आती थीं। लगता था कि जामुन दीदी और सोना दीदी में मानो कोई फर्क नहीं है। मानो दोनों एक तरह की हैं। लेकिन और अच्छी तरह समझने के बाद समझा था कि यह मेरी भूल है। सोना दीदी बाहर से देखने पर जो कुछ लगती थीं, असल में वैसी नहीं थीं। लेकिन जामुन दीदी?

मेरा बचपन जबलपुर में बीता है। कलकत्ते आकर जैसे मुझे सोना दीदी मिलीं, वैसे जबलपुर में जामुन दीदी मिली थीं। उस दिन सड़क पर अचानक मनोहर से भेंट हो गयी तो जामुन दीदी मुझे और ज्यादा याद आने लगीं।

मेरे चरित्र में एक अजीब आदत घुली-मिली है—एक विशेषता की तरह। लेकिन उसे शगल के सिवा और क्या कहा जाय! रात को नींद आने से पहले एक बार मैं दिन-

भर की सारी घटनाओं को याद कर लेता हूँ। किससे भेंट हुई, किससे क्या-क्या बातें हुईं, कौन-सी नयी किताब पढ़ी, कौन-सी नयी बात सीखी—इस तरह दिनभर के फायदे और नुकसान का हिसाब बिस्तर पर पड़े-पड़े रोज एक बार कर लेता हूँ। लेकिन प्रतिदिन यही धारणा लेकर सो जाता हूँ कि याद रखने लायक कुछ भी नहीं घटा, कुछ भी नहीं किया गया और सीखने लायक कुछ भी न मिला। प्रतिदिन एक ही अनुभव दोहराया जाता। फिर भी अपने स्वभाव के इस शगल को मैं छोड़ न सका!

लेकिन उस दिन इसका विपरीत घट गया। बिस्तर पर पड़ा-पड़ा सोचता रहा तो अचानक याद आया कि आज सबेरे तो मनोहर से भेंट हुई है। मनोहर-दि-छबीला! स्कूल में पढ़ने-लिखने में मनोहर सबसे पीछे था। लेकिन अपनी शक्ल-सूरत उसने आज भी वैसी ही बना रखी थी। साफ-सुथरा चमचमाता सूट, जतन से बनायी गयी दाढ़ी और चेहरे का वही ग्रीसीयन कट। उसका एक भी बाल सफेद नहीं हुआ था और होठों के बीच कीमती सिगरेट थी।

मनोहर था गरीब घर का लड़का—लेकिन बचपन में भी उसे देखकर यह समझना कठिन था कि वह गरीब है।

चौरंगी के एक होटल से वह निकल रहा था। तुरन्त देखकर उसे पहचानना कैसे सम्भव था? मैंने उसे बहुत दिनों से देखा नहीं था। लेकिन वही मुझे देखकर रुक गया, 'अरे, तू मुझे पहचान नहीं रहा है?'

तब मैंने ठीक से देखा। मनोहर-दि-छबीला। लेकिन अब कुछ-न-कुछ जरूर कर रहा होगा—मैंने सोचा। नहीं तो इतने बड़े होटल में रहने की हैसियत कैसे हो गयी! लड़ाई की बदौलत ऐसे कितने ही नालायक लायक बन गये! हो सकता है, इस बीच मनोहर के हाथ भी ऐसा कोई मौका लग गया हो! कुछ कहा तो नहीं जा सकता।

मेरे दोनों हाथ पकड़कर उसने जोर से झकझोर दिये। बोला, 'आज मैं तुझे नहीं छोड़ूँगा—तू तो बहुत फेमस बन गया है रे!'

मैंने पूछा, 'आजकल तू क्या कर रहा है?'

मनोहर ने दोनों हथेलियों को सामने फैलाकर, कन्धों को नचाकर कहा, 'कुछ भी नहीं।'

फिर सामने से गुजरती एक टैक्सी को रोककर कहा, 'चल—चल मेरे साथ।'

मैं अवाक् रह गया।

पूछा, 'कहाँ?'

मनोहर बोला, 'चल न। अभी तो तुझे कोई काम नहीं है—गप लड़ाऊँगा।'

मैं और भी हैरान हुआ। याद है, हम सबकी खैरात पर निर्भर रहकर मनोहर की पढ़ाई चलती थी। स्कूल में नाश्ता करने के लिए उसे हम पर निर्भर रहना पड़ता था। उसके लिए कपड़े उसका कोई मामा खरीद देता था, जूते उसका कोई फूफा खरीद देता था

और स्कूल की फीस कोई जीजा देता था। लेकिन खैरात के भरोसे वैसी बाबूगिरी करते शायद मैंने उस एक मनोहर को ही देखा था। या हो सकता है कि उनकी शकल-सूरत के कारण मामूली पोशाक भी उस पर खूब जँचती रही हो।

जेब से पर्स निकालकर मनोहर ने टैक्सी का किराया दे दिया। उसके बाद मुझे लेकर एक रेस्तराँ में जा घुसा। फिर लम्बा-चौड़ा कीमती ऑर्डर भी दे दिया। खाते हुए मैंने फिर पूछा, 'आजकल तू क्या कर रहा है?'

एक सिगरेट सुलगाकर ढेर-सारा धुआँ छोड़ते हुए मनोहर ने कहा, 'कुछ नहीं।'

फिर मेरी तरफ देखता हुआ हँसकर बोला, 'तू देखकर हैरान हो रहा है कि यह सब कहाँ से आया? तू मुझे कहता था न मनोहर-दि-छबीला। अब उस छबीले की कदर बढ़ गयी है।'

कौतूहल फिर भी दूर न हुआ। पूछा, 'ये सब किसके पैसे से? कहाँ से तुझे ये पैसे मिले? कौन दे रहा है?'

मनोहर ने कहा, 'जामुन दीदी दे रही है।'

जामुन दीदी! जामुन दीदी अभी जिन्दा हैं! वह तो बहुत दिन की बात है!

मनोहर ने कहा, 'ठहर जरा। पहले पेट में कुछ डाल लूँ, फिर चुस्की लेते-लेते तुझे सब बताऊँगा। वही कहानी सुनाने के लिए अभी तुझे यहाँ ले आया हूँ। तू भी लेता है न, या अब भी उसी तरह भगत बना हुआ है?'

उस दिन रात को अकेले बिस्तर पर पड़े-पड़े जामुन दीदी का चेहरा याद करने की कोशिश की। वही जामुन दीदी! इस समय उम्र जरूर साठ के आसपास होगी। बचपन में बार-बार मेरे मन में आता था कि इनका यह जामुन दीदी नाम किसने रखा है। लेकिन चाहे किसी ने रखा हो, उसमें रसबोध जरूर रहा होगा। देखता था, जामुन दीदी बरामदे में लगे झूले में पाँव लटकाये बैठी झूल रही हैं। गोरा-चिट्टा मुखड़ा मानो चमक रहा है। सामनेवाले बगीचे में खेलते हुए हमने देखा है कि जामुन दीदी झूला झूलती हुई सामने सड़क की तरफ देख रही हैं। अगर कभी फुटबाल लुढ़कता हुआ जामुन दीदी के पास पहुँच जाता तो मैं लपककर उसे उठाने के लिए दौड़ पड़ता। उनके पास जाते ही न जाने कैसे खुशबू नाक में भर उठती। आज तक ऐसी खुशबू किसी के बदन से निकलते नहीं पायी। सिल्क की साड़ी के सरकने की मीठी आहट के संग वह साफ सुहानी सुगन्ध मुझे और कहीं नहीं मिली। कभी गेंद उनके पाँव से जा लगती तो मेरे सारे शरीर में न जाने कैसी सिहरन दौड़ जाती। धूल लगी गेंद को मैं सीने से लगाये-लगाये उस दिन घर लौटता।

कभी-कभी जामुन दीदी का मिजाज न जाने क्यों बहुत अच्छा रहता। हम लोगों को बुलाकर कहतीं, 'जो दौड़ में फर्स्ट आयेगा, उसे यह सन्तरा दूँगी।'

हम पन्द्रह-सोलह लड़के लाइन लगाकर खड़े हो जाते। जामुन दीदी के इशारा करते ही हम एक साथ दौड़ पड़ते। मेरा स्वास्थ्य हमेशा से कमजोर है। दौड़ने-कूदने में मैं

कभी बचपन में ज्यादा हिस्सा नहीं लेता था। मैं जानता था कि हार जाऊँगा। लेकिन न जाने क्यों, शायद उस सन्तरे के लालच से या जामुन दीदी का हाथ छू सकूँगा, इस खयाल से, मेरे सारे शरीर में उत्तेजना दौड़ जाती।

जब सचमुच सबको पीछे छोड़कर मैं फर्स्ट हो जाता तब न जाने कैसी अनुभूति जगती। दौड़ में मेरे फर्स्ट आने की उम्मीद कोई नहीं कर सका था। जामुन दीदी भी नहीं। क्या इसीलिए उस दिन उनके चेहरे से उतनी खुशी टपक नहीं रही थी।

फिर भी याद है, पहली बार जामुन दीदी के हाथ से सन्तरा लेते समय न जाने क्यों अपने को सँभाल नहीं पाया था। आरामकुर्सी पर बैठी जामुन दीदी की गोद में हड़बड़ाकर मैं गिर पड़ा था।

जामुन दीदी ने अचानक मुझे पकड़ लिया था। कहा था, 'क्यों रे, इतना हाँफ क्यों रहा?'

उस समय मेरी उम्र दस या ग्यारह साल रही होगी और जामुन दीदी की शायद पैंतीस। मैं देर तक जामुन दीदी की गोद में, साड़ी की तहों के बीच, मुँह दबाये पड़ा था। उतने लड़कों के सामने जामुन दीदी ने मुझे दोनों हाथों से पकड़कर खड़ा किया था और मेरे दोनों गाल दबा दिये थे। कहा था, 'कैसा बेवकूफ लड़का है रे, मेरी साड़ी गन्दी कर दी न!'

उस दिन से, मौका पाते ही मैं जामुन दीदी के आसपास चक्कर लगाया करता था। फिर उसके बाद एक दिन जामुन दीदी ससुराल चली गयी थीं। शायद इलाहाबाद में उनकी ससुराल थी। जामुन दीदी के पति को कभी नहीं देखा था। लेकिन लीला को देखता था। जामुन दीदी की इकलौती बेटी लीला। वह हू-ब-हू छोटी जामुन दीदी लगतीं। हम लोगों की उम्र की। जब जामुन दीदी ससुराल चली जाती थीं तब हम लोगों को अच्छा नहीं लगता था।

उस घर के नौकर-चाकर से हम पूछते, 'जामुन दीदी कब आयेंगी?'

ताऊ जी नीचे नहीं आते थे। उनके पास जाते हुए हम डरते थे। संगमरमर का बहुत बड़ा मकान था उनका। जामुन दीदी के चले जाने के बाद उतना बड़ा मकान मानो एकदम सूना लगने लगता। हम मुहल्ले के लड़के ताऊ जी के बगीचे में जाकर खेलते। वही हम लोगों के खेल का मैदान था। उस मुहल्ले के लड़कों से उस मकान का क्या सम्बन्ध था, यह समझ में नहीं आता था फिर भी जबलपुर के नेपियर टाउन के उस संगमरमरी मकान के सामनेवाला बगीचा ही हमारी उम्र के लड़कों के खेलने का एकमात्र ठिकाना था।

फिर एक दिन मनोहर ने बताया, 'सुन, कल जामुन दीदी आ रही हैं।'

मैंने पूछा, 'तुझे कैसे मालूम हुआ?'

लेकिन मनोहर ने यह मालूम होने का जरिया नहीं बताया। फिर वह रात मेरी न जाने कैसे बीती। जामुन दीदी के आने का मतलब था फिर वही रोमांच।

बगीचे के किनारे-किनारे झाड़बन्दी के पेड़ छाँटे जाते। मकान की साफ-सफाई होने लगती। दो-एक बार ताऊ जी की आवाज भी सुनायी पड़ती। और पाखी? देखता, पाखी भी सज-धजकर नौकर के संग घूमने निकल रहा है। जामुन दीदी का सगा भाई था पाखी। हमारी उम्र का। लेकिन कैसा बेजान बेवकूफ-सा था, बात नहीं कर सकता था और हँसता तो लगता कि मुँह बना रहा है। ताऊ जी की एक ही बेटी जामुन दीदी थी और एक ही बेटा था पाखी। पाखी दिन-रात नौकर के संग रहता था। सुना था, उस विकलांग बेटे के जन्म के बाद जामुन दीदी की माँ मर गयी थीं।

बॉम्बे मेल के आने के समय मैं अकेला चुपचाप स्टेशन के पास जाकर खड़ा हो गया था। जामुन दीदी इसी गाड़ी से आनेवाली थीं न। न जाने क्यों मैं थरथर काँपने लगा।

जामुन दीदी अकेली ट्रेन के फर्स्ट क्लास डब्बे से निकल आयी थीं। मुझे देखकर उन्होंने कहा था, 'क्यों रे, पहचान रहा है?'

उसके बाद मेरी बगल में खड़े लड़कों को देखकर जामुन दीदी ने कहा था, 'अरे, मनोहर भी आया है—और फटिक, तू भी?'

फिर चारों तरफ मैंने देखा था तो पाया था कि हमारी टोली के सभी आये हैं। लेकिन किसी ने किसी से कहा नहीं था।

जामुन दीदी ने पूछा था, 'क्या यहाँ पर फुटबाल खेलना है?'

मैंने कहा था, 'जी हाँ।'

फटिक ने कहा था, 'नहीं जामुन दीदी, हम आपको देखने आये हैं।'

'सच?' कहकर जामुन दीदी ने हँसकर फटिक का गाल जोर से दबा दिया था।

पाखी को लेकर ताऊ जी की गाड़ी स्टेशन आयी थी। जामुन दीदी उसी में बैठकर चली गयी थीं। लेकिन तब भी मानो मैं जामुन दीदी के बदन की खुशबू जी भरकर सूँघ रहा था।

कभी-कभी जामुन दीदी के साथ लीला भी आती। फिर तो हम लोगों का फुटबाल खेलना दूने उत्साह से चलता। लीला भी दार्जिलिंग या कर्सियाँग कहीं मिशनरी स्कूल में पढ़ती थी। छुट्टी में माँ के पास इलाहाबाद आती थी। जितने दिन जामुन दीदी नेपियर टाउनवाले मकान में रहतीं, हमें वही पुरानी खुशबू मिलती। सारा मकान उस खुशबू से महमहा उठता।

कई बार बहाने बनाकर मैं सवेरे भी जामुन दीदी के पास जाता था। सवेरे जामुन दीदी अक्सर खाली नहीं रहती थीं। ताऊ जी का नौकर दुखमोचन सिल-बट्टे से ढेरसारे सन्तरे पीसता रहता। छिलके के साथ पीसे गये सन्तरे का लपटा फिर गरम पानी में उबाला जाता, तब उससे जामुन दीदी नहातीं। जैतून के तेल की बोतल भी रहती। पहले दो घण्टे तक जामुन दीदी जैतून के तेल की मालिश करती थीं, फिर सन्तरे के रस मिले

गरम पानी से नहातीं। बाथरूम में तरह-तरह के साबुन होते। जामुन दीदी जब नहाने जातीं तब बाथरूम के दरवाजे के पास उसकी आया तौलिया लिये खड़ी रहती। फिर दस बजे तक उनका नहाना होता। फिर जब नहाकर जामुन दीदी निकलतीं तब एकदम बदली हुई नजर आतीं।

मकान के अन्दर मुझे देखकर जामुन दीदी मेरे गाल जोर से दबा देतीं। कहतीं, 'मुँह बाये क्या देख रहा है रे बेवकूफ—पढ़ना-लिखना नहीं है? स्कूल नहीं जायगा?'

'वाह, आज तो रविवार है!'

याद है, उन दिनों जब हम छोटे थे, तब जामुन दीदी हम सबके लिए एक सपना थीं, एक विस्मय थीं। पढ़ना-लिखना, सोना-खेलना—हर घड़ी जामुन दीदी मानो हमारी जिन्दगी के संग घुल-मिल गयी थीं। जामुन दीदी को घेरती हुई ही हमारी कल्पनाएँ थीं, उन्हीं को लेकर हमारा सपना था। अपने घर में बैठकर पढ़ते समय भी कभी-कभी मैं अनमना हो जाता था। लगता जामुन दीदी की गोरी-गोरी, फूली-फूली उँगलियाँ मानो अपने सामने देख रहा हूँ। जामुन दीदी के घुँघराले बालों के ढेर, सिल्क की साड़ी के सरकने की मधुर आवाज, बदन की वह अद्भुत सुगन्ध—मानो सारे दिन, सारी रात हम सबके मन को मतवाला बनाये रखती।

जामुन दीदी की उँगलियों में शायद बहुत ताकत थी, नहीं तो जब वे हमारे गाल दबातीं तो इतने दुखते क्यों? फिर जामुन दीदी जिस दिन गम्भीर बनी रहतीं, उस दिन भूल से भी हम लोगों का गेंद खेलना नहीं देखतीं। जिस दिन वे हमारा गाल दबाना भूल जातीं उस दिन हमें कतई अच्छा नहीं लगता था। किसी तरह कुछ भी अच्छा नहीं लगता था।

लेकिन एक दिन जब हम खेलने गये तो मानो कुछ अजीब-सा लगा था। उस दिन पाखी नौकर के संग घूमने नहीं निकला। मकान के दरवाजे और खिड़कियाँ खोली नहीं गयीं। सारा मकान मानो भाँयँ-भाँयँ करने लगा था। नौकर-चाकर की आवाज तक सुनायी नहीं पड़ रही थी।

मनोहर ने कहा, 'सुना, जामुन दीदी का पति मर गया है।'

'अरे!'

मनोहर बोला, 'हाँ, मैंने सुना है टेलीग्राम आया है कि अचानक हार्ट फेल हो जाने से मर गया है! कल जामुन दीदी यहाँ आ जायेंगी।'

उस दिन मैं अपने कमरे से दरवाजा बन्द कर कितना ही रोया था। लेकिन पता नहीं, क्यों रोया था। शायद यह सोचकर कि फूफा के मर जाने के बाद फूफी ने सफेद कपड़ा पहना था, अब वे मांस-मछली नहीं खातीं, तो क्या जामुन दीदी भी वैसा करेंगी! विधवा होने के बाद फूफी को जिस तरह रोते देखा था, जामुन दीदी को भी मैंने अपनी कल्पना में उसी तरह रोते देखा।

मनोहर के साथ मैं फिर उस दिन स्टेशन पर जा खड़ा हो गया था। मेरी आँखें भर आयी थीं। विधवा की पोशाक में जामुन दीदी को पहली बार देखकर कैसे बात करूँगा, मैं यहीं सोच रहा था।

बॉम्बे मेल आ गयी।

छाती के अन्दर धक-धक होने लगा था। क्या दृश्य देखूँगा, क्या पता!

मुझे लगा कि जामुन दीदी डिब्बे से निकल रही हैं। मैंने दोनों आँखें बन्द कर लीं। मानो मैं वह दृश्य बर्दाश्त नहीं कर पा रहा था।

लेकिन जामुन दीदी ने मुझे देख लिया था। आगे बढ़कर वे मेरे और मनोहर के सिर पर हाथ फेरने लगीं। बोलीं, 'देख रही हूँ, तुम सब मुझे भूले नहीं। चलो, गाड़ी में चलकर बैठो।'

इतना कहकर जामुन दीदी ने मुझे अपनी बगल में बैठा लिया था।

सिर उठाकर मेरी देखने की हिम्मत नहीं हो रही थी। फिर भी जामुन दीदी की सिल्क की साड़ी की खस-खस आवाज और मधुर सुगन्ध से मैं मतवाला-सा हो रहा था। मैं उनसे एकदम सटकर बैठा था। हम दोनों को उन्होंने दो हाथों से पकड़ रखा था। डामर की सड़क पर गाड़ी सर-सर चली जा रही थी। बीच-बीच हचकोले लगते और हम तीनों एक साथ हिल जाते। जामुन दीदी की सोने की चूड़ियाँ मेरी छाती में गड़ रही थी, दर्द भी खूब हो रहा था, लेकिन हिलने की हिम्मत नहीं पड़ रही थी। कहीं जामुन दीदी हाथ न हटा लें। लगा, इस तरह अगर मीलों हचकोले खाते हुए जाया जाय, तो बड़ा अच्छा हो। उस दिन बैठे-बैठे एकाएक मैं जामुन दीदी की गोद में, सिल्क की साड़ी में, मुँह छुपाकर फूट-फूटकर रोने लगा था।

जामुन दीदी ने हाथ से मुझे और जोर से पकड़ लिया था।

बोली थीं, 'यह कैसा बेवकूफ लड़का है! छी, इस तरह नहीं रोते।'

जामुन दीदी के चुप कराने से मेरा रोना और बढ़ गया था।

याद है, उस दिन घर लौटते वक्त मैं बहुत रोने लगा था तो मनोहर ने मुझे देखकर कहा था, 'रो क्यों रहा है, यह तो अच्छा हुआ।'

मैंने पूछा था, 'क्यों?'

मनोहर बोला था, 'अब से जामुन दीदी कहीं नहीं जायँगी, यहीं रहेंगी।'

मनोहर की इस बात से मानो मुझे भी बहुत खुशी हुई थी। खुदगर्ज की तरह सोचा था : ठीक है, बहुत अच्छा हुआ! जामुन दीदी बराबर इस नेपियर टाउन के मकान में रहेंगी, रोज उनको देख सकूँगा और रोज वे मेरा गाल दबा देंगी।

जैसा सोचा था, सच में वैसा ही हुआ। विधवा होने के बाद जामुन दीदी मानो और ज्यादा हम लोगों के नजदीक आ गयी थीं। वे मानो और ज्यादा सुन्दर दीखने लगी थीं।

और भी मीठी। हम उनको और ज्यादा अपना समझने लगे थे। उस मकान में हम लोगों का जाना और बढ़ गया था।

अब सवेरे और ज्यादा सन्तरे आते। दुखमोचन और ज्यादा सन्तरे पीसता। जामुन दीदी दूध की मलाई के संग पिसे सन्तरे बदन पर मलतीं। फिर दूध से सब धो डालतीं। उसके बाद गरम पानी से नहातीं। बाथरूम के बाहर खड़े होने पर महमहाती खुशबू नाक में आती। नहाने के बाद सिल्क की रंगीन साड़ी पहन वे भीगे बाल फैलाकर झूले पर आकर बैठतीं।

हमारी टोली धीरे-धीरे भारी होती गयी। पहले हम पन्द्रह-सोलह थे; अब हमारी क्लास के दूसरे लड़के भी आने लगे। मधु, मनका, दीपचन्द आदि भी आने लगे। छुट्टी के दिन टोली और भारी होती। गोलबाजार से हाबुल साइकिल से आता। पंचा इतवारी बाजार से आता। जामुन दीदी सबका गाल दबातीं। सबको बराबर प्यार करतीं। वे किसकी तरफदारी ज्यादा करती थीं, यह किसी की समझ में नहीं आता था। हम सब रात-दिन यही कोशिश करते रहते कि कैसे जामुन दीदी का प्यार ज्यादा मिल सके।

सवेरे जामुन दीदी के जागने से पहले ही मैं उस मकान में जाकर उनके कमरे के दरवाजे के सामने बैठा रहता। ताकि वे मुझे पहले देख लें। सिर्फ मुझे। उस वक्त सवेरे और कोई नहीं आ सकता था। कितने दिन माँ ने डाँटा था, बड़े भाइयों ने पीटा था—लेकिन किसी तरह मुझे क़ाबू में नहीं लाया जा सका था। हमारी टोली के सब लड़के एक ही आकर्षण से वहाँ आते। इतने लड़के कि बगीचे में समाते नहीं। नेपियर टाउनवाला संगमरमरी मकान छोटे लड़कों की भीड़ से रात-दिन भरा रहता था।

नींद से तुरन्त जागने के कारण जामुन दीदी की आँखें उनींदी रहतीं। ढेर-सारे घुँघराले बाल लहराते। देखने में वे बड़ी अच्छी लगती थीं! हँसती हुई वे कहतीं, 'क्यों रे, इतने सवेरे आ गया? क्या रात में दीदी को सपने में देखा था?'

शर्म से मेरा चेहरा लाल हो जाता। कहता, 'आप झूला नहीं झूलेंगी?'

हँसकर जामुन दीदी मेरा गाल दबा देतीं। कहतीं, 'क्या तू झुलायेगा?'

मैं कहता, 'हाँ।'

जामुन दीदी कहतीं, 'ठीक है, अभी तू झुला, लेकिन दोपहर को हाबुल झुलायेगा। मैंने उससे वादा किया है। वह बहुत दूर से आता है।'

'फिर शाम को मैं आपको झुलाऊँगा?'

'शाम को पंचा झुलायेगा, वह बेचारा इतवारी बाजार से आता है।'

आखिर जामुन दीदी को लेकर हमारे बीच जबर्दस्त होड़ होने लगी थी। झगड़े होने लगे थे कि कौन जामुन दीदी को झुलायेगा? हम लोगों का फुटबाल खेलना धरा रह गया था।

जामुन दीदी कहतीं, 'मैं सबकी दीदी हूँ, किसी अकेले की नहीं।'

आखिर दीदी ने तय कर दिया था, 'चार-चार बार हर कोई झुलायेगा। मधु के बाद मनोहर, मनोहर के बाद मनका, मनका के बाद हाबुल, हाबुल के बाद पंचा फिर पंचा के बाद...'

मेरा नम्बर सबके बाद था! पारी-पारी सबकी बारी लग गयी थी। झूले में झूलती हुई कितनी ही बार जामुन दीदी सो जातीं। फिर भी हम लोगों का झुलाना बन्द नहीं होता! हम अपनी-अपनी बारी के लिए इन्तजार में खड़े रहते और जामुन दीदी आराम से सोती रहतीं। सारा बरामदा दीदी के बदन की अद्भुत सुगन्ध से महमहाने लगता। और मैं अपलक उनकी तरफ देखता रहता।

एक दिन हाबुल ने फूल लाकर जामुन दीदी को दिया। बड़ा-सा मोगरा। बताया—'उसके बगीचे का फूल है।'

जामुन दीदी ने फूल लेकर कहा था, 'वाह!'

एक दिन मधु ले आया था चम्पे का गुलदस्ता। कहा था—'उसने अपने हाथ से बनाया है!'

फिर तो फूल भेंट करने की धूम मच गयी थी।

मैंने भी फूफी के बकसे से चार पैसे चुराकर गोलबाजार में जाकर गुलाब का एक फूल खरीदा था और जामुन दीदी को लाकर दिया था। कहा था, 'मेरे बगीचे का फूल है।'

मैंने झूठ कहा है यह मनोहर ने पकड़ लिया था। कहा था, 'मैं जामुन दीदी से कह दूँगा—तेरे मकान में बगीचा कहाँ से आया? मैं अभी जाता हूँ, उनसे सब कह देता हूँ।'

याद है, मैं उस दिन बहुत डर गया था। कितने ही दिन मनोहर को बिस्किट और लाजेन्स घूस में देकर भी मेरा डर बना था। अगर सचमुच मनोहर जामुन दीदी से कभी कह दे तो?

एक दिन जामुन दीदी ने कहा था, 'अगले शनिवार मेरा जन्मदिन है, कौन मुझे क्या देगा बता।'

शनिवार! शनिवार आने में सिर्फ़ चार दिन बाकी थे। हम लोगों के बीच खलबली मच गयी थी। जामुन दीदी के जन्मदिन पर उपहार देना होगा। सभी दूसरों को मात देना चाहते थे। सभी इसका इन्तजाम करने लग गये थे। लेकिन कोई किसी को कुछ बताता नहीं था।

बहुत रो-पीटकर मैंने माँ से एक रुपया वसूल किया था। याद है, बहुत ढूँढ़-ढाँढ़कर आखिर उस रुपये से एक बकसा साबुन खरीदा था। विलायती साबुन। बकसे पर तस्वीर बनी हुई थी।

जन्मदिन की शाम को उस मकान के सामने जाकर तो मैं हैरत में पड़ गया था। मकान के सामने बहुत-सी गाड़ियाँ खड़ी थीं। रोशनी से मकान का बाहरी हिस्सा सजाया

गया था। ताऊ जी नीचे उतर आये थे। पाखी भी अपना कुबड़ा शरीर लिये एक कुर्सी पर सज-धजकर चुपचाप बैठा था। जबलपुर का कोई बड़ा आदमी छूटा नहीं था।

और जामुन दीदी? कहा नहीं जा सकता, कितनी खूबसूरत वे लग रही थीं, याद आया, तस्वीरवाली किताब में जगद्धात्री की जैसी तस्वीर देखी थी, ठीक वैसी।

एक टेबिल पर उपहार की सब वस्तुएँ ढेर लगाकर रखी गयी थीं। चाँदी और सोने की कीमती चीजें। उधर देखने पर आँखें चौंधिया जाती थीं। लीला भी दार्जिलिंग या कर्सियाँग, कहीं से आयी हुई थी! इतने दिनों बाद अब लीला ने फ्रॉक छोड़कर साड़ी पहनी थी।

जामुन दीदी में किसी तरह का पक्षपात नहीं था। हमें देखते ही वे झलमलाती दौड़ी आयी थीं। बोली थीं, 'तुम सब आ गये? अच्छा किया। देखूँगा, मेरे लिये क्या-क्या लाये हो?'

हम लोगों ने अपना-अपना उपहार छिपा रखा था।

शर्म से सिकुड़-सिमटकर मैंने धोती के खूँट से साबुन का बकसा खोलकर दिया था।

जामुन दीदी ने हाथ में लेकर कहा था, 'वाह, बढ़िया है।'

सबके उपहार मामूली थे। लेकिन हर चीज को हाथ में लेकर जामुन दीदी ने कहा था, 'वाह, बढ़िया है।' फिर बोलीं, 'मनोहर कहाँ है रे, मनोहर नहीं दिखायी पड़ा?'

सच में मनोहर नहीं आया था।

जामुन दीदी ने कहा था, 'मनोहर तो बड़ा धोखा देता है—मनोहर-दि-छबीला।'

उसके बाद से जामुन दीदी के दिये नाम से ही हम बराबर उसे पुकारने लगे थे।

दूसरे दिन स्कूल जाकर मैंने मनोहर से कहा, 'कल जामुन दीदी के घर क्यों नहीं गया था?'

देखा, मनोहर का मन बड़ा उदास है। वह बोला, 'भाई, कहीं से पैसा न जुटा सका। मामा के पास गया, फूफा के घर गया, जीजा जी के पास गया—लेकिन जानता है न, महीने का आखीर है। फिर खाली हाथ जाने में मुझे बुरा लगा।'

मैंने कहा, 'जामुन दीदी ने कल तुझे मनोहर-दि-छबीला कहा है।'

मनोहर ने कहा, 'मुझे मालूम है। लेकिन गलती जामुन दीदी की है, देख-सुनकर महीने के आखीर में उसका जन्मदिन क्यों पड़ता है?'

इस तरह हमारे दिन मजे में कट रहे थे। लेकिन एक दिन बाधा आयी।

पढ़ाई-लिखाई खत्म कर लीला नेपियर टाउनवाले मकान में चली आयी। और उसके बाद क्या मुसीबत आयी, और कैसे क्या सब हो गया, यह सोचने पर आज भी रोंगटे खड़े जो जाते हैं।

रोज की तरह नियम से उस दिन भी हम जामुन दीदी के घर गये थे। बाहर देखा, बड़ी-सी मोटरकार खड़ी है। नयी चमचमाती मोटर। ड्राइवर नहीं था।

आगे बढ़ते ही दुखमोचन से भेंट हो गयी। पूछा, 'कौन आया है?'

दुखमोचन ने कहा, 'बजोरिया साहब।'

कौन बजोरिया साहब? क्यों आया है? हम आपस में यही सब सवाल करने लगे। क्या हम लोगों की जामुन दीदी को वह छीन लेगा? रोज की तरह मकान के अन्दर हम जाने लगे थे कि एकाएक देखा, जामुन दीदी लीला को साथ लिये आ रही हैं। साथ में सूट पहने हुए एक आदमी था। लम्बा-चौड़ा, रोबीला चेहरेवाला। कम उम्र का जवान था वह। जामुन दीदी ने एक हाथ से लीला का हाथ पकड़ रखा था तो उनका दूसरा हाथ उस आदमी के कन्धे पर था।

तीनों मोटर में बैठने जा रहे थे। हमें देखकर जामुन दीदी आगे बढ़ आयीं, बोलीं, 'तुम सब आ गये, अच्छा बैठो थोड़ी देर, मैं मिस्टर बजोरिया के साथ थोड़ी देर घूम आऊँ। चले मत जाना तुम सब 'आधे घण्टे में लौट आऊँगी।'

उसके बाद तीनों मोटर में जाकर बैठ गये। जरा चीखकर मोटर चलने लगी।

हम सब कैसे ठगे-से रह गये थे। पता नहीं, कहाँ से किसने आकर हमारी जामुन दीदी पर हिस्सा बँटा लिया था। कौन है वह? क्या चाहता है? हम सबके मन उदास हो गये। हम सब थे, लेकिन जामुन दीदी के न रहने से मानो सब फीका पड़ गया था।

फिर आधा घण्टा बीता। एक घण्टा बीता। रात के आठ बजने को हो आये, लेकिन जामुन दीदी नहीं लौटीं। गोल बाजार का हाबुल साइकिल पर बैठकर चला गया। इतवारी बाजार का पंचा भी रुक न सका। एक-एक कर सब चले गये। सभी के मन में एक बात थी। अगले दिन जामुन दीदी से एक निपटारा करना होगा। जामुन दीदी सच में हम लोगों को चाहती हैं या उस बजोरिया साहब को? साफ जवाब चाहिए।

याद है, घर की राह लेकर भी मैं घर न जा सका। काफी देर सड़कों का चक्कर लगाकर लगभग दो घण्टे बाद फिर जामुन दीदी के मकान के सामने दुबारा जा पहुँचा था। उस वक्त भी मोटर वहाँ नहीं थी। फिर क्या वे लोग अभी तक नहीं लौटे?

जामुन दीदी खबर पाते ही दौड़कर आयीं। उस वक्त भी वे सोने नहीं गयी थीं। पूछा, 'क्या है रे, इतनी रात को आया?'

मैं जामुन दीदी को देखकर अपने को ज्यादा देर रोक न सका! दीदी की साड़ी के आँचल में मुँह छुपाकर जोर-जोर से रो पड़ा था।

दीदी ने कहा, 'कैसा बेवकूफ लड़का है रे, मेरे लौटने में देर हो गयी तो रोने लगा? और सब कहाँ गये?'

जामुन दीदी ने फिर कहा, 'तुम ही सब तो मेरे जिगरी दोस्त हो, वह तो नया आया है—लीला से उसकी शादी होगी न—इसलिए जरा उससे दोस्ती कर रही थी।

मेरा मन भी अजीब था। जामुन दीदी की इतनी-सी बात से मेरा मन एकदम पिघल गया था। सारा गुस्सा और शिकायत, सब हवा हो गयी। एक क्षण में मैंने जामुन दीदी को माफ कर दिया! साड़ी के आँचल से मेरा मुँह पोंछकर उन्होंने कहा, 'जा, बहुत रात हो गयी है, अब घर जा मुन्ना—कल जल्दी-जल्दी आ जाना।'

उस दिन के लिए बात आयी गयी जरूर हो गयी, लेकिन सात दिन बाद वही बात फिर हो गयी। बजोरिया साहब फिर आये। फिर तीनों मोटर में बैठकर निकल गये। बजोरिया साहब से लीला की शादी हो तो हुआ करे, लेकिन जामुन दीदी उनके साथ क्यों जायेंगी? आखिर बजोरिया साहब महीने में छह-सात दिन आने लगे। खुद मोटर चलाकर आते। फिर जामुन दीदी और लीला को साथ लिये घूमने चले जाते, फिर लौटते और उसके बाद धुआँ फेंकती मोटर में बैठकर खुद अपनी राह लेते।

मनोहर ने कहा, 'मुझे पता लगा है कि वह सतना का मजिस्ट्रेट है, नया आई. सी. एस.—'

उस दिन फटिक ने साफ-साफ जामुन दीदी से कहा, 'आपको सच बताना होगा, कि आप उस आदमी की हैं, या हमारी?'

जामुन दीदी झूले में बैठकर झूल रही थीं। फटिक का गाल दबाकर उन्होंने कहा, 'बेवकूफ लड़का, ऐसे नहीं कहा जाता। मैं हूँ तुम सबकी दीदी और उस आदमी की सास। तू यह सब-कुछ नहीं समझता, वह तो मेरा दामाद बनेगा।'

लेकिन दिन-दिन बजोरिया साहब का आना-जाना बढ़ता गया। सौ मील दूर सतना से लीला के लिए वे मोटर चलाकर आते और उसी रात को लौट जाते! रविवार को सवेरे ही आ जाते। सारा दिन वहीं रहते। वहीं खाते-पीते, फिर दोनों को मार्बल रॉक्स दिखाने ले जाते। हमें लगा जैसे धीरे-धीरे हमीं लोग पराये होते जा रहे हैं।

जामुन दीदी कहने को हमेशा कहती थी, 'देख लेना, अगले वैशाख में लीला की शादी हो जाय, तब दिनभर मैं तुम सबके साथ रहूँगी—फिर तुम सब मुझे पहले की तरह झुलाया करोगे।'

और हम केवल दिन गिना करते थे। पता नहीं, कब वैशाख आयेगा। कब उन दोनों की शादी हो जायेगी। फिर चैन मिलेगा। तब फिर जामुन दीदी हमारी हो जायेंगी।

एक दिन जामुन दीदी ने कहा, 'अच्छा, तुम सब जो मुझसे इतना प्यार करते हो, पर जब तुम सबकी शादी हो जायेगी, तब तो मुझे भूल जाओगे।'

हम एक साथ चिल्ला पड़ते, 'कभी नहीं जामुन दीदी, कभी नहीं।'

सच में क्या कभी जामुन दीदी को भूला जा सकता है? हम अपने मन में सोचते, आप हम लोगों से प्यार करें या न करें, लेकिन हम आपसे प्यार किये बिना कैसे रह सकते हैं! जामुन दीदी को देखे बगैर जिन्दा भी रहा जा सकता है, यह मानो उन दिनों सोचते हुए भी हम डरते थे। हालाँकि अब वह सब याद आता है तो हँसी छूटती है। लेकिन उन दिनों हम कितने नादान थे।

देखते-देखते एक दिन वैशाख का महीना आया। शादी की तैयारी होने लगी। देखता, बजोरिया साहब अब रोज आ रहे हैं! खाना खाते, फिर सौदा-सुलुफ खरीदने बाजार चले जाते।

वैशाख का महीना आते ही जामुन दीदी एक दिन लीला को लेकर सतना चली गयी थीं। जाने से एक दिन पहले उन्होंने हम सबसे कहा था, 'लीला की शादी करके ही लौटेंगी। तुम सब मुझे भूल तो नहीं जाओगे?'

जब इतने दिन बरदाश्त हो गया तो और कुछ दिन भी बरदाश्त हो जायगा। जामुन दीदी बेटी को लेकर सतना चली गयीं। शादी विलायती कायदे से होगी न, इसलिए जामुन दीदी ही दुलहे के घर चली गयीं।

सतना में क्या हुआ, यह हम नहीं जान सके। वैशाख का महीना बीता, लेकिन जामुन दीदी नहीं लौटीं। जेठ का महीना भी बीत चला, फिर भी जामुन दीदी ने लौटने का नाम न लिया। हम मन मारे बैठे रहते। जामुन दीदी के घर जाते तो हमें सब सूना लगता। खाली झूला लटकता रहता। हम थोड़ी देर उसी को झुलाते रहते।

एक दिन फटिक ने कहा, 'जामुन दीदी को एक चिट्ठी लिखूँगा।

'अच्छी बात है! लेकिन पता कहाँ से पायेगा?'

खैर, पता भी जुगाड़ किया गया। लेकिन क्या लिखा जाय? कापी के पन्ने भरकर सिर्फ लिखते रहे, 'जामुन दीदी, तुम्हारे बिना मन नहीं लग रहा है।'

पन्ना भर बस यही लिखता और फाड़ डालता। शर्म लगती कि कहीं कोई देख न ले।

जामुन दीदी पर हमें बहुत गुस्सा आया। लगा बजोरिया साहब के घर जाकर वे हम सबको एकदम भूल गयीं। जरूरत नहीं है। हम भी गुस्सा करना जानते हैं। चिट्ठी लिखेंगे ही नहीं। यहाँ आने पर हम उनसे बात भी नहीं करेंगे। इस बार हम उनकी मीठी बातों से भूलनेवाले नहीं हैं!

फिर एक दिन रात को अचानक मनोहर मेरे घर दौड़ता हुआ आया था। बाहरवाले कमरे के दरवाजे पर उसने धीरे से दस्तक दी थी।

मैंने कहा था, 'क्या है रे?'

'एक बार बाहर तो आ, जरूरी बात है।'

बाहर आते ही मनोहर का संजीदा चेहरा देखकर मैं चौक पड़ा था।

पहले मनोहर ही ने कहा, 'भई, गजब हो गया है।'

'कैसा गजब?'

'जामुन दीदी ने शादी कर ली है।'

'किससे?'

'बजोरिया साहब से।'

मनोहर की आवाज काँप रही थी। वह इतना निराश हो गया था कि दरवाजे पर ही बैठ गया। बोला, 'अब हम लोगों का क्या होगा?'

मानो मैं भी सोचकर किसी नतीजे पर पहुँच नहीं पा रहा था। सच में हम लोगों का क्या होगा?

मनोहर ने कहा, 'चल, हाबुल को बुलाया जाय। शाद वह कोई तरकीब सुझा सके।'

उसी रात हाबुल के पास गया। सब सुनकर उसने कहा, 'ताऊ जी को खबर मिली है?'

मनोहर ने कहा, 'जरूर मिली है।'

'और लीला? जामुन दीदी की लड़की—वह?'

पहले किसी को मालूम नहीं हो सका था। लेकिन कई दिन से पाखी मिल नहीं रहा था। गूँगा-बहरा लड़का—कहाँ गया वह? रास्ता भी वह नहीं पहचानता। चारों तरफ उसे ढूँढ़ा गया, पूछ-ताछ की गयी। पुलिस में खबर की गयी। आखिर बगीचे के माली ने देखा, पाखी चहारदीवारी के अन्दर ही सूखे कुएँ में मरा पड़ा है। हमें भी बड़ा आश्चर्य हुआ! दीदी की करतूत देखकर क्या उसे भी लज्जा छिपाने के लिए वह जगह मिली! यह खबर सुनकर पंचा ने कहा था, 'अच्छा हुआ है—बहुत अच्छा हुआ है।'

और भी भयानक खबर दो-तीन दिन बाद मिली थी।

लीला—मिशनरी स्कूल में पढ़ी लड़की लीला—ने भी माँ की करतूत देखकर गले में फाँसी लगा ली थी।

यह सब सुनकर हम लोगों की तो बोलती बन्द हो गयी। मुझे बस यही सवाल सताने लगा कि जामुन दीदी ने बजोरिया साहब से क्यों शादी कर ली? क्या हम लोगों को लेकर उनका दिन मजे में नहीं कट रहा था? उसके लिए पता नहीं क्यों मेरा मन टीसने लगा था।

सिर्फ मनोहर ने कहा था, 'अच्छा हुआ—बहुत अच्छा हुआ—जैसे हम लोगों को सताया, वैसे उनको सजा मिल गयी।'

फिर भी मैं किसी से कुछ कहे बिना चोरी-छिपे कभी-कभी जामुन दीदी के घर चला जाता था। बाथरूम से अब वैसी सुगन्ध नहीं आती थी। दुखमोचन दूध की मलाई से सन्तरे नहीं पीसता था। बरामदे के बीचो-बीच झूला मायूस हो लटकता रहता था। मानो सब-कुछ विषाद से भर गया था। मैं झाँककर देखता, ताऊ जी अपने कमरे में खाट

पर चित लेटे पड़े हैं! ये सब अनहोनी बातें हो जाने के बाद मानो उनमें उठने की शक्ति नहीं रह गयी थी।

जामुन दीदी के चले जाने के बाद हमारी टोली भी तितर-बितर हो गयी थी। हम भी धीरे-धीरे बड़े होने लगे थे। हमारा मन भी दुनियादारी में रम गया था। समस्याएँ बढ़ने लगी थीं। मेरा कोई साथी जीवन में पराजित हो गया था तो और कोई दुनिया में सिर ऊँचा किये खड़ा था। छोटी उम्र की हमारी छोटी-छोटी इच्छाएँ, छोटी-छोटी कामनाएँ कभी पूरी नहीं हो पायी थीं। लेकिन अगले जीवन में इसके लिए हमारे मन में कोई क्षोभ नहीं था। वास्तविक जगत् के आमने-सामने खड़े होकर हमने सब-कुछ नयी दृष्टि से देखा था। सब चीजों के मायने हमारे लिये बदल गये थे। मूल्यांकन का पैमाना बदल गया था। पहले हमारी टोली एक थी, लेकिन अब अनेक हो गयी। अब किसी से किसी का मन नहीं मिलता था। कलकत्ते आकर मुझे फिर नये-नये दोस्त मिल गये थे।

उस आपाधापी में बचपन की स्वप्न-सखी 'जामुन दीदी' कहीं बिला गयी तो इसमें विचित्रता क्या है?

मैं अपने साथियों से अलग-थलग कलकत्ते आ गया था। शायद एक बार मुझे खबर मिली थी कि बजोरिया साहब का देहान्त हो गया है, जामुन दीदी फिर विधवा हुई हैं। लेकिन वह सब लेकर सिर खपाने की फुर्सत मुझे उस वक्त नहीं थी। फिर इच्छा भी नहीं थी। इसके बाद भी पचीस-तीस साल गुजर चुके हैं।

लेकिन इतने दिन बाद, जब स्मरण से जामुन दीदी लगभग मिट चुकी थीं, तब मनोहर से भेंट हो जाने से फिर सब याद आ गया।

रंग-ढंग से लगा, मनोहर खूब आराम से है। किसी तरह की कोई परेशानी नहीं है। एक के बाद एक चीज दिमाग में आने लगी। मनोहर बराबर खाता रहा। फिर एक तरफ देखकर उसने कहा, 'तू खा क्यों नहीं रहा है बोल? जामुन दीदी का पैसा है, इसलिए?'

इसका मैं क्या जवाब दूँ। बोला, 'नहीं, ऐसी बात नहीं है–'

मनोहर बोला, 'इस रुपये को तू एक तरह से मेरा भी कह सकता है। जामुन दीदी मुझसे जो उपहार पाती हैं, उसका भी तो कोई मूल्य है?'

'कैसा उपहार?' मैंने पूछा।

फिर मनोहर मानो अपने-आप से कहता गया, 'इसके अलावा जामुन दीदी का इतना रुपया खायेगा कौन? न बेटा है, न बेटी। बाप की सारी जायदाद और बजोरिया साहब का सारा पैसा, सब तो उन्हीं को मिला है। जबलपुर के नेपियर टाउन में अगर कभी गया तो उस मकान को देखकर पहचान नहीं पायेगा–अब तो वह बहुत बड़ा मार्बल पैलेस बन गया है।'

इतनी देर में खाना खत्म कर मनोहर हाथ में गिलास लेकर बोला, 'लेकिन भई कहना पड़ेगा कि भगवान् सचमुच है। बचपन में जामुन दीदी ने जिस तरह हम लोगों को सताया था, अब उसी तरह खूब तकलीफ पा रही हैं।

मैंने पूछा, 'क्यों? क्या जामुन दीदी बीमार हैं?'

'हाँ भई, अजीब ढंग की बीमारी है। साढ़े चार साल हो गये जामुन दीदी सो नहीं सकीं। कोई डॉक्टर और कोई इलाज नहीं बचा। पिछले साल स्विट्जरलैण्ड गयी थीं, लेकिन बीमारी उसी तरह बनी है। किसी तरह नींद नहीं आती। डॉक्टरों ने कहा है—यह बीमारी ठीक नहीं होने की। लेकिन एक काम करने पर ये ज्यादा दिन जिन्दा रहेंगी—रात-दिन छोटी उम्र के लड़कों से मिलना-जुलना होगा। लेकिन रात-दिन उस छाछठ साल की बुढ़िया का साथ कौन दे सकता है। लड़के भी बीस-बाईस साल से ज्यादा होने से काम न चलेगा।'

सुनकर मैं हैरान हो गया। कहा, 'सच?'

मनोहर बोला, 'हाँ, इसमें एक हरफ भी झूठ नहीं है। इसीलिए जामुन दीदी ने मुझे रखा है, पाँच सौ रुपये तनख्वाह देती हैं। फिर, मैं भी बेकार था—मेरा भी काम बन गया। मैं लड़के पकड़-पकड़कर लाता हूँ, जो रात-दिन जामुन दीदी को घेरे रहते हैं। जामुन दीदी भी सब समझती हैं, इसलिए रेट तय कर दिया है। दिन में पाँच रुपये और रात में दस रुपये। रात को तकलीफ ज्यादा होती है न। जामुन दीदी झूले में बैठी रहेंगी और सब लड़के उनको झुलायेंगे। नहीं तो उनके साथ ताश खेलेंगे, गप लड़ायेंगे—लेकिन बीस-बाईस साल से कम उम्र के लड़के होने चाहिए।'

'ऐसे कितने लड़के हैं?'

'बीस-पचीस तो होंगे ही, लेकिन क्या सब रहना चाहते हैं? एक बुढ़िया के संग रात-दिन रहना, यह भी एक तरह की सजा है। इसलिए मैंने बैच बना दिया है—रात का बैच और दिन का बैच, एकदम अलग-अलग।'

अवाक् होकर मैं मनोहर की तरफ देखता रहा। यह कैसा भयानक दण्ड जामुन दीदी को मिला। सोचते हुए जामुन दीदी पर न जाने कैसी दया आने लगी।

रात हो चुकी थी। जाते समय मनोहर ने कहा, 'अगले शनिवार जामुन दीदी का जन्मदिन है, बता, क्या उपहार दिया जा सकता है? उपहार का सामान खरीदने के लिए ही मैं कलकत्ते आया हूँ।'

'कितने दाम में?'

'यही हजार रुपये में?'

चौंक पड़ा। 'इतने रुपये का सामान उपहार में देगा मनोहर!'

मनोहर खुलकर हँसने लगा। बोला, 'अरे, यह रुपया मेरा नहीं है। उपहार देने के लिए जामुन दीदी ने ही रुपया दिया है, कह दिया है, ऐसा सामान खरीदना कि दस

आदमी तारीफ करें। और क्या सिर्फ मुझको? जामुन दीदी सबको रुपया देती है, नहीं तो गाँठ का पैसा खर्च करके कौन उस बुढ़िया को उपहार देगा? किसी का दिमाग तो नहीं फिर गया।'

टैक्सी बुलाकर मनोहर उसमें बैठने जा रहा था।

मैंने कहा, 'एक बात और। क्या तूने ब्याह किया है?'

साँप देखकर जिस तरह कोई चौंक पड़ता है, उसी तरह चौंककर मनोहर ने कहा, 'अरे बाप, फिर मेरी नौकरी चली जायगी न।'

कहानी सुनकर उस दिन सोना दीदी ने पहले कुछ नहीं कहा।

मैंने पूछा, 'कैसी है, सोना दीदी?'

सोना दीदी बोलीं, 'इतनी कम उम्र में तू विकृति लेकर सिर खपा रहा है, विकृति मनुष्य की प्रकृति नहीं है। विकृति है प्रकृति का विकार। जब लेखक की दृष्टि खण्डित रहती है, तभी वह ऐसी विकृति लेकर माथा-पच्ची करता है। इसे वैचित्र्य नहीं कहा जाता। इसको पश्वाचार कहते हैं। बड़े होकर अगर तन्त्रशासन पढ़ेगा तो समझ जायेगा कि शक्ति-उपासना मोटे तौर पर दो तरह की है। एक वीराचार और दूसरा पश्वाचार। लेखकों में भी इसी तरह दो वर्ग हैं। लेकिन तू वीर साधक होने की कोशिश कर। तभी नाम होगा। बड़े-बड़े लेखकों की रचनाएँ पढ़नी होंगी। सिर्फ विचित्र चरित्र देखते फिरने से काम नहीं चलेगा। षट्चक्र भेद करना सीखने के लिए गुरु चाहिए न।...'

ऐसे कितने ही उपदेश देतीं सोना दीदी। बाल बिखराये आरामकुर्सी पर बैठी अपनी धुन में सोना दीदी कहती जातीं और मैं उनकी तरफ देखता और सुनता रहता।

सोना दीदी कहतीं, नजर रखना वृहत् की तरफ, भूमा की तरफ। साधक और लेखक में कोई फर्क नहीं है। जो लेखक साधक बन सकता है, वही तो ऋषि है। मुण्डकोपनिषद् में है न—

विद्यते हृदयग्रन्थिश्छिद्यन्ते सर्वसंशयाः।
क्षीयन्ते चास्य कर्म्माणि तस्मिन् दृष्टे परावरे।।

जो ब्रह्म को देख लेता है, उसकी अविद्या चली जाती है, उसके लिए माया नहीं रहती। फिर वह साधक रामप्रसाद की तरह कह सकता है—

इस जन्म पर जन्म बहु जन्मों बाद।
जन्म मेरा नहीं होगा कहे रामप्रसाद।।

छान्दोग्य उपनिषद् में है, श्वेतकेतु ने पिता से पूछा था—

येनाश्रुतं श्रुतं भवति अमतं मतं अविज्ञातं विज्ञामिति कथं नु भगवः स आदेशो भवतीति—

हे भगवान्, वह कौन वस्तु है जिसे जान लेने पर और कुछ भी जानना बाकी नहीं रहता?...

सोना दीदी अपने पिता से कितने ही साल दर्शनशास्त्र पढ़ती रही थीं। स्वामीनाथ बाबू से शादी होने के पहले सोना दीदी सिर्फ पढ़ना-लिखना लेकर रहती थीं। विश्वेश्वर बाबू ने अपने मन मुताबिक अपनी इकलौती बेटी को बनाया था। अजमेर की खुश्क हवा से ताल-मेल रखकर सोना दीदी बड़ी हुई थीं। लेकिन इससे उनके मन की सरसता एकदम समाप्त नहीं हो गयी थी। वेद-उपनिषद् की शिक्षा के साथ-साथ एक विचित्र विश्वास ने उनके मन की बुनियाद को एकदम मजबूत बना दिया था। वहाँ से मानो जी भर हटबढ़ होने का कोई भय नहीं था। बचपन की वह शिक्षा और अपरिणत मन का वह ग्रहण उनके सारे जीवन के संग एकदम घुल-मिल गया था। सोना दीदी की शादी हो गयी थी, फिर भी कभी वह विश्वास नहीं बदला था।

मरने से पहले विश्वेश्वर बाबू कह गये थे—'अभेद में भेद न देखकर भेद में अभेद देखना बेटी, केवल वादी के दर्शन-भेद से उसके भिन्न-भिन्न रूप हैं—'

शादी के बाद एक दिन स्वामीनाथ बाबू ने सोना दीदी से कहा था, 'क्या यहाँ तुम्हें कोई असुविधा हो रही है?'

नयी वधू ने कहा था, 'असुविधा क्यों होगी?'

'कल रात देखा कि तुम कमरे में सोने नहीं आयी।'

'पढ़ते-पढ़ते काफी रात हो गयी, फिर वहीं सो गयी—क्या तुम नाराज हो रहे थे?'

'नहीं, पहले खयाल नहीं किया था, भोर में नींद खुलने पर देखा कि मैं कमरे में अकेला हूँ।'

'अकेले सोने में अगर तुम्हें कोई असुविधा न हो तो अब से मैं दक्षिण तरफ के कमरे में सोया करूँगी।'

स्वामीनाथ बाबू ने कहा था, 'अगर दक्षिण तरफ के कमरे में सोओ तो मसहरी को ठीक से चारों तरफ खोंस देना। उस कमरे में ज्यादा मच्छर हैं।'

'सोऊँगी भी कितनी देर, किताब पढ़ते-पढ़ते रात के तीन बज जाते हैं।'

'रात जागकर पढ़ना क्या अच्छा है?'

'मेरी आदत रात में जागकर पढ़ने की है।'

'आदत छोड़ने की कोशिश करो, इससे सेहत बिगड़ती है।'

पहले ऐसे ही शुरू हुआ था। बहुत ही सरल और स्वाभाविक आरम्भ। ठीक विराग भी नहीं। ठीक अनुराग भी नहीं। बाहर का कोई देखता तो अवाक् रह जाता था।

ननदें कहतीं, देखो भाभी, भैया चाहे सीधा-सादा आदमी हो, लेकिन तुम्हारी क्या अकल है?'

सोना दीदी किताब पर से निगाह हटाकर कहतीं, 'कैसी अकल?'

'तुम्हें किताब पढ़ना भी इतना अच्छा लगता है! हम लोगों की शादी हुई है, किताब पढ़ना हमें भी अच्छा लगता है, लेकिन शादी हो जाने के बाद...''

सोना दीदी कहतीं, 'ये सब किताब तुम्हारे भैया ने खरीद दी हैं।'

'तुम किताब पढ़ना पसन्द करती हो यह भैया जान गया है, इसलिए...लेकिन दिन-भर किताब लेकर पड़ी रहोगी तो...'

'यह किताब अगर तुम पढ़ो ननदी, तो तुम भी नहाना-खाना भूल जाओगी। ऐसी किताब है...'

'हमारा घर-द्वार है भाभी, किताब लेकर पड़े रहने से काम नहीं चलेगा।'

सोना दीदी हँस पड़तीं, 'क्या मेरा घर-द्वार नहीं है?'

'घर-द्वार रहने पर तुम इस तरह किताब लेकर पड़ी नहीं रहतीं...भैया से तुम दिन में कितनी बार बोलती हो?'

'अरे यह कैसी बात है, अभी तो परसों मैं उनसे देर तक बोली थी।'

उस दिन स्वामीनाथ बाबू दफ्तर से आये तो सोना दीदी ने उनसे कहा, 'ननदी क्या कह रही थी मालूम है, तुमसे मेरी लड़ाई हो गयी है। क्या, न बोलने से ही लड़ाई हो जाती है?'

स्वामीनाथ बाबू ने कहा, 'तुम उन लोगों की बात न सुना करो!'

लेकिन तुम्हीं बताओ न, क्या इससे तुम नाराज होते हो?'

स्वामीनाथ बाबू ने हँसते हुए कहा, 'क्या तुम मुझे देखकर नहीं समझ सकती कि मैं नाराज होता हूँ या नहीं?'

सोना दीदी ने कहा, 'तुम उन सबसे कह देना कि तुम मुझसे नाराज नहीं होते—पता नहीं, वे क्यों नहीं समझतीं, उनको तुम समझा नहीं सकते कि तुम्हें एतराज नहीं है।'

'अच्छा, मैं सबको समझा दूँगा। लेकिन क्या वे समझेंगी?'

उस दाम्पत्य में से जबलपुर के एक घर में पति-पत्नी का अद्भुत जीवन आरम्भ हुआ था। सोना दीदी स्वामीनाथ बाबू की पत्नी थीं! फिर भी एक बिस्तर पर न सोने से उनका कुछ नहीं आता-जाता। जिस दिन स्वामीनाथ बाबू से भेंट होती उस दिन सोना दीदी पूछतीं, 'आज तुम बहुत दुबले लग रहे हो।'

स्वामीनाथ बाबू थोड़े में जवाब देते, 'दफ्तर में आजकल बहुत खटना पड़ रहा है न।'

'क्यों इतना खटते हो?'

'वाह! बिना खटे कैसे काम चले?'

'रात को अच्छी तरह नींद आती है न?'

'नींद में बाधा पड़ने का कोई कारण नहीं है। एक बार सो जाने पर कब सवेरा होता है, पता नहीं चलता।'

'फिर ठीक से खाया-पीया करो। तुम्हें और ज्यादा दूध पीना चाहिए।'

'दूध तो पीता हूँ।'

'फिर कुछ दिन की छुट्टी लेकर कहीं चेंज में जाओ।'

'और तुम?'

'अगर कहो तो मैं भी तुम्हारे साथ चल सकती हूँ।'

'मेरे न कहने पर तुम नहीं चलोगी?'

'नहीं, ऐसा क्यों, मुझे जरूर चलना चाहिए, लेकिन अगर नहीं गयी तो अकेले मत चले जाना। उस हालत में दफ्तर का एक चपरासी साथ ले लेना, तुम्हारी देखभाल करेगा।'

एक दिन काफी रात गये सोना दीदी घर लौटीं। नेपियर टाउन में दास बाबू के घर गीता-पाठ हो रहा था। पाठकर्त्ता प्रसंग के अनुसार कहते जा रहे थे, 'जीव अणु है या विभु? जीव ब्रह्म का अंश है या उसकी छाया? जीव ब्रह्म से भिन्न है या अभिन्न? यह हमारे दर्शनशास्त्र की एक मूलभूत समस्या है। यदि मैनाक को लेखनी और समुद्र-जल को मसी के रूप में प्रयुक्त किया जाय तो भी इस समस्या का समाधान न होगा—

'ब्रह्मसूत्र में कहा गया है—*अंशो नानाव्यदेशात्...*

'परन्तु गीता में है—*अविनाशि तु तद् विद्धि येन सर्वमिदं ततम्...*

'फिर उपनिषद् में कहा गया है—एक ही भूतात्मा भूत-भूत में विराजमान है। जल में चन्द्र की छाया के समान वही एक अनेक रूप में दृष्टिगोचर होता है।'

ननदें सुन रही थीं। थोड़ी देर बाद एक ने कहा, 'चलो भाभी, कण्ठ-फोड़ संस्कृत का एक हरफ समझ नहीं आता, घर चलकर सोने से काम बनेगा।'

लेकिन सोना दीदी को बहुत अच्छा लग रहा था। बोलीं, 'थोड़ी देर और सुन लो, बहुत अच्छा लग रहा है।'

सोना दीदी को लग रहा था, मानो वे पिता के साथ बैठी गीता की व्याख्या सुन रही हैं। ऐसे ही पिता जी से गीता की व्याख्या सुनते हुए कितने दिन वे अपने-आपको भूल जाती थीं। कितने दीन-दुनिया, खाना-पीना भूलकर वे पिता से शास्त्रार्थ सुना करती थीं।

ननदें बोलीं, 'तब तुम यहीं रहो भाभी, हम जा रही हैं।'

ननदें चली गयीं। सभा के सब लोग चले गये। अन्त तक दास साहब वहाँ अकेले बैठे थे। हाँ, तो दास साहब ने उस दिन अपनी गाड़ी से सोना दीदी को घर पहुँचा दिया था। जब सोना दीदी घर पहुँचीं तब रात के बारह बज चुके थे। चारों तरफ सन्नाटा था। बगीचे का गेट खोलकर जब वे अन्दर पहुँचीं तब भी उनको खयाल नहीं था कि रात के कितने बजे हैं।

दरवाजा खोलकर ननद बोली, 'अच्छा भाभी, इतनी रात करके लौटना चाहिए?'

'कितने बजे हैं?'

'घड़ी की तरफ देखो न।'

स्वामीनाथ बाबू ने नींद से जागकर पूछा, 'तुम्हें ठण्ड तो नहीं लगी?'

सोना दीदी बोलीं, 'नहीं।'

उस समय पुँटू की उम्र साल भर की रही होगी। सोना दीदी ने कहा था, 'फिर पुँटू तुम्हारे ही पास आज रहे।'

स्वामीनाथ बाबू बोले, 'रहने दो मेरे पास, तुम जाकर सो जाओ।'

दास साहब के घर आज गीता-पाठ तो कल कथा-वाचन तो परसों रामायण-पाठ। हालाँकि दास साहब धरम-करम की तरफ कोई खास ध्यान नहीं देते थे। दास साहब की पत्नी के अनुरोध से वह सब होता था। लेकिन एक दिन वही पत्नी चल बसीं। वे अपने पीछे एक छोटा लड़का और एक लड़की छोड़ गयीं। कहना चाहिए, उनके मरने से सारा घर मानो अन्धकारमय हो गया। फिर उस अन्धकारमय घर में आलोकशिखा बनकर आयीं सोना दीदी।

रति कहती, 'माँ, आज मैं तुम्हारे पास सोऊँगी।'

शिशु कहता, 'माँ, आज तुम मुझे अपने साथ घुमाने ले चलोगी।'

शुरू-शुरू में सोना दीदी कोई-न-कोई बहाना बनाकर भाग आती थीं। कहीं रति व शिशु देख न लें। अभिलाष नाम का नौकर तभी से था। फुसलाकर, पुचकारकर वह बच्चों को दूर ले जाता था। फिर दास साहब की गाड़ी चुपके से सोना दीदी को उसके घर पहुँचा देती थी।

दास साहब कहते, 'देख रहा हूँ, आपके लिए अच्छी मुसीबत हो गयी।'

'नहीं, 'मुसीबत किस बात की?'

'लेकिन आपको माँ कहकर पुकारना उनको किसने सिखाया?'

'बच्चों को माँ कहना सिखाना नहीं पड़ता—मैं तो तीनों की माँ हूँ—'

'लेकिन वे तो आपसे रात को भी रहने के लिए कहते हैं, पता नहीं स्वामीनाथ बाबू क्या सोचते होंगे।'

'फिर तो आपने उनको खूब पहचाना है।'

'यह जो इस घर में आप इतनी देर रहती हैं, वे कुछ नहीं कहते?'

'क्या मेरे घर में रहने पर भी चौबीस घण्टे उनसे भेंट होती है?'

एक दिन स्वामीनाथ बाबू ने कहा था, 'कई दिन तुम्हें नहीं देखा?'

सोना दीदी बोली थीं, 'तीन दिन मैं घर में थी ही नहीं।'

'अच्छा।'

फिर भी स्वामीनाथ बाबू ने नहीं पूछा था कि ये तीन दिन तुम कहाँ थीं? कौन ऐसा राज-काज पड़ गया था?

सोना दीदी ने खुद कहा था, 'जानते हो, रति बहुत बीमार है।'

स्वामीनाथ बाबू ने सिर्फ पूछा था, 'अब कैसी है?'

थोड़ी देर बाद स्वामीनाथ बाबू ने फिर कहा था, 'इस महीने में प्रीमियम के रुपये अभी नहीं भेजे गये, चिट्ठी आयी है।'

सोना दीदी बोली थीं, 'मैं आज ही भेज दूँगी।'

'आज मैं क्या खाऊँगा?'

'क्या तुम्हारी तबीयत खराब है?'

'सवेरे से सिर में दर्द है? कम नहीं हो रहा है।'

उधर दास साहब का आदमी चिट्ठी लेकर आता : 'रति आपको देखने के लिए मचल रही है, एक बार आ जायँ तो मैं दफ्तर जा सकूँ।'

अपने घर के बारे में दो-चार हिदायतें देकर उसी वक्त सोना दीदी साहब के घर चली जातीं।

दास साहब कहते, 'आज मेरा दफ्तर जाना नहीं हुआ।'

'अब तो मैं आ गयी हूँ, आप जाइये।'

'अब इतनी देर करके नहीं जाऊँगा।'

'बिलावजह दफ्तर में गैरहाजिर न होइये। आप तैयार हो लीजिये, मैं गाड़ी निकालने को कह देती हूँ।'

'आज न जाऊँगा।'

'नहीं, आपको दफ्तर जाना होगा।'

जबलपुर के नेपियर टाउन के दो घरों के बीच इस तरह एक अद्भुत सम्पर्क बन गया था। दास साहब के घर सोना दीदी सात दिन भी रह लेतीं तो स्वामीनाथ बाबू के लिए परेशानी की कोई बात न होती। सोना दीदी स्वामीनाथ बाबू की पत्नी थीं, चाहे वे अपने घर में रहें या दुनिया में कहीं भी रहें। और दास साहब? अपने पास पाने पर ही क्या पूरा पाना होता है! एक छत के नीचे रहने से ही क्या एकात्म होना सम्भव है? सोना दीदी दूर जाने पर भी लगता है, मानो पास हैं और पास आने पर भी वे दुर्लभ लगती हैं। सच में, जो अखण्ड को जान सका है, खण्ड को देखकर वह कैसे विचलित हो सकता है?

सोना दीदी मुझसे कहतीं, 'उर्वशी की तरह एक चरित्र आँकने की कोशिश कर जो किसी की माँ नहीं, बेटी नहीं, वधू नहीं—कुछ भी नहीं। विक्रमोर्वशी पढ़ा है? पुरूरवा के साथ उर्वशी का वह सम्पर्क—याद है?'

पण्डित हरप्रसाद शास्त्री की रचना में पढ़ा था : 'उर्वशी कल्पना की संगिनी, मानस की रंगिणी, कविगण जिसे रस कहते हैं, उस रस की प्रखर प्रस्नविणी है।' मुझे लगता

है, सोना दीदी मानो अपनी ही बात कहना चाह रही हैं। मैंने जिनको देखा है, जिनके बारे में लिखा है–वे सब मानो साधारण लड़कियाँ हैं। सुधा सेन, अलका पाल, मीठी दीदी, मिछरी भाभी, मिली मल्लिक–सभी तो मामूली लड़कियाँ हैं। शायद इसीलिए सोना दीदी ने मेरी एक भी कहानी को कभी अच्छी नहीं कहा। कभी उनको कुछ भी पसन्द नहीं आया। वे कहतीं, 'वृहत् की तरफ निगाह रख, देखा कर भूमा की तरफ, देखा कर महाभारत की तरफ। अगर उपन्यास लिखना है तो महाउपन्यास लिखना–जिसकी आयु अखण्ड हो। नहीं तो साल में दो किताबें लिखेगा और साल पूरा होते-न-होते लोग उनको भूल जायेंगे, फिर जीवन-शिल्पी कैसे बनेगा?'

मैं भी सोचता था–इतने चरित्र देखे हैं, सोचकर मेरा गर्वित होना भी झूठ है। सच में जो उर्वशी को देख सका है, उसके लिए तो सब नारी चरित्र फीके हैं।

इसलिए मिछरी भाभी की कहानी लिखने का विचार करके भी नहीं लिखा। लेकिन एक दिन मिछरी भाभी ही कितनी विचित्र लगती थी! अमरेश की बीवी–मिछरी भाभी।

मीठी दीदी की कहानी तो आप लोगों ने सुन ली। अब एक और कहानी सुनाता हूँ–मिछरी भाभी की कहानी। मिछरी भाभी नाते-रिश्ते में मेरी कोई नहीं लगती थी। अपनी भाभी होना तो दूर, दूर रिश्ते की भाभी भी नहीं थी। सीधी बात यह है कि मिछरी भाभी को मैंने जिन्दगी में दो बार से ज्यादा देखा भी नहीं। फिर भी मीठी दीदी की बात याद आते ही मिछरी भाभी मुझे ख्वाहमख्वाह याद आती। लगता, मीठी दीदी से मिछरी भाभी का कहीं मेल है। शायद उनमें शक्ल-सूरत का मेल हो। मीठी दीदी की तरह मिछरी भाभी भी दुबली-पतली इकहरी थी। लगता था फूँक मारने से उड़ जायेगी। लगता था, दो कदम चलने से भाभी का हार्ट फेल हो जायेगा। कभी-कभी मुझे ऐसा लगता था कि यह और कितने दिन जियेंगी।... किसी दिन जरा-सा बुखार होगा तो अचानक चल बसेगी!

कम-से-कम अमरेश मिछरी भाभी को लेकर जो कुछ करता था, उससे तो मैं बुरी तरह डर जाता था।

अमरेश था गठा हुआ बदनवाला आदमी। वह कहता था, 'ये देखो, मिछरी को मैं कैसे उछालकर लोकता हूँ। यह देखो–एक-दो-तीन–'

मेरी अन्तरात्मा उस वक्त डर के मारे सूखने लगती थी। मिछरी भाभी भी कुछ कम डरती नहीं थी। मिछरी भाभी को टप् से कुर्सी पर से उठाकर अमरेश उछालकर लोकना शुरू कर देता था। अगर जरा हाथ चूक जाता तो मिछरी भाभी की कई सूखी हड्डियाँ कभी साबूत नहीं रहतीं।

मैं कहता, 'रुको, रुको, क्या करते हो अमरेश! रुको!'

मिछरी भाभी को उस वक्त मारे डर के मानो काठ मार जाता।

भाभी के कपड़े अस्त-व्यस्त हो जाते। सिर का घूँघट खिसक जाता। जूड़ा खुल जाता। अमरेश के हाथ से छुटकारा पाने पर उसकी जान में जान आती!

कहती, 'देखा न लाला—रात-दिन इसी तरह होता है। अगर गिर पड़ती!'

अमरेश उस वक्त हाथ की पेशियाँ फुलाने लग जाता था।

कहता, 'गिरती क्यों? क्या यों ही बदन बनाया है? क्या यों ही मक्खन, अण्डा और चना खाता हूँ?'

हाँ, तो मिछरी भाभी को बहुत दिनों बाद एक बार जबलपुर स्टेशन पर देखा था।

जबलपुर स्टेशन पर बाम्बे मेल से उतरकर छोटी लाइन की गाड़ी पकड़नी थी। हड़बड़ी में था। अचानक किसी ने पीछे से आवाज दी, 'लाला है न?'

मुड़कर देखा। लेकिन जिसे अपने सामने देखा उसे मैं कैसे पहचान सकता था? काफी मोटी-मुटल्ली। सिर पर आधा घूँघट खिंचा हुआ। हाथ में एम्ब्रायडरी किया बैग। गोरा-चिट्टा, चिकना रंग। मेरी तरफ देखती हुई वह होंठों में मुस्करा रही थी!

मेरे चेहरे और आँखों के भाव ताड़कर वह बोली, 'इतनी जल्दी आप अपनी मिछरी भाभी को भूल गये?'

मिछरी भाभी!

मैंने आश्चर्य से एक बार उसकी तरफ देखा था। लेकिन मेरी जानी-पहचानी मिछरी भाभी की शक्ल-सूरत से इसकी शक्ल-सूरत का कहीं मेल न था। न जाने कैसा अवाक् रह गया। भला, ऐसा कैसे हो सकता है? क्या ऐसी तब्दीली मनुष्य में आ सकती है?

मिछरी भाभी उस वक्त भी मुस्करा रही थीं। बोलीं, 'मेरे घर चलिये, आज और कहीं नहीं जा सकते।'

मिछरी भाभी शायद कुछ लोगों को ट्रेन में बैठाने आयी थी।

मैंने कहा, 'मुझे आज एक जरूरी काम है।'

'हाँ, रहे।' इतना कहकर भाभी मुझे खींच ले चलीं।

लेकिन मैं उस वक्त दूसरी ही बात सोचने लगा था। हाँ, अमरेश तो मिछरी भाभी का इलाज कराता था। देखता था, मिछरी भाभी की टेबिल पर तरह-तरह की दवाओं की शीशियाँ रखी हैं। कई तरह के लीवर एक्सट्रैक्ट।

अमरेश कहता था, 'मन को खुश रखने में ही मिछरी की सेहत जल्दी ठीक हो सकती है।'

मिछरी भाभी के मन को खुश रखने के लिए अमरेश क्या कम कोशिश करता था। बगीचे में उसने झूला टाँग दिया था। वह झूला मैंने देखा था। लेकिन अमरेश था अजीब आदमी। झुलाते-झुलाते कभी अमरेश इतने जोर से झुला देता कि मिछरी भाभी की छाती धक-धक करने लगती। उस वक्त वह झूले से उतरने के लिए बेचैन हो जाती थी।

उस दिन मिछरी भाभी ने कहा था, 'देखा न लाला, आप न रहते तो आज मैं मर जाती।'

उस बार मैंने कहा था, 'बहुत होशियार रहियेगा भाभी, अमरेश कुछ भी कर सकता है।'

अमरेश को मैं बचपन से जानता था। मित्र इन्स्टीट्यूशन से एक क्लास में पढ़कर एक साथ हम दोनों ने मैट्रिक पास किया था। अमरेश को जानना मेरे लिये बाकी नहीं था। कितने दिन, कितनी बार मैंने अमरेश के घूँसे, मुक्के बरदाश्त किये थे इसका कोई हिसाब नहीं। लेकिन वह सब प्यार करने के लिए ही करता था। पर उसके प्यार के डर से हम बचपन में बहुत परेशान रहते थे।

हो सकता, प्यार में ही वह पीठ पर एक मुक्का जमाकर कहे, 'क्यों रे, कहाँ जा रहा है?'

या हो सकता, हँसी की बात करते-करते वह बहुत खुश हो जाये और खुशी के उबाल में अपने दोनों तरफ बैठे दो लड़कों की पीठ पर दो मुक्के जमाकर हँसते-हँसते लोट-पोट होकर बोले, 'और मत हँसा भाई, अब दम फूल रहा है।'

अमरेश के लिए जो खेल था, वह हमारे लिये मौत की सजा थी। हम तो शायद उस वक्त मुक्के खाकर रीढ़ की हड्डी सीधी करके खड़े नहीं हो पा रहे होते। दर्द के मारे पीठ दुखती रहती।

फिर अमरेश कहता, 'मेरी तरह चना खाया करो, दूध पिया करो, अण्डे खाओ और मुग्दर घुमाया करो तो तुम सबके बदन भी मेरे जैसे हो जायेंगे। फिर ऐसे दस मुक्कों से कुछ न होगा।

अमरेश के घर जाकर देखा है—चारों तरफ सैण्डो, हर्क्युलिस और अपोलो की तस्वीरें टँगी हैं। तरह-तरह के चार्ट। बदन बनाने की तरकीबें लिखीं बहुत-सारी किताबें। फिर बारबेल, डम्बेल, मुग्दर—यही सब। बदन बनाने के जितने सारे उपाय थे, अमरेश उन सबको सीखता था। लोहे के बड़े-बड़े गोले वह फेंकता था। डेढ़ मन, दो मन वजन का बारबेल वह अनायास सिर के ऊपर उठा लेता था।

कहता, 'जानता है, कल सपने में सैण्डो को देखा था।'

मेरे मुख से अनायास निकल पड़ता, 'सैण्डो!'

'हाँ भई, सैण्डो। देखा, सैण्डो मेरी तरफ एकटक देख रहा है। सैण्डो को देखते ही मैंने दोनों बाइसेप्स फुला दिये। सैण्डो ने देखकर कहा—शाबाश बेटा। जीता रह।'

हम लोगों का कुश्ती लड़ने का अखाड़ा अकेले अमरेश की वजह से टिका था। चन्दे इकट्ठा कर सोना दीदी के बगीचे के एक कोने में हम लोगों ने कुश्ती लड़ने का अखाड़ा बना लिया था। नीम की पत्ती से अखाड़े की मिट्टी तैयार की गयी थी। भोर में उठकर मैं अखाड़े जाता था और वहाँ की मिट्टी में लोटता था। पैरेलल बार, होराइजण्टल बार, रिंग—सब-कुछ था। उसके बाद घर लौटकर अदरक और नमक से अँखुआ निकले चने खाकर नहाता था। यह सब कितने दिन की बात है। अमरेश की तरह हम भी बदन

बनाने की कोशिश करते थे। अमरेश हम लोगों का नेता था। अमरेश के उत्साह से हमें उत्साह मिलता था। अमरेश ही हम लोगों का आदर्श था।

महीने में एक दिन हनुमान जी की पूजा होती थी। अखाड़े के एक कोने में हमारे साथी, आर्टिस्ट जयन्त ने हनुमान जी की मूर्ति बनायी थी। हम लोगों के लिए वह दिन उत्सव का दिन होता। सवेरे से हनुमान जी को सिन्दूर मलना शुरू हो जाता। चन्दे के पैसे से चने खाये जाते, मक्खन और चीनिया केला खाया जाता। अमरेश कहता, 'ज्यादा विटामिन खाया कर, तभी बदन में ताकत होगी।'

याद है, यह विटामिन शब्द पहली बार अमरेश से ही सुना था। हाँ, तो वही विटामिन खाकर या कैसे पता नहीं, अमरेश का शरीर दिनों-दिन देव का-सा होता गया। हम तो सब इधर-उधर हो गये। कोई नौकरी में लग गया, कोई व्यापार में और कोई दलाली में। अखाड़े की बात हम भूल गये।

लेकिन अमरेश ने शरीर की चर्चा नहीं छोड़ी। क्लब के बारबेल, डम्बेल और मुग्दर सब-कुछ ढो-ढाकर एक दिन अपने मकान की छत पर ले गया। बोला, 'यह भला मैं कैसे छोड़ सकता हूँ—छोड़ दूँगा तो गठिया पकड़ लेगा न।'

हम लोगों से कहा था, 'तुम सब भी मत छोड़ना। अब छोड़ देने पर गठिया हो जायेगा और चल-फिर नहीं पाओगे।'

याद है, मेरा दूर के रिश्ते का एक भैया इन्श्योरेन्स की दलाली करता था। एक बार वह कुछ केस जुगाड़ करने के सिलसिले में आया। कहा, 'अब तो तेरे यार-दोस्त सब नौकरी-चाकरी में लग गये हैं, अब मुझे दो-चार केस दिला दे न।'

एक-दो पालिसी मैंने करवा भी दी थी। किसी ने अपने फायदे के लिए करायी तो किसी ने मेरे कहने-सुनने पर। लेकिन अमरेश के पास जाकर यह बात छेड़ते ही वह बिगड़ गया।

उसने कहा, 'इन्श्योर क्यों कराऊँ?'

भैया ने समझाकर कहना चाहा, 'हमारी यह जिन्दगी भी कै दिन की है। आज है तो कल नहीं। आपके न रहने पर...'

भैया की बात पूरी नहीं हुई थी कि अमरेश बोला, 'क्यों मरूँगा जनाब, मरना क्या कोई खिलवाड़ है?'

इतना कहकर झट से उसने अपनी बनियाइन उतार ली थी और कहा था, 'स्वास्थ्य देख रहे हैं? बहुत बारबेल उठाकर और मुग्दर घुमाकर यह बदन बनाया है।'

फिर बदन पर बनियाइन चढ़ाकर कहा था, 'इतनी आसानी से मैं मर नहीं सकता जनाब!'

हाँ, तो वही अमरेश आखिर एक दिन अचानक कलकत्ता छोड़कर चला गया। फिर उसकी कोई खबर नहीं मिली! बाद में सुना कि वह मुरादाबाद में किसी पहलवान के

पास कुश्ती लड़ना सीखने गया है। और कई साल बाद जब मैं एक दूसरे शहर में नौकरी कर रहा था, तब एक बार कलकत्ते आकर सुना कि अमरेश ने उस साल बॉक्सिंग की ट्राफी जीती है। इस तरह कई साल बीच-बीच में अमरेश के बारे में थोड़ी-बहुत खबर मिल जाती थी। कभी अखबार के खेलकूदवाले पन्ने पर उसकी तस्वीर छपती, तो कभी सुनता, वह लखनऊ के किसी सरकारी स्कूल में ड्रिल-मास्टरी कर रहा है। फिर कभी सुनता कि बम्बई म्युनिसिपैलिटी की नौकरी लेकर वह फिजिकल इन्स्ट्रक्टर होकर वहीं बस गया है। इस तरह अलग-अलग कटी-कटी खबरें। लेकिन मेरे मन में बराबर अमरेश के लिए श्रद्धा बनी रही। एक वही हमारे बीच शरीर-चर्चा लेकर रहा। लगता, बंगालियों की बदनामी अमरेश मिटा सकेगा!

उसके बाद एक बार दफ्तर के काम से जबलपुर गया तो अचानक सड़क पर अमरेश से भेंट हो गयी।

नेपियर टाउन के लेवल-क्रासिंग के पास मैं खड़ा था। गेट बन्द था। ट्रेन आ रही थी।

अचानक पीठ पर भयानक मुक्का पड़ा।

लगा, मेरी पीठ अब मेरी नहीं रही! आँखों के सामने फुलझड़ियाँ छूटने लगीं। किसी तरह आँसू रोककर मैंने अपने सामने देखा तो हा-हा कर जो भयानक ठहाका लगा रहा था, वह हमारे अमरेश के अलावा और कोई नहीं था। एक हाथ से वह साइकिल सँभाले हुए था।

उसने पूछा, 'तू यहाँ?'

मैं भी यही सवाल करनेवाला था। लेकिन सवाल न करके आँखें फाड़े सिर्फ उसकी तरह देखता रहा। उसने एक हाथ से मेरा कन्धा झकझोरकर कहा, 'तू यहाँ कैसे आया?'

मैंने पूछा, 'तू?'

लेकिन इस बार जरा पीछे हट आया। पास रहने से बदन पर हाथ दिये बिना अमरेश बात नहीं कर सकता था।

गेट खोल दिया गया था। एक ट्रेन दाहिनी ओर से आकर बायीं ओर चली गयी। कई बैलगाड़ियाँ, साइकिल-रिक्शे और घोड़ा गाड़ियाँ जो अबतक रुकी थीं, वे सब चलने लगीं।

अमरेश ने कहा, 'मेरे बँगले में चल।'

मैंने पूछा, 'तू यहाँ क्यों? कब से है?'

अमरेश बोला, 'ये सब बातें बाद में होंगी, तू मेरी साइकिल के पीछे बैठ!'

मैंने पूछा, 'कितनी दूर है तेरा बँगला?'

'ज्यादा दूर नहीं, छह मील होगा।'

साइकिल के पीछे बैठकर छह मील चलना जैसा खतरनाक था, वैसा मेरे वजन के आदमी को लेकर चलना मुश्किल भी था। मैं बोला, 'रहने दे। तुझे तकलीफ होगी।'

'तकलीफ! बोल तो तुझे कन्धे पर बिठाये दस मील ले चलूँ, क्या सेत-मेंत में जोड़ी फेरता हूँ?'

फिर कहा, 'सच में तूने मुझे शर्मिन्दा कर दिया।'

पूछा, 'क्या अब भी तू जोड़ी फेरता है?'

खैर, उस दिन किसी तरह साइकिल-रिक्शे पर बैठकर अमरेश के बँगले तक गया था। नेपियर टाउन से गन-कैरेज फैक्टरी। काफी दूर का रास्ता। बीच में कई जगह चढ़ाई-उतराई पड़ती थी। लेकिन सारा रास्ता अमरेश मेरी बगल में रहकर गप लड़ाता गया।

कहा, 'तू जबलपुर आया और मेरे बँगले में नहीं ठहरा—यह सुनने पर मिछरी नाराज होगी।'

समझ गया मिछरी अमरेश की बीवी का नाम है। मिछरी का नाम लेते ही अमरेश खूब बोलने लगा था। मिछरी बड़ी दुबली थी। जो कुछ खाती हजम नहीं होता। मिछरी का वजन। यही सब बातें।

बोला, 'देख, आज तक कितने लड़कों को तैयार किया, कितने मरियलों के पुट्ठे मजबूत कर दिये। कितने ही लड़के जो पहले भात नहीं पचा सकते थे वे अब लोहा पचाने लग गये हैं। कितनों को मैंने ठीक कर दिया, इसकी इन्तिहा नहीं, लेकिन मिछरी को ठीक नहीं कर पा रहा हूँ। आज बदहजमी तो कल खट्टी डकार आती रहती है।'

पूछा, 'डॉक्टर क्या कहता है?'

उसके बाद अमरेश ने बहुत-सारी बातें बतायी थीं। कहा, 'फिर उसकी लड़की से शादी न करने पर वैसी बढ़िया नौकरी हाथ से निकल जाती—ससुर जी उस वक्त वर्क्स मैनेजर थे ।

उस दिन सड़क पर चलते-चलते अमरेश ने बहुत-सारे किस्से सुनाये थे। लेकिन अमरेश की बात सुनकर उस दिन मुझे मन-ही-मन बड़ी खुशी हुई थी। दुबले-पतले बदन पर अमरेश को बहुत गुस्सा आता था। अपने आसपास वह फूटी आँखों भी कमजोर आदमी देख नहीं सकता था। किसी को कमजोर देखते ही वह और भी घूँसे-मुक्के चलाता था। दनादन अपने सीने पर मुक्के जमाता! फिर सीना फुलाकर कहता, 'सेहत हो तो ऐसी हो, ये देख—' कहकर वह अपना सीना फुलाकर दूना कर लेता।

वही अमरेश अब सचमुच काबू में आ गया है सोचकर बड़ी खुशी हुई। अब वह मिछरी भाभी को मुक्का नहीं मार सकेगा। मिछरी भाभी के कारण उसकी नौकरी लगी थी। सिर्फ नौकरी नहीं, अच्छी नौकरी। नहीं तो बँगला कैसे मिलता!

लेकिन अमरेश के बँगले में जाकर मेरा वह भ्रम दूर हो गया।

बँगले के सामने साइकिल से उतरकर उसने चिल्लाना शुरू कर दिया, 'मिछरी, मिछरी–'

अमरेश की आवाज पाकर नौकर-चाकर दौड़कर आये, लेकिन जिसको बुलाया जा रहा था, वह नहीं आयी।

एक नौकर से अमरेश ने पूछा, 'मेम साहब कहाँ हैं?'

नौकर बोला, 'लेटी हैं!'

मुझे कमरे में बैठाकर अमरेश दौड़कर अन्दर गया। कहता हुआ गया, 'तू बैठ! मैं मिछरी को बुला लाऊँ।'

कमरे में चारों तरफ देखा, साहिबी ढंग से कमरा सजा था। एक तरफ की दीवार में मैण्टलपीस था। उसके नीचे आग जलाने की जगह थी। ऊपर अमरेश के विभिन्न उम्र के फोटे थे। कोई-कोई नंगे बदन का। शरीर के विभिन्न भाग की मांसपेशियाँ फुलाकर अमरेश दिखा रहा है। किसी-किसी में सीने के पास बहुत-सारे मेडल लटक रहे हैं! फ्रेम में जड़े कई सर्टिफिकेट कमरे में टँगे थे। इसके अलावा दीवारों पर बड़े-बड़े पहलवानों और व्यायाम-वीरों के चित्र थे। ये ही सब अमरेश के देवता थे।

थोड़ी देर बाद किसी स्त्री की आवाज सुनायी पड़ी, 'अरे, अरे क्या कर रहे हो? छी? छी! क्या कर रहे हो?'

देखा, अमरेश अपनी बीवी को हाथों में टाँगकर आ धमका है।

बोला, 'देखो, यही है मिछरी।' फिर अपनी बीवी से कहा, 'और यह है...'

मैं जितना असमंजस में पड़ा, उससे ज्यादा असमंजस में पड़ी मिछरी भाभी। बीवी को उसी तरह हाथों में टाँगे अमरेश कमरे में चक्कर लगाता रहा।

मिछरी भाभी बोली, 'यह कैसी शर्म की बात है। छोड़ो।'

लेकिन याद है, अमरेश ने उस दिन, उस पहले ही दिन क्या-क्या ऊधम नहीं मचाया था।

उसने कहा, 'ये देख, मिछरी को लोक रहा हूँ।'

लेकिन उसकी बात का मतलब समझने से पहले ही उसने सचमुच अपनी बीवी को लोकना शुरू कर दिया था।

कहा, 'ये देख–एक, दो, तीन–'

अब मैं आगे देख नहीं सका। मेरा दिल धक-धक करने लगा!

मिछरी भाभी उस वक्त मिन्नत-समाजत करने लगी थी, 'छोड़ो, छोड़ो, गिर जाऊँगी। छी! छी! तुम क्या हो?'

तब तक मिछरी भाभी का जूड़ा खुल चुका था। साड़ी अस्त-व्यस्त हो चुकी थी। लेकिन अमरेश का उधर खयाल नहीं था। वह तो गिनते जा रहा था, 'तीन, चार, पाँच...'

मुझसे रहा न गया। खड़े होकर बोला, 'छोड़ न अमरेश, यह क्या हो रहा है? छोड़—'

अमरेश पहले ही दिन ऐसा तमाशा लगायेगा, यह मैंने सोचा नहीं था। यह जानता तो मैं यहाँ आता ही नहीं। देखा, इतने दिन बाद भी वह तनिक बदला नहीं है। गुण्डई का भाव उसके चरित्र से अब भी दूर नहीं हुआ। अपनी पत्नी पर भी वह कैसा जुल्म करता है।

मिछरी भाभी उस वक्त हाँफ रही थी। उसका चेहरा लाल सुर्ख हो गया था। अमरेश के छोड़ देने के काफी देर बाद भी मिछरी भाभी के मुँह से कोई आवाज निकल नहीं सकी। पंखे के नीचे कुर्सी पर बैठकर काफी देर सुस्ता लेने के बाद वह बोली, 'देखा न लाला, तुम न रहते तो आज मैं मर जाती!'

फिर मिछरी भाभी को मैंने ठीक से देखा। सींक की तरह पतली काठी, हँसली की हड्डियाँ निकली हुईं। गाल की हड्डियाँ भी साफ नजर आ रही थीं। उभरी हुईं। बुरी तरह निकली हुईं। बदन में कहीं चर्बी का नाम नहीं।

अमरेश ने कहा, 'देखा भई, इसी तरह दिनभर बिस्तर पर लेटी रहेगी।'

खाना खाने बैठे तो देखा मिछरी भाभी खाने की चीजें टेबिल के नीचे एक कटोरे में छिपाती जा रही हैं। अमरेश मिछरी भाभी के सामने बैठा था। मैं अमरेश का खाना देख रहा था। एक प्लेट भात, चार कटोरियाँ मांस, एक तश्तरी फल, दो सेर के करीब दूध और तीस रोटियाँ। वह खाता जा रहा था तो खाता ही जा रहा था। बस, बीच-बीच में एक बार सिर उठाकर मुझसे कहता जाता, 'खा, खाता जा। कुछ छोड़ना मत। सब खाना पड़ेगा।'

फिर मिछरी भाभी की तरफ देखकर उसने कहा, 'तुमने कितनी रोटियाँ खायीं?'

मिछरी भाभी ने तपाक से कहा, 'बारहवीं रोटी खा रही हूँ।'

'और मांस?'

फिर मिछरी भाभी ने अनायास कहा, 'तीन कटोरी।'

अमरेश ने कहा, 'चार रोटियाँ और खा लो तो तुम्हारी छुट्टी।'

मिछरी भाभी कुछ न बोलीं। लेकिन देखा, बड़ी होशियारी से मिछरी भाभी मांस, रोटियाँ, सब्जी, फल—सब-कुछ टेबिल के नीचे एक बरतन में छिपाती जा रही है।

बाद में मिछरी भाभी ने मुझसे कहा था, 'उसको न बताना, नहीं तो मुझे मार डालेंगे। सोलह रोटियाँ खाकर क्या बदहजमी से मरूँगी लाला?'

'लेकिन सचमुच कितनी रोटियाँ खायीं?'

'सिर्फ दो। दो ही रोटियाँ खाने में पेट भर जाता है।'

खाते समय अमरेश ने बीवी से कहा था, 'खाओगी, दौड़ोगी, कूदोगी-फाँदोगी, हो-हल्ला मचाओगी—तभी न लाइफ है। नहीं तो बीस में बुढ़िया होकर एक दिन पेचिश से मर जाओगी। बंगाली स्त्रियों का यही एक हाल है।'

मिछरी भाभी ने कहा था, 'यह क्या देखा लाला, तुम आये हो इसलिए, नहीं तो दोपहर को जिस दिन वे घर में रहेंगे, उस दिन अगर उन पर सनक सवार होगी तो उनके साथ स्किपिंग करना होगा। और वह भी जल्दी खतम होने का नहीं, हाथ-पैर दुखने लगते, तब भी नहीं। कभी-कभी तो बेहोश होने की-सी हालत हो जाती है।'

कहते-कहते मिछरी भाभी का चेहरा मानो मारे डर के सफेद हो गया।

'और वह देखिये झूला। शाम को आते ही वे मुझे झूले पर बिठायेंगे। कहते हैं, इससे पाँवों की और फेफड़े की ताकत बढ़ती है। इस बीच एक बार उन्होंने घोड़ा खरीदा था; कहा था, राइडिंग बहुत बढ़िया एक्सरसाइज है।'

'लेकिन वह घोड़ा कहाँ गया?'

'वह बेचारा चल बसा, इसलिए जान बची, नहीं तो कई-कई दिन बदन में ऐसा भयानक दर्द रहता था कि रात को सो नहीं पाती थी, खड़ा होना, बैठना मुश्किल हो जाता था–जान के लाले पड़ गये थे! आखिर उस घोड़े ने शायद मुझ पर कृपा की और एक दिन वह चल बसा।'

अमरेश का रंग-ढंग बराबर मुझे एक बीमारी-सी लगता था। सब सुनकर उस दिन भी लगा था कि उसकी बीमारी बढ़ी है, घटी नहीं। जबलपुर में एक दिन और था, लेकिन उस एक दिन में ही मिछरी भाभी के लिए मेरे मन में सच में दया आ गयी थी। लगा था, ऐसे पति के हाथ में पड़कर मिछरी भाभी जरूर एक दिन मर जायेगी। वैसा शरीर लेकर कैसे जी रही है, यही मुझे उस दिन बड़ा आश्चर्य लगा था। शरीर बनाने के नाम पर अत्याचार–यह अमरेश के चरित्र में एक तरह का विकार था! उसका इलाज मामूली इलाज नहीं था। रोग उसका मानसिक था। उसके मन के एकान्त कोने में जरूर कहीं कीड़ा लग गया था।

लौटते के दिन मिछरी भाभी से वादा किया था, 'इधर आने पर जरूर आपके घर ठहरूँगा।'

मिछरी भाभी ने कहा था, 'जब आप आयेंगे तब शायद मुझे देख नहीं पायेंगे लाला। लेकिन दोस्त से जरूर भेंट होगी।'

हालाँकि मिछरी भाभी ने यह सब हँसते हुए कहा था, लेकिन उस दिन मैंने उनके मन में छिपे दर्द को गौर किया था। इसलिए उस दिन मिछरी भाभी के कथन का विरोध न कर सका था। समझ गया था, अमरेश के हाथ अचानक एक दिन अकाल में अत्यन्त निष्ठुरता से मिछरी भाभी की इहलीला समाप्त हो जायगी। इस बारे में मुझे कोई सन्देह नहीं था।

ट्रेन में बैठाने के लिए आते समय अमरेश ने पूछा था, 'तूने शायद कसरत-ओसरत छोड़ दिया?'

मैंने कोई जवाब नहीं दिया था।

थोड़ा रुककर अमरेश ने ही कहा था, 'अगर लम्बी उम्र पाना चाहता है तो व्यायाम एकदम से छोड़ मत देना। समझा!'

लेकिन उस समय मेरी आँखों के सामने मिछरी भाभी का ज्वलन्त उदाहरण तिर रहा था। उस दिन अन्त तक मैंने अमरेश से ठीक से बात भी नहीं की थी।

इस घटना के बाद बहुत दिन बीत गये। जबलपुर की तरफ फिर जाना नहीं हुआ। मिछरी भाभी की कोई खबर भी न पा सका। अमरेश से भी फिर भेंट नहीं हुई।

इतने दिनों बाद फिर जबलपुर स्टेशन पर मिछरी भाभी से भेंट होने के साथ-साथ फिर सारी बातें याद आ गयीं।

लेकिन यह देखकर आश्चर्य हुआ कि मिछरी भाभी ऐसे अच्छे स्वास्थ्य की अधिकारिणी हो गयी है। कैसे हुआ यह? क्या अमरेश ने अपने सिस्टम से मिछरी भाभी की सारी बीमारी ठीक कर दी है? या किसी अच्छे डॉक्टर की अच्छी दवा से फायदा हुआ?

हम दोनों साइकिल-रिक्शे पर बैठे जा रहे थे। नेपियर टाउन के बाजार की बगल से जाते समय मिछरी भाभी ने कहा, 'यह देखिये लाला, हमारा स्कूल।'

'स्कूल! क्या स्कूल में पढ़ती हैं?'

'नहीं, इस बुढ़ापे में क्यों पढ़ने लगूँगी? पढ़ाती हूँ।'

'पढ़ाती हैं?'

मिछरी भाभी ने कहा, 'हाँ, पढ़ाती हूँ। आज सात साल हो गये, इस स्कूल में पढ़ा रही हूँ।'

भाभी की बातें सुनकर मेरा आश्चर्य बढ़ता जा रहा था। क्या अमरेश आखिर पत्नी से नौकरी करवा रहा है! फिर तो शायद नौकरी कर रही है, इसलिए मिछरी भाभी का स्वास्थ्य इतना सुधर गया है। दिनभर घर में बैठे रहने से शरीर या मन कुछ भी अच्छा नहीं रहता। मन में सोचा कि चलो अच्छा हुआ।

पूछा, 'क्या आपने पहले कभी टीचरी की है?'

मिछरी भाभी बोली, 'नहीं-नहीं, पहले क्यों करने जाऊँगी? मुझको ही पढ़ाने के लिए तीन-तीन टीचर थे। उस वक्त पिता जी जिन्दा थे। सवेरे एक मास्टर अंग्रेजी पढ़ाते थे, तीसरे पहर गणित और रात को हिस्ट्री पढ़ाने के लिए अलग-अलग मास्टर थे। लेकिन उन दिनों उतना पढ़कर भी मेरी सेहत खराब नहीं हुई थी! लेकिन शादी के बाद से पता नहीं क्या हो गया–'

कहा, 'लेकिन इस समय तो आपकी सेहत एकदम बदल गयी है।'

मिछरी भाभी बोली, 'इसीलिए तो आप मुझे पहचान नहीं पाये–लेकिन मैंने आपको ठीक पहचान लिया लाला।'

एक दूकान के सामने पहुँचते ही मिछरी भाभी ने रिक्शेवाले से रुकने के लिए कहा। मुझसे कहा, 'आप जरा बैठिये लाला, दूकान से एक-दो सामान खरीद लूँ।'

मिछरी भाभी उतर गयी। मैं उसको पीछे से अच्छी तरह देखने लगा। आश्चर्यचकित हो गया। पहले की मिछरी भाभी अब एकदम पहचानी नहीं जाती। पहले उसकी सारी देह में कोनदार तीक्ष्णता थी, लेकिन अब वहाँ मुलायम भरी-पूरी गोलाई आ गयी है! रूप लावण्यमय हो उठा है। सुडौल, परिपूर्ण, कोमल मिछरी भाभी! लेकिन अमरेश इस मिछरी भाभी को लेकर पहले किस कदर हुड़दंग मचाया करता था। झूले में झुलाकर, घोड़े पर बिठाकर और डाँट-डपटकर उसे मोटा बनाने के लिए अमरेश की कोशिश में कमी नहीं थी। लेकिन आज यह परिवर्तन कैसे सम्भव हुआ?

पसीने से तर मिछरी भाभी लौट आयी। हाथों में बहुत-सारे सामान थे।

फिर रिक्शे पर मेरी बगल में बैठकर रिक्शेवाले से बोली, 'चलो, जल्दी चलो।'

मेरी तरफ देखकर मिछरी भाभी बोली, 'मोटा होने पर बड़ी मुसीबत है लाला, देख नहीं रहे हैं, कितना पसीना निकल रहा है। लेकिन पहले कितनी दवा खायी है, कितनी डाँट-फटकार सुनी है उनसे इसके लिए। वे कहते थे कि दस आदमी के सामने तुम्हें लेकर निकलने में शर्म लगती है। हाँ, तो कहिये लाला, अब क्या मैं देखने में अच्छी लगती हूँ?'

कहा, 'जरूर लगती हैं?'

'और पहले कैसी लगती थी?'

कहा, 'पहले भी अच्छी लगती थीं, लेकिन अब और ज्यादा अच्छी लगती हैं।—लेकिन अमरेश क्या कहता है?'

मिछरी भाभी बोली, 'वो क्या कहेंगे? मेरी तरफ देखें तब तो! वो तो अपनी सेहत लेकर परेशान रहते हैं। देखिये न, उनके लिए बिस्कुट और लाजेन्स ले जा रही हूँ।'

'क्या इस बुढ़ौती में अमरेश लाजेन्स चूसेगा?'

मिछरी भाभी बोली, 'जब-तब खाने के लिए मचलते रहते हैं, इसलिए उनको दो-चार लाजेन्स देकर कहती हूँ, यह खाओ। नहीं तो बहुत परेशान करते हैं। मैं तो दिनभर स्कूल में रहती हूँ, सवेरे खिला-पिलाकर स्कूल जाती हूँ और शाम को लौटकर देखती हूँ कि वो सो गये हैं।'

मुझे मानो कुछ विचित्र-सा लगा। कुछ समझ नहीं पाया। कहा, 'क्या अमरेश आजकल शाम को सो जाता है?'

मिछरी भाभी बोली, 'सुबह-शाम-दोपहर हर वक्त सोते रहते हैं। इसीलिए तो मैं कहती रहती हूँ कि इतना सोना ठीक नहीं है, दिनभर सोते रहने से भूख तो लगेगी, इसलिए बिस्तर के पास बिस्किट, लाजेन्स, सेब, सन्तरा वगैरह रख देती हूँ। मुझे भी तो अपनी नौकरी देखनी है लाला, ज्यादा नागा करने पर मुझे नौकरी में रखेंगे क्यों? आजकल पैसे देने पर आदमी की कमी नहीं है—नौकरी का बाजार देख तो रही हूँ।'

और भी आश्चर्य लगा।

पूछा, 'अमरेश अगर दिनभर सोता रहता है तो दफ्तर कब जाता है?'

मिछरी भाभी बोली, 'वो तो रिटायर कर चुके हैं।'

रिटायर कर चुका है अमरेश! इस उम्र में रिटायर किया! अभी तो चालीस का भी नहीं हुआ।

मिछरी भाभी बोली, 'हाँ, यह समझती हूँ कि रिटायर होने पर आदमी को अच्छा नहीं लगता, खासकर उनके जैसे हुड़दंगी आदमी को। लेकिन इसलिए क्या दिनभर सोना पड़ेगा? किताब पढ़ी जा सकती है। अच्छी-अच्छी किताबें लाइब्रेरी से ला सकती हूँ। लेकिन कहने पर वो कहते हैं—अब पढ़ना अच्छा नहीं लगता। मैं कहती हूँ किताब पढ़ना अच्छा न लगे तो तस्वीर बना सकते हो, तस्वीर बनाना सीखो—मैं कूँची, रंग, कागज, सब खरीद देती हूँ—तस्वीर बनाने के लिए और क्या हाथी-घोड़े चाहिए, वक्त काटने से मतलब। तस्वीर अच्छी हो, यह भी जरूरी नहीं, कम-से-कम मन तो खुश रहेगा—आखिर मन ही तो सब है। मन खराब होने से सेहत खराब रहती है—लेकिन मेरी बात वो कभी सुनते ही नहीं।'

पूछा, 'अमरेश आजकल कसरत नहीं करता?'

मिछरी भाभी बोली, 'वह सब अब भाड़ में गया चला लाला। और कुछ न सही, डम्बल दोनों हाथों से तो कुछ कर सकते हैं। लेकिन उन सब में जंग लग रहा है। अब सोच रही हूँ कि वह सब इतवारी बाजार की कबाड़ी की दूकान में बेच दूँ। कितने रुपये का सामान है लाला। बेकार रखे रहने से क्या फायदा?'

पूछा, 'और खाना? क्या खाना उसी तरह है? तीस रोटी और...

मिछरी भाभी हँसी; बोली, 'है, लेकिन वैसा नहीं है। अब तो वैसी मेहनत नहीं करते। पहले फैक्टरी में बहुत मेहनत करनी पड़ती थी, फैक्टरी में बिजली से चलनेवाला आरा चलाते थे। पूरे प्लाण्ट के वही तो इनचार्ज थे। पिता जी अगर न मरते तो उनकी और तरक्की करा जाते, लेकिन पिता जी अचानक चल बसे और उनका भी...पिता जी उनसे कहते थे कि फैक्टरी के काम में उतनी जल्दीबाजी करना ठीक नहीं है, ठण्डे दिमाग से काम करना होता है, बदन की ताकत से नहीं!'

सड़क ऊँची-नीची थी। एकाएक लगा कि हम दूसरी तरफ चले जा रहे हैं।

मैंने पूछा, 'यह किधर चल रही हैं भाभी?'

'क्यों लाला, ठीक चल रही हूँ। बहुत दिन हो गये, हम लोगों ने फैक्टरीवाला बँगला छोड़ दिया है। अब तो इतवारी बाजार के पास एक मकान किराये पर लिया है। वहाँ से मेरा स्कूल पास पड़ता है...फिर इधर किराया भी कम है। उनको पेन्शन मिलती है और मैं स्कूल में नौकरी करती हूँ—चारों तरफ समझ-बूझकर चलना होता है न। सिर्फ उनकी देखभाल के लिए एक नौकर रखा है। खाना मैं अपने हाथ से बना लेती हूँ—दो प्राणियों का तो खाना। लेकिन यह नौकर ही बीस रुपये महीना लेता है।'

'यहाँ नौकरों की तनख्वाह बहुत ज्यादा है।'

मिछरी भाभी बोली, 'ज्यादा तनख्वाह क्या यों ही देती हूँ लाला। सब तो उसी को करना पड़ता है। सौदा-सुलुफ करना, सब्जी लाना और पानी भरना। उनसे तो अब तिनका भी तोड़ा नहीं जाता।'

पूछा, 'क्या अमरेश सिर्फ बैठा रहता है!'

'अगर बैठे रहते तो क्या परेशानी थी, सिर्फ लेटे रहते हैं। खिड़की अगर खुली है तो कहते हैं, बन्द कर दो, आँखों को रोशनी बरदाश्त नहीं होती। आप ही बताइये लाला, बदन में थोड़ी हवा और रोशनी लगे तो ठीक है न? नहीं तो मन कैसे ठीक रहेगा?'

न जाने क्यों मुझे मिछरी भाभी की बातों से बड़ा आश्चर्य हो रहा था। आखिर अमरेश ऐसा कैसे हो गया? लेकिन उसी ने कितने दिन हम लोगों को कितनी हिदायतें दी थीं। उम्र बढ़ने के साथ-साथ क्या ऐसा ही होता है?

मिछरी भाभी बोली, 'यह तो आज छुट्टी का दिन है, हमारे स्कूल के सेक्रेटरी की फैमिली बम्बई जा रही है, इसलिए स्टेशन आयी थी उन लोगों को ट्रेन में बिठाने के लिए। अब जाकर उनको नहलाऊँगी, खाना बनाऊँगी, फिर कितने काम पड़े हैं।'

पूछा, 'क्या अमरेश को गठिया हो गया है? जो लोग बहुत ज्यादा कसरत करते हैं, सुना है, उनको इस तरह गठिया हो जाता है।'

मिछरी भाभी बोली, 'अभी तक हुआ नहीं है, लेकिन अब होने में देर भी नहीं है लाला, यह मैं आपको बता देती हूँ।'

फिर रिक्शेवाले से कहा, 'अरे, रोक के, रोक के–'

रिक्शा रुकते ही हम उतर पड़े। सामने देखा, पुरानी ईंट का बना एक मकान। बकरी के बच्चे और दो मुर्गियाँ सामने चर रही हैं। जंग का खाया, छेद हो चुका मोटर का पुराना मडगार्ड, मकान के बगल में पड़ा है। इस परिवेश में मिछरी भाभी न जाने क्यों बेमेल लगीं। उस बार अमरेश के उस बँगले में मिछरी भाभी जिस तरह जँची नहीं थी, उसी तरह आज भी वह इतवारी बाजार के किराये के इस मकान में एकदम जँच नहीं रही है।

सामान हाथ में लिये मिछरी भाभी ने कहा, 'आइये लाला, यही हम लोगों का घर है।'

वहाँ जिस कमरे में जाकर बैठा, वह भी जाने क्यों कुछ गन्दा लगा।

मैंने पूछा, 'अमरेश कहाँ है?'

मिछरी भाभी बोली, 'जरूर लेटे होंगे। देखती हूँ–'

परदा हटाकर मिछरी भाभी बगल के कमरे में चली गयी। मैं अकेला चुपचाप बैठा रहा। दीवार से वही सब पुराने चित्र लटक रहे थे–सैण्डो, हर्क्युलिस और अपोलो के।

मिछरी भाभी ने दरवाजे का परदा हटाकर अन्दर जाकर कहा 'जो कहा था, वही—आइये लाला, अपने दोस्त को देख जाइये।'

गया।

देखा, खाट पर चद्दर ओढ़े अमरेश लेटा है।

लेकिन जिसको देखा; उसको अमरेश कहने पर कुछ गलती होगी। वह मानो उसका प्रेत था!

मिछरी भाभी ने कहा, 'देखा न लाला, मैंने जो कहा था। इतनी देर तक सोने पर क्या तबीयत ठीक रहती है, या मन अच्छा रहता है?'

इतना कहकर भाभी बुलाने लगी, 'सुनते हो, अजी सुनते हो, देखो कौन आया है।'

एक बार आवाज देते ही अमरेश की नींद खुल गयी। सोचा, अभी मुझे देखकर शायद खुशी के मारे मेरी पीठ पर एक मुक्का जमा देगा! लेकिन अमरेश ने कुछ नहीं किया। सिर्फ कहा, 'अरे, तू आया है?'

बोला, 'सो क्यों रहा है? बाहर चल।'

अमरेश बोला, 'बाहर...? बाहर नहीं, बल्कि तू यहाँ बैठ। कुर्सी खींच ले।'

बोला, 'इस कमरे में क्यों? बाहरवाले कमरे में चल।'

अमरेश बोला, 'बाहर जा नहीं सकता।'

'क्यों?'

'पैर कट गये हैं न, दोनों पैर।...तुझे नहीं मालूम?'

पैर कट गये हैं! न जाने क्यों मैं चुप हो रहा।

अमरेश बोला, 'अखबार में तो छपा था। इलेक्ट्रिक सॉ मशीन में पैर पड़ गये थे—ये देख।'

क्या कहूँ? उस दिन अमरेश के घर जाकर वह पूरा दिन कैसे बिताया गया था, यह मैं ही जानता हूँ। उस वक्त मैं सोच-सोचकर जमीन-आसमान के कुलाबे जोड़ने लगा था। लेकिन थोड़ी देर बाद मिछरी भाभी ने मुझे उस दिमागी कैद से उबार लिया था।

कमरे में आकर बोली, 'आप जरा उस कमरे में जाकर बैठें लाला—उनको नहला दूँ—काफी देर हो गयी है। आपके खाने में कुछ देर होगी, बुरा न मानियेगा।'

देखा, मिछरी भाभी के हाथ में बेड पैन है।

मुझे याद है, मैं झटपट बगलवाले कमरे में चला गया था।

लेकिन आज इतने दिन बाद एक सही बात कहूँगा। उस दिन अमरेश के कटे पाँवों को देखकर मेरे मुँह से 'उफ' तक नहीं निकला था। वह भी सिर्फ मिछरी भाभी के बारे में सोचकर ही नहीं निकला था। न जाने क्यों मुझे लगा था कि मिछरी भाभी इतने दिन बाद अपने बहुत दिन के दबे गुस्से का बदला ले रही है। फिर इसके अलावा, अमरेश के पाँव न कटते तो न मिछरी भाभी की सेहत ठीक होती और न वह देखने में इतनी खूबसूरत लगती!

इस कहानी को सुनकर भी सोना दीदी ने कहा था, 'तू मेरे सामने वादा कर कि अगले दस साल में अपनी कहानी कहीं नहीं छपवायेगा।'

अब समझता हूँ कि सोना दीदी कितनी उदारता से मेरी कहानियाँ सुनती थीं। लेकिन उनकी राय निष्पक्ष होती थी। उन्होंने बार-बार मुझे अपनी कहानियाँ छपवाने के लिए मना किया है। कहा है, 'कहानी छपवाने के लिए तुझमें इतना आग्रह क्यों है? कहानी छपने से ही क्या बड़ा लेखक बन जायेगा?'

हर तरफ से निराश होकर जब कहीं का ठिकाना न होता, तब मैं सोना दीदी के घर जाता था। लेकिन न जाने पर भी सोना दीदी ने कभी उलाहना नहीं दिया। ऐसा सिर्फ मेरे लिये नहीं था। लड़का या लड़की बीमार पड़ने पर भी कभी उनको परेशान होते नहीं देखा। लगता था, सारे संसार में मानो सोना दीदी अकेली हैं। दास साहब या स्वामीनाथ बाबू कोई उनको साथ देकर सुखी न कर सके। पत्नी के रूप में सोना दीदी को पाकर भी स्वामीनाथ बाबू उनको ज्यादा नहीं पा सके! दास साहब के घर रहकर भी सोना दीदी क्या दूर नहीं चली गयी थीं। बहुत-से लोग अपने चारों ओर रहस्य का दुर्भेद्य जाल बिछाये रहते हैं, लेकिन सोना दीदी में यह बात भी नहीं थी। उनका आचरण सहज, सरल और स्वाभाविक था। फिर भी उनको निकट से पाने का गौरव मानो किसी के भाग्य में नहीं था। पास रहकर भी वे बहुत दूर थीं और दूर जाकर भी दूर नहीं गयी लगती थीं। उन्होंने कभी किसी के काम में एतराज नहीं किया, फिर भी मानो किसी काम को करने से पहले उनसे पूछना सबके लिए बहुत जरूरी था।

जबलपुर में सोना दीदी का जो आचरण बहुतों की आँखों में अस्वाभाविक लगा था, दास साहब के साथ सोना दीदी कलकत्ते चली आयीं तो वही उन लोगों की आँखों में स्वाभाविक लगा। लेकिन उनको कोई पहचान नहीं पाया। एक स्वामीनाथ बाबू शायद उनको पहचान पाये थे। उन्होंने सोना दीदी को थोड़े ही दिनों में पहचान लिया था। वे जानते थे और इस बात पर विश्वास भी करते थे कि बाहरी सेवा से जो पूजा होती है उससे बढ़कर है हृदय के प्रेम के द्वारा भोग। वे समझ गये थे कि भीतर जहाँ पूर्णता है, वहाँ बाहर की पूर्णता बाहुल्य है। संसार में एक-एक आदमी ऐसा होता है जो अपने को बिना बिखराये जिन्दा नहीं रह सकता। अन्तर में जहाँ समाप्ति है, वहीं पूर्णता है, ऐसा वह विश्वास नहीं करता। फिर भी जीवन में समाप्ति जैसे सच है व्याप्ति उससे कम सच नहीं है। भाव अगर सत्य है तो उसका प्रकाश किसी तरह कम सत्य नहीं है। परिणति को अगर सत्य मान लिया जाय तो परिपूर्णता को असत्य मानने का कोई कारण नहीं है।

हाँ, तो एक दिन दास साहब का जबलपुर की नौकरी से तबादला हो गया और उनका कलकत्ते चले जाना तय हुआ।

रति और शिशु ने मचलना शुरू कर दिया, 'माँ तुम भी हमारे संग कलकत्ता चलोगी न?'

दास साहब ने कहा, 'आप ही ने प्यार देकर इनको ऐसा बना दिया है!'

आखिर कलकत्ते जाने का दिन करीब आ गया। सामान बाँधे-धरे गये। दास साहब ने कहा, 'कलकत्ते जाकर इनको लेकर अकेले मुश्किल में पड़ जाऊँगा।'

सोना दीदी ने कहा, 'आप अपने दफ्तर जाइयेगा। मैं इनकी देखभाल करूँगी।'

'आप?'

उस दिन सोना दीदी ने घर जाकर स्वामीनाथ बाबू से कहा, 'परसों मैं दास साहब के साथ कलकत्ते जा रही हूँ, तुम्हें कोई एतराज तो नहीं है?'

स्वामीनाथ बाबू ने कहा, 'कुछ दिन के लिए हवा बदलने से तुम्हारी सेहत भी ठीक हो जायगी।'

'हवा बदलने नहीं जा रही हूँ।'

'फिर भी, कलकत्ते बहुत दिन से नहीं गयीं, जाने पर लोगों से भेंट-मुलाकात हो जायगी।'

सोना दीदी काफी देर चुप हो रहीं।

फिर पूछा, 'लेकिन क्यों मैं कलकत्ते जा रही हूँ, यह तो तुमने नहीं पूछा?'

स्वामीनाथ बाबू बोले, 'तुमने ठीक समझा है, इसलिए जा रही हो। तुम कोई नासमझ नहीं हो।'

'लेकिन पुँटू की देखभाल तुम कर सकोगे?'

'पुँटू के लिए कुछ मत सोचो।'

'अगले महीने पन्द्रह तारीख को पुँटू का जन्मदिन है, उसके लिए नये कपड़े खरीद लाना और कान का एक जोड़ा झुमका बना देना—इस चूड़ी से बनवा देना।'

स्वामीनाथ बाबू ने कहा, 'रुपये हैं, तुम चूड़ी रख लो।'

'हैं तो ठीक है, फिर भी लो।'

स्वामीनाथ बाबू ने कभी किसी बात का विरोध नहीं किया था। हाथ बढ़ाकर चूड़ी ले ली।

जाने के दिन सोना दीदी बोलीं, 'पूछा नहीं, कब लौटूँगी?'

'तुम मुझसे अच्छा समझती हो। जितना दिन मन हो रहना, फिर रति और शिशु को समझा-बुझाकर एक दिन चली आना।'

उस वक्त ननदों की शादी हो चुकी थी। सब अपनी-अपनी ससुराल में थीं। विश्वेश्वर बाबू का भी अजमेर में परलोकवास हो चुका था। नाते-रिश्तेदार जो राजस्थान में बिखरे थे, उनसे भी कोई खास सम्पर्क नहीं रह गया था। परिवार की शाखा दूर-दूर तक फैल चुकी थी, कौन किसकी खबर रखता?

उसी समय दास साहब बाल-बच्चों के साथ जबलपुर का घर-संसार समेटकर कलकत्ते चले आये।

स्वामीनाथ बाबू पुँटू को लेकर सोना दीदी को ट्रेन में बिठाने के लिए स्टेशन आये थे।

सोना दीदी बोलीं, 'रोज अपने लिये आधा सेर दूध लेना।'

'मेरे बारे में बहुत ज्यादा मत सोचो सोना, अपने सेहत का ख्याल रखना।'

सोना दीदी बोलीं, 'पुँटू के लिए स्कूल में खाना जरूर भेजना।'

स्वामीनाथ बाबू ने कहा, 'पहुँचते ही चिट्ठी लिखना।'

ट्रेन चली गयी।

पुँटू ने पूछा, 'पिता जी माँ कहाँ गयी?'

स्वामीनाथ बाबू ने कहा, 'माँ कहीं नहीं गयी बेटा। रोते नहीं, छी। मैं तो नहीं रो रहा हूँ।'

कलकत्ते आकर दास साहब ने नया मकान किराये पर लिया। फिर नौकरी छोड़कर अपना बैंक खोला। बैंक का नाम आप लोग भी जानते हैं। लेकिन वह नाम यहाँ न लेना ही ठीक रहेगा। रति और शिशु नये स्कूल में भरती हुए। यहीं सोना दीदी की वही बीमारी शुरू हुई। अद्भुत बीमारी। कोई काम नहीं कर सकेंगी। डॉक्टर ने कहा, सिर्फ बैठे-लेटे रहना पड़ेगा। लेकिन खाने-पीने में कोई रोक-टोक नहीं है।

डॉक्टर ने और भी कहा, 'यह भी एक तरह की टी. बी. है।'

सोना दीदी ने दास साहब से कहा, 'तुम रति और शिशु को कहीं बोर्डिङ्ग स्कूल में भेज दो।'

दास साहब ने वैसा ही किया।

'और तुम?'

'मेरी बात पूछ रही हो?'

सोना दीदी ने कहा, 'तुम मेरे पास मत आना, यह रोग ठीक नहीं है।'

दास साहब हँसे। बोले, 'तुम्हारे पास कोई जा सकता है, यह बात कोई अहमक भी नहीं सोचेगा, सोना!'

उसके बाद जरा रुककर बोले, 'जबलपुर में स्वामीनाथ बाबू के पास खबर भेज दूँ? क्या कहती हो? नहीं तो वे बहुत घबड़ायेंगे।'

सोना दीदी बोलीं, 'खबर बाद में भी भेज सकते हो। इतनी जल्दी क्या है?'

इतना कहकर सोना हँसीं।

बहनें आकर स्वामीनाथ बाबू से पूछतीं, 'भाभी कहाँ गयी भैया?'

सब-कुछ सुनकर वे भी अवाक् हो गयीं। बोलीं, 'आप जरा कड़ाई नहीं कर सकते भैया?'

स्वामीनाथ बाबू हँसते।

'आप हँस रहे हैं?'

स्वामीनाथ बाबू फिर भी हँसते।

कहते, 'तुम सब सिर्फ बाहर देखती हो। लोग क्या कहेंगे, यही सोचती हो, लेकिन मैं तो कोई फर्क नहीं देखता। मुझे लगता है, वह यहीं है।'

स्वामीनाथ बाबू की एक बहन कहती, 'आप कितने कठोर हैं भैया, सच बताइये, कोई झगड़ा हुआ था?'

'झगड़ने लायक है भी वह? मैं अपनी आँखों से देखने पर भी विश्वास नहीं करूँगा।'

'आप अपनी बात रहने दीजिये। आप तो भोलानाथ हैं। लेकिन उसकी इतनी छोटी बच्ची—'

'लेकिन पुँटू को तो कोई तकलीफ नहीं हो रही है—क्या हो रही है कोई तकलीफ?

'पैदा होने के बाद तो कितने बच्चों की माँ मर जाती है, तो क्या उनको कोई तकलीफ होती है? लेकिन मैं तो अपनी सास या ससुर को मुँह नहीं दिखा सकूँगी भैया।'

'फिर तो तुझे बहुत तकलीफ होगी?'

'तकलीफ! आप क्या कह रहे हैं भैया, मेरा तो जी चाह रहा है डूब मरूँ।'

'तू उन लोगों को बता देना कि वह मेरी इजाजत लेकर गयी है।'

'भाभी को तो जानती हूँ, वह कब तुम्हारी इजाजत की परवाह करती थी?'

'नहीं री। इजाजत लेकर गयी है। फिर जबानी इजाजत को ही क्या तू इतना बड़ा समझती है? फिर इसके अलावा इस एक जिन्दगी में हमें कितनी बार जन्म लेना पड़ता है, तुझे पता है? महाभारत में नहीं पढ़ा कि पाण्डवों के जीवन में एक बार अज्ञातवास की बारी आयी थी? क्या समझती है इसका कोई मतलब नहीं है? लेकिन ऐसा नहीं है, मैं समझता हूँ कि वह उनके जीवन में नवीनतर जन्म की प्रस्तुति का अवसर था। ये सब बातें अगर तेरे सास-ससुर न समझ सकें तो उनको बताना कि जिसको इजाजत दे सकने में लोग अपने को धन्य मानते हैं, उसके लिए इजाजत लेना न लेना बराबर है।'

'लेकिन कभी अगर भाभी लौट आये तो उसे इस घर में घुसने मत दीजिये भैया। उसने हमारे कुल को कलंक लगाया है।'

'ऐसी बात न कर, इससे मुझे तकलीफ होती है।'

'तकलीफ आपको खाक होती है भैया।'

'नहीं री, उसे छोड़कर मैं एक दिन भी नहीं रह सकता। सच कहता हूँ।'

'फिर कैसे रह रहे हैं?'

'वह तो हर घड़ी मेरे पास है। लगता है, बगलवाले कमरे में है। बुलाने पर जवाब देगी। जैसे किताब में डूबी रहती थी, वैसे डूबी है। जीव अणु है या विभु, इसे लेकर उसके सोचने का अन्त नहीं है। तुम सब अपनी भाभी पर बेइन्साफी कर रही हो।'

दोपहर के बाद दूसरी बहन पूछती, 'पुँटू के लिए आप फिर स्कूल में दूध भेज रहे हैं भैया?'

'लेकिन उसने तो दूध भेजने के लिए लिखा है।'

'कल तो पुँटू ने दूध नहीं पिया, सब गिरा दिया था।'

'फिर उससे लिखकर पूछ लूँगा।'

'यह भी आपको पूछना पड़ेगा भैया? क्या आप खुद कुछ नहीं कर सकते?'

'वही तो इस घर की मालकिन है री, बिना उससे पूछे कैसे क्या कर सकता हूँ?'

'जो इस घर को बरबाद करके चली गयी, उसे इस घर के लिए क्या सिर दर्द होगा?' स्वामीनाथ बाबू की बहन कहती।

दास साहब दफ्तर जाते। दफ्तर पहुँचकर एक बार फोन करते, 'कैसी हो सोना?'

सोना दीदी कहतीं, 'तुम्हारा ब्लड प्रेसर ठीक हो तो कहना।'

अभिलाष को बुलाकर सोना दीदी बता देती, 'अब से तुम अपने साहब को खाना देने से पहले मुझसे पूछ लेना।'

सबेरे सोना दीदी पूछतीं, 'कल काफी रात गये तुम्हारे कमरे में बत्ती क्यों जल रही थी?

'नींद नहीं आ रही थी।'

'आज से रात को उस तरह बत्ती जलते न देखूँ।'

हाँ, तो ऐसे ही समय सोना दीदी से मेरा परिचय हुआ। तब तक जीवन में अनेक विचित्र लोगों से मेरा साक्षात्कार हो चुका था, फिर भी सोना दीदी अद्भुत लगीं। कहीं कोई विरोध नहीं। रात के नौ बजते ही सोना दीदी दास साहब से कहतीं, 'जाओ, नौ बज गये। अब जाकर सो जाओ। कमरे का दरवाजा बन्द करके बत्ती बुझा देना।'

कभी-कभी दास साहब मृदु विरोध करते, 'मुझे नींद नहीं आयेगी।'

'न आये, जाकर लेटे रहो।'

दास साहब चुपचाप चले जाते। मानो वे छोटे बच्चे हों—उन्हें सुलाकर तब सोना दीदी की छुट्टी। अनेक बार लगता, मानो सोना दीदी हम सबकी माँ हैं, और हम सब उनकी सन्तान हैं। स्वामीनाथ बाबू, दास साहब, मैं, रति, शिशु और पुँटू—सब।

किसी-किसी दिन मैं वक्त निकालकर निकल पड़ता। मीलों दूरी तय करके चेतला से अपर सर्कूलर रोड पहुँच जाता। वहीं 'प्रवासी' का दफ्तर था। साइकिल में ताला बन्द कर आँगन में रखकर धड़कते दिल सीढ़ी से दूसरी मंजिल पर चला जाता था। सोना दीदी लाख कहें, 'प्रवासी' में जब तक कहानी नहीं छपती, तब तक चैन नहीं मिलता। 'प्रवासी' में कोई चीज न छपने पर जिन्दगी बेकार लगती। कभी-कभी देखकर आ रहा था, मेरी कहानी 'छाया की माया' छपी है। ब्रजेन बाबू दाहिनी तरफ के कमरे में सामने कुर्सी लगाकर बैठे रहते थे। बड़े गम्भीर आदमी थे। उनको देखने से डर लगता था।

पूछते, 'क्या चाहिए?'

मैं कहता, 'इस महीने में एक कहानी छपी है।'

'किसकी कहानी? भैया की?'

शायद मुझे छोटा, लड़का-सा देखकर उनको विश्वास नहीं होता।

मैं कहता, 'मेरी—'

लगता, मानो अनजाने उनसे बहुत बड़ी गलती हो गयी हो। कम-से-कम पहले से लेखक की इस कम उम्र के बारे में जानने पर वे कहानी नहीं छापते। उनका व्यवहार बहुत ही कठोर था। उनकी आँखों की तरफ देखकर मुझे कभी आशा या उत्साह नहीं मिला। लेकिन कितनी आशा लेकर मैं जाता था। एक-एक कर कितनी कहानियाँ उन्होंने छापीं, लेकिन उनकी दृष्टि की कठोरता कभी बिन्दु मात्र भी कम नहीं हुई।

उसके बाद वहाँ से साइकिल लेकर मैं 'भारतवर्ष' के दफ्तर में जाता। बदन का कुर्त्ता उतारे जलधर सेन महाशय आरामकुर्सी पर अधलेटे मिलते। वे जरा कम सुनते थे। इसलिए जोर-जोर से दफ्तर भर को सुनाकर उनसे अपनी बात कहनी पड़ती थी।

वे कहते 'मेरी कहानी तुमने 'प्रवासी' में छपवा दी है?'

मैं कहता, 'जी नहीं, वह दूसरी कहानी है।'

वे कहते, 'अच्छी बात है, अगले महीने जरूर छप जायेगी।'

फिर वहाँ से हिम्मत करके 'विचित्रा' के दफ्तर में जाता।

उपेन बाबू बैठने के लिए कहते। उपेन्द्रनाथ गंगोपाध्याय। वे गप लड़ाते। उत्साहित करते। आदर करते। फिर कहानी देने के लिए कहते।

वहाँ से लौटते-लौटते थक जाता। उसके बाद फिर सारी रात मेरा लिखना चलता रहता। अक्सर लिखते-लिखते पौ फट जाती। तब मैं अपनी कहानी किसी मित्र को पढ़कर सुनाता। लेकिन सोना दीदी को सुनाने से डरता था। फिर भी मैं कितना चाहता था उनको सुनाना। मन में सोचता—शायद इस बार सोना दीदी मेरी कहानी की तारीफ करेंगी। शायद अब वे छपवाने की आज्ञा देंगी। लेकिन अपने पर काबू पा लेता। फिर सोचता—सोना दीदी तारीफ करें ऐसी कहानी न जाने कब लिख सकूँगा। न जाने कब मैं सोना दीदी की पसन्द के मुताबिक होमर की तरह 'इलियड' या 'कादम्बरी' के समान काव्य अथवा वाल्मीकि या वेदव्यास के समान 'रामायण' या 'महाभारत' की रचना कर सकूँगा। कब वैसी रचना मेरी लेखनी से निकलेगी?

उन दिनों 'प्रवासी', 'भारतवर्ष' और 'विचित्रा' में प्रायः हर महीने मेरी कहानी छपती थी। एक दिन मेरे एक मित्र ने कहा, 'अब 'देश' में भी लिखो।' आजकल इस साप्ताहिक का बड़ा नाम है।

याद है, 'अमीर और उर्वशी' कहानी लेकर मैं एक दिन वहाँ गया था। किसी को पहचानता नहीं था।

दूसरे दिन मित्र ने पूछा, 'किस तरह की कहानी है?'

जबानी उसको कहानी सुना गया था।

सुनकर मित्र ने कहा, 'यह कहानी वहाँ नहीं छपेगी, उस पत्रिका के लिए यह कहानी जरा कड़ी पड़ेगी।'

न जाने क्यों, मुझे भी मेरे मित्र की बात सही लगी थी। उसी रात एक और कहानी लिखकर दूसरे दिन उसे लेकर मैं 'देश' के दफ्तर में गया था।

श्रीयुत् सागरमय घोष बैठे थे। मैंने अपना नाम बताया और कहा था, 'पूजा अंक के लिए एक कहानी दे गया था, मेरे एक मित्र ने कहा है कि वह आपकी पत्रिका में छपने लायक नहीं है, इसलिए मैं एक दूसरी कहानी लाया हूँ।'

सुनकर उन्होंने ढूँढ़कर 'अमीर और उर्वशी' की पाण्डुलिपि निकाली। और कहा, 'आप बैठिये, मैं कहानी पढ़कर देखता हूँ।'

फिर चुपचाप अधीर आग्रह लिये मैं बैठा रहा। घोष महाशय कहानी पढ़ने लगे। एक-एक मिनट मानो बीतना नहीं चाह रहा था। लग रहा था, मानो अपनी सजा सुनने के लिए न्यायाधीश के सामने कठघरे में खड़ा हूँ।

थोड़ी देर बाद उन्होंने मुख उठाकर कहा, 'कहानी बहुत अच्छी है, यह जायेगी। मैं यह कहानी छापूँगा।'

मैं अवाक् हो गया। कहा, 'आप छापेंगे? उसमें...'

'हाँ, ठीक है, मैं छापूँगा।'

उनका चेहरा देखकर लगा था, मानो वे जिद्द पर उतारू होकर कह रहे हैं, 'मैं छापूँगा, कहानी ठीक है।'

लेकिन वह कहानी सोना दीदी को पढ़कर सुनाने की हिम्मत नहीं हुई। लगा था, छपते ही मानो अपरिणत वय की लज्जा चिरस्थायी हो जायेगी। एपिक के सिवा सोना दीदी को और कुछ अच्छा नहीं लगता। चालू कहानियाँ उनके लिए पठनीय नहीं थीं। ब्रजेन बाबू, जलधर बाबू और उपेन बाबू को जो कहानियाँ अच्छी लगतीं वे भी सोना दीदी को अच्छी नहीं लगती थीं। गनीमत है कि सोना दीदी वे सब पत्रिकाएँ पढ़ती नहीं थीं, नहीं तो मेरा उस मकान में जाना बन्द हो जाता।

उस दिन सोना दीदी को 'गोरी मौसी' कहानी का कथासार सुनाया था। 'गोरी मौसी' कहानी उस समय लिखी भी नहीं गयी थी। सिर्फ नोट बुक में स्केच करके रखा था।

मौसी और मौसा का सम्पर्क मुझको भी कम विचित्र नहीं लगता था।

माँ कहतीं, 'हाय, क्या भाग्य लेकर गोरी आयी थी।'

सच में, जलने लायक ही भाग्य था गोरी मौसी का। याद है, बहुत बचपन में गोरी मौसी के घर गया था। उस समय उनका किराये का मकान था। गोरी मौसी अपने हाथ से खाना बनाना, गन्दे कपड़े साफ करना वगैरह घर का सारा काम करती थीं। मौसा को भी लाई के अलावा कभी दूसरा नाश्ता नहीं मिला।

मेरी तरफ इशारा करके मौसा कहते, 'इसको भी थोड़ी-सी लाई ला दो न।'

मौसी कहतीं, 'वह हम लोगों की तरह लाई नहीं खाता।'

उसके बाद हाथ का काम निपटाती हुई मौसी कहतीं, 'उसका बाप तुम्हारी तरह निकम्मा नहीं है। उसके घर में तीन जने हैं, फिर भी उसकी माँ चार सेर दूध लिया करती हैं।'

मौसा कहते, 'लेकिन लाई क्या बुरी है? बरसात के दिन तेल-नमक डालकर लाई खाने में मुझे तो बड़ा मजा आता है।'

गोरी मौसी बिगड़कर कहतीं, 'तुम जैसे आदमी के साथ पड़कर लाई के अलावा और कुछ नहीं जुटेगा, यह मैं जानती हूँ। कैसा फूटा भाग्य है मेरा।'

उस समय तक मौसा जज नहीं हुए थे। मामूली वकील थे। बहूबाजार की एक गली में एक मामूली मकान में रहते थे। सोने के लिए एक कमरा था। उसी में लम्बा-चौड़ा बिस्तर बिछाया जाता था। तीन-चार बच्चों के साथ उस एक कमरे में रहना पड़ता था। रसोईघर पर गोलपत्ते का छप्पर था। उस छोटी-सी रसोई में मौसी रात-दिन रहती थीं। लेकिन उनका काम भी कितना सलीके का होता था। रसोई बन चुकी होती, सब खाना-पीना कर चुके होते, बच्चे स्कूल जाते और मौसा कचहरी में—फिर उसके बाद मौसी का सारा काम होता। कभी वे धूप में बड़ी सुखातीं, कभी सोडा-साबुन से कपड़े साफ करने बैठतीं तो कभी सूप लेकर चावल साफ करने लगतीं। कोई नौकरानी नहीं, कोई नौकर नहीं।

मौसा कभी कहते, 'एक बेवा औरत है, वो लोग कह रहे थे कि वह तनख्वाह नहीं लेगी सिर्फ खायेगी। चाहो तो, उसे रख लो।'

गोरी मौसी झल्लातीं, 'बस करो जब तुम जैसे निकम्मे के हाथ पड़ी हूँ, तब मैं जानती हूँ कि मेरे भाग्य में दुख है। उससे पूछो, तीन जने का घर है, लेकिन उसकी माँ कभी खाना नहीं बनाती।'

मौसा कहते, 'अगर तुम्हें कोई बीमारी-विमारी हो जाय तो—'

मौसी कहतीं, 'बीमारी-विमारी हो जाय तो बच जाऊँ फिर मुझे तुम्हारे घर में रात-दिन बेगार नहीं खटना पड़ेगा।'

मैंने देखा है कि मौसा सवेरे उठकर अपने हाथ से कपड़े साफ कर, कमरे झाड़-पोंछकर बाहरवाले कमरे में जाकर अपना काम लेकर बैठते थे। फिर मौका देखकर मुविक्कल को बिठाकर सब्जी भी खरीद लाते थे।

मौसी अक्सर ऐसे मौके पर चिल्लाने लगतीं।

'अरे, मछली का झोला और सब्जी का झोला एक साथ ले आये? तुमने चारों तरफ मछली-मछली कर दिया। ऐसी सब्जी लाने से बाज आयी। लो, हाथ धो लो।'

मौसा खुद लोटा उठाने के लिए आगे बढ़ते।

मौसी फिर चिल्लाना शुरू कर देतीं।

'अरे, अरे, तुम तो पूरी रसोई मछली-मछली कर दोगे! हे भगवान्, कैसे निकम्मे आदमी के हाथ मैं पड़ी। कहती हूँ, मछली के हाथ से तुम रसोई का लोटा कैसे छूने गये?'

सच में मौसा उस वक्त बड़ी जल्दी में होते। क्योंकि बाहरवाले कमरे में मुविक्कल को बिठाकर आये थे। इसलिए जरा जोर से कहते, 'तो मेरे हाथ में पानी क्यों नहीं छोड़ती, मुवक्किल बैठे हैं।'

रसोईघर से मौसी कहतीं, 'तुम्हारे लिये मुवक्किल ही बड़े हो गये। सुनो, तुम सब जरा अपने बाप की बात सुनो, कभी ऐसी बात सुनी न होगी।'

मौसी बच्चों को ही गवाह मानतीं।

हम लोगों की ओर इशारा करके कितने ही दिन मौसी मौसा से कहतीं, 'मेरी जैसी घरवाली पा गये थे, इसलिए इस बार पार पा गये नहीं तो—'

फिर जरा रुककर कहतीं, 'कभी-कभी तो मन कहता है कि दो घड़ी आँख मूँदकर देख लूँ कि तुम कैसे काम चलाते हो।'

मैं उस वक्त बहुत छोटा था। कुछ समझने की उम्र नहीं हुई थी। देखता था, मौसी की बात सुनकर मौसा खामोश-से हो रहते। कितने ही उलाहने और शिकायतें, लेकिन किसी तरफ उनका कोई ध्यान नहीं था। मौसा निर्विकार हो अदालत के कागजात उलटते-पुलटते होते। खुद रात-दिन मेहनत करके कमाई के रुपये लाकर मौसी के हाथ

पर रख देते। मौसी उन रुपयों को आँचल में गठिया लेतीं। लेकिन किसी भी खर्चे के लिए रुपये माँगने पर मौसी आगबबूला हो जातीं। कहतीं, 'मैं कहाँ से रुपये लाऊँगी, ये बता सकते हो—रुपये कहाँ पाऊँगी—मेरे पास रुपये नहीं हैं।'

मौसा कहते, 'लड़के को बुखार है न, दवा लानी होगी!'

तब तक मौसी वहाँ से टल जातीं।

रसोई के दरवाजे तक जाकर मौसा कहते, 'फिर दवा ला दूँ।'

'लाओ न, किसने कहा है कि मत लाओ।'

'दो रुपये दे दो।'

मौसी कहतीं, 'मेरे पास क्या रुपये का पेड़ लगा है, या मैं मर्द हूँ कि कमाकर रुपये लाऊँ? लेकिन हाँ अगर मैं मंर्द होती तो घर की यह हालत न होती।' फिर मुझे दिखाकर कहतीं, 'पूछो न उनसे, तीन जने का घर लेकिन उसके बाप ने कितने नौकर रखे हैं।'

हाँ, तो मौसा के घर नौकर भी आता। मौसा दस जने की खुशामद करके, नौकर को फुसलाकर ले आते। नौकर को अलग बुलाकर वे कह देते, 'अगर तेरी मालकिन जरा डाँट-फटकार करे तो बुरा मत मानना बेटा। मैं तुझे अलग से बख्शीश दूँगा। भात से पेट न भरे तो मुझसे कहना—मैं तुझे पैसे दूँगा, तू दूकान से खरीदकर खा लेना।'

लेकिन इससे चखचख और बढ़ जाती।

मुवक्किलों से काम की बातें करते समय थोड़ी-थोड़ी देर में मौसी की तीखी आवाज कानों में आती। नौकर से मौसी की कहा-सुनी कभी खत्म नहीं होती।

मौसी कहतीं, 'बुला तेरे मालिक को। सुख से चैन अच्छा होता है—मैं मजे में थी, अब नौकर आया कि घर में मुसीबत आ गयी। दो जनों का भात अकेले खायेगा, लेकिन हर काम से जी चुरायेगा। यह तो नौकर ले आना नहीं हुआ बल्कि मुझे सताना हुआ। जैसा निकम्मा मालिक है, उसको वैसा नौकर भी निखट्टू मिला है।'

उसके बाद एक दिन नियम से कचहरी से लौटने के बाद मौसा देखते कि सब खामोश है।

पूछते, 'हरी कहाँ गया?'

मौसी शायद इस सवाल का इन्तजार कर रही होतीं। कहतीं, 'जैसे तुम निखट्टू हो, वैसा तुम्हारा नौकर भी निखट्टू निकला। मुझे किसी की जरूरत नहीं है। मेरा भाग्य ही ऐसा है, नहीं तो तुम जैसे आदमी के हाथ न पड़ती और न मुझे इतना जंजाल भोगना पड़ता।' फिर मुझे दिखाकर कहतीं, 'उससे पूछो, तीन प्राणियों का घर है, फिर भी...

यह जिस समय की बात है, उस समय मैं बहुत छोटा था।

फिर बहूबाजारवाला मकान छोड़कर मौसा कॉलेज स्ट्रीटवाली बड़ी सड़क पर एक मकान में चले आये। आमदनी बढ़ी। लड़के-लड़कियाँ भी बड़े हो गये। अच्छे घर में

खुकू की शादी हो गयी। खुकू की शादी में मौसा ने खूब धूमधाम की। वह शादी भी मौसा के किसी मुविक्कल की बदौलत हुई थी। लड़केवालों ने एक पैसा नहीं लिया था। मुवक्किल लोग दुनिया-भर के चीज-सामान घर पहुँचा गये थे। नाते-रिश्तेदारों ने देखकर वाह-वाह किया था। लड़के के बाप ने कहा था, 'जितेन बाबू ऐसे भले आदमी हैं, उनकी लड़की की शादी में मैं एक पैसा नहीं ले सकता। ऐसे सज्जन की लड़की को घर में लाना भी बड़े पुण्य का फल है।'

लेकिन मौसी ने उस वक्त, उस भीड़-भाड़ में भी कहा था, 'उनमें क्या दम है कि इस लड़की के हाथ पीले करते। जो कुछ देख रहे हो, सब मेरी वजह से है। मेरे जैसी घरवाली न होती तो उनसे तिनका न तोड़ा जाता।'

चढ़ावा देखकर लोग दंग रह गये थे। लड़की को देने के लिए कुछ भी बाकी नहीं था।

गरद की साड़ी पहनकर मौसी सब औरतों से कहती फिर रही थीं, 'तुम सब देख रही हो न निकम्मे आदमी को, लड़की दिखायी से लेकर आज तक सारा काम मुझे अकेले हाथ करना पड़ रहा है। एक भी काम उससे नहीं होने का।'

मौसा सामने खड़े थे।

मौसी बोलीं, 'हँस क्या रहे हो, ये सब गवाह हैं, कोई कह दे कि तुमने कोई काम किया है। जो काम मैं नहीं देखूँगी, वही तुम चौपट करके रख दोगे।' फिर उन औरतों से कहा, 'मेरा भाग्य ही ऐसा है बहन, अकेले हाथ सब काम करना पड़ेगा।'

सचमुच मौसी अक्सर मौसा को देखकर अवाक् रह जातीं। कहतीं, 'कभी-कभी मेरा मन करता है कि कचहरी में जाकर देख आऊँ कि तुम वहाँ कैसा काम करते हो।'

वकील से धीरे-धीरे मौसा जज हुए। गोलडिग्गी के पीछे बहुत बड़ा मकान खरीदा। मोण्टू उस वक्त डॉक्टरी पास कर रेल की नौकरी करने लगा था। मँझला लड़का बनारस से इंजीनियर बनकर आया था। एकदम भरा-पूरा घर था। तीन नौकर, दो नौकरानियाँ। नातेदार-रिश्तेदार, नाती-नतनी, विधवा-सधवा आश्रितों की चहल-पहल से मकान भरा रहता। उसी में सवेरे से रात के बारह बजे तक मौसी की बस वही एक रट लगी रहती।

'यह सब होने से क्या होगा बेटा, मैं जिधर नहीं देखूँगी, उधर सारा काम धरा रह जायेगा। जैसा इस घर का मालिक निकम्मा है, वैसे सब। एक भी आदमी तो काम का होता। इस घर के सबको मालिक की आदत मिली है!'

गृह-प्रवेश के दिन नातेदार-रिश्तेदार सबको न्यौता भेजा गया था।

उस घर में पहुँचते ही मौसी की आवाज सुनायी पड़ी। कह रही थीं, 'देखो जी, तुम भी एक निकम्मे आदमी हो। तुम इस भीड़-भाड़ में क्यों धँस आये?'

मौसा शायद अपना अँगोछा लेने अन्दर पहुँचे थे। मौसी का मन्तव्य सुनकर वे जिस तरह आये थे, उसी तरह लौट गये। तनिक विरक्ति नहीं, विराग नहीं—सदा के

धीर-स्थिर शान्त भोलानाथ जैसे पुरुष। मामूली हालत से अपने धैर्य, साहस, कर्त्तव्यनिष्ठा, एकाग्रता और उदयास्त परिश्रम के फल से आज वे वित्तशाली बने थे, लेकिन किसी के प्रति उनमें द्वेष, क्षोभ या दुर्व्यवहार नहीं था।

मौसी मुझसे कहतीं, 'तुमसे कहे देती हूँ, अब तो बड़े हो गये हो, सब समझ सकते हो। मेरे जैसी घरवाली मिली थी, इसीलिए तुम्हारे मौसा कलकत्ते में घर-दुआर बना सके।'

बेटों की बहुओं को बुलाकर कहतीं, 'तुम लोग सुन लो बहू, आज तुम लोग मुझे ऐसा देख रही हो, लेकिन एक दिन मैंने अकेले हाथ बच्चों की परवरिश से लेकर कलकत्ते में मकान बनवाना तक, सब किया है। मैं न होती तो ये लड़के सब लायक न बनते और न लड़कियों की शादी होती। उस निकम्मे आदमी ने बस हर महीने रुपये लाकर मेरे हाथ पर रख दिये, लेकिन इससे ज्यादा कुछ करने की औकात उस आदमी में नहीं थी।'

जिस आदमी में कोई योग्यता नहीं थी, वह मामूली हैसियत से इतना बड़ा कैसे बना, यह सवाल कभी किसी ने मौसी से नहीं किया। दिन बीतते गये। मकान बना, मोटरकार आयी, बेटे-पोते धन-जन सब-कुछ हुआ, मौसी के लिए किसी बात की कमी न रही। अब नाश्ते में लाई नहीं खानी पड़ती। अब तो घर में रोज सात-आठ सेर दूध लगता। पहले कार से नतनियाँ स्कूल जातीं, फिर मौसा कचहरी जाते। गरमी की छुट्टियों में मौसा मौसी को लेकर पहाड़ पर जाते। घर में हर तरफ खुशहाली थी। बस, सफलता और प्रचुरता-ही-प्रचुरता! टोले-मुहल्ले के दस जने आकर रोज कुशल पूछते! देशजन के दस काम में मौसे को बुलाया जाता। कितनी ही संस्थाओं में दान-खैरात करना पड़ता। मौसे को हर जगह जाने की फुर्सत भी नहीं मिलती।

फिर भी एक बार कई लोगों ने मुझे कई दिनों तक घेरा कि उनकी संस्था का अध्यक्ष बनने के लिए मैं मौसा से जाकर कहूँ। मैंने सोचा कि यह बात मौसी से कहलाऊँगा।

मौसी ने सुनकर कहा, 'उस आदमी को शुरू से मैं देखती आ रही हूँ, शादी के बाद से वह मुझे जलाता आ रहा है। उससे क्या तुम सबका काम बनेगा?'

हँसते-हँसते मौसी का दम फूलने लगा।

बोलीं, 'क्या कहा, उसको अध्यक्ष बनायेगा! क्या तुम सबको और कोई आदमी नहीं मिला?'

बात-बात में मौसी ताना देतीं, 'वो तो खड़ा है, पूछो न उससे, तीन जने का परिवार, अब न बहू आयी है, बाल-बच्चे हुए हैं, लेकिन उसकी माँ ने कभी अपने हाथ से घर का कोई काम किया है? बता दे वह।'

कभी-कभी झल्लाकर, बिगड़कर मौसा से कहतीं, 'अब मैं यह सब नहीं कर सकती। तुम्हारा घर है, तुम सँभालो। मुझसे कुछ न होगा। शादी के बाद जब से इस घर में आयी,

तब से एक मिनट के लिए फुर्सत नहीं मिली। क्यों? मैंने किसी का कर्ज खाया है क्या? हो जाय सब चौपट, तुम खुद देख सकते हो तो ठीक है, नहीं तो पड़ा रहे। हो जाय सब बरबाद, मैं उधर भूलकर भी नहीं देखूँगी।'

इतना कहकर मौसी अपने कमरे में जाकर पलँग पर बैठ जातीं।

बड़ी बहू होशियार और अच्छी थी। वह खुशामद करना जानती थी।

बोली, 'माँ आप अगर बैठी रहेंगी तो हम लोगों से क्या होगा। हम तो अभी छोटे हैं, क्या समझते हैं–आप सामने बैठकर बताती जायँ तो हम सीख लें।'

मौसी कहतीं, 'क्यों, वह कहाँ है, तुम्हारा ससुर?'

'वे तो बाहर के कमरे में बैठे हैं।'

'तो उन्हीं को बुलाओ, बुला लो न। आकर देख लें कि घर में कितना काम रहता है।'

'क्या यह कोई नहीं जानता, सब जानते हैं माँ। आप एक बार नीचे चलिये।'

'नहीं, तुम जाओ बहू, मैं नहीं जाऊँगी। वह भी एक दिन समझ लें कि घर का काम कैसे होता है। यह कोई बाहर हवाखोरी करते हुए घूमना नहीं है। तुम्हारे ससुर की बात कह रही हूँ बेटा, जिन्दगी भर मुझें जलाता रहा। एक दिन के लिए मुझे आराम नहीं मिला। मेरा भाग फूटा था कि ऐसे निकम्मे के हाथ पड़ी।'

कहते-कहते सचमुच मौसी के आँखें भर आतीं।

मौसी पाखी-पखेरू के जागने के साथ सवेरे सोकर उठती थीं। फिर उसकी चरखीनुमा भाग-दौड़ शुरू हो जाती। कौन क्या खायेगा, कहाँ क्या नुकसान हुआ, किसे क्या जरूरत है, हर बात का वे खयाल रखतीं। जहाँ जो चीज रहनी चाहिए, वह अगर वहाँ न रहती तो मौसी बवाल मचा देतीं। रसोईघर के पास आँगन में झाड़ू तिरछा पड़ा था। मौसी ने सौरभी को बुलाकर चार बात सुना दी, 'अच्छा बेटा, आँगन में झाड़ू रखने का यह क्या ढंग है? यह कैसा मलेच्छों की तरह काम करती हो? क्या सबकी हालत घर के मालिक की-सी हो गयी?'

मौसी पूजा में हर साल अपने लिये एक-न-एक गहना बनवाती थीं। बहुओं के लिए जो होना होता, वह तो होता ही। उस बार काम ज्यादा रहने से सुनार समय से गहना बनाकर नहीं दे गया। बार-बार आदमी भेजने पर भी महालया बीत गयी।

उस दिन मौसी सीधे मौसा के बाहरवाले कमरे में पहुँच गयीं। मौसा कागजात में डूबे हुए थे। मौसी को देखकर वे अवाक् हो गये। मौसा ने उनकी तरफ देखा तो मौसी ने कहा, 'सुनो जी, तुमसे कहना तो बेकार है–तुम तो राजकाज में डूबे हुए हो।'

'क्यों, क्या हुआ?'

'कहती हूँ कि तुम भी तो इस घर के एक आदमी हो, या इस घर से बाहर हो? घर में रहने पर दो-चार बातें कहनी ही पड़ती हैं, इसलिए कह रही हूँ, नहीं तो मेरा क्या

है? जिस दिन मर जाऊँगी, दोनों आँखें मूँद लूँगी, उस दिन तुमसे कुछ कहने नहीं आऊँगी। तुम निश्चिन्त होकर अपना राजकाज करोगे। लेकिन तुम यह मत सोचना कि मैं तुमको दोष दे रही हूँ। दोष तुम्हारा नहीं, दोष मेरे भाग्य का है। नहीं तो इतने आदमी रहते तुम जैसे निकम्मे के हाथ मैं क्यों पड़ूँगी।'

मौसा कुछ समझने में अपने को असमर्थ पाकर बोले, 'क्या हुआ? कुछ समझ नहीं पा रहा हूँ।'

मौसी बोलीं, 'सुनो जी, इतने निखट्टुओं से क्या मेरा ही पाला पड़ना था? नौकर-चाकर और बहुओं की बात छोड़ देती हूँ। ये सब मानो मेरे अपने कोई नहीं हैं। लेकिन ग्वाला, सुनार ये भी तुम ढूँढ़-ढूँढ़कर मुझे जलाने के लिए मेरे पास भेजते हो?'

उस दिन ग्वाला आया तो मौसी उस पर उबल पड़ीं, 'अब भैया तुझे दूध नहीं देना है। मालिक खून-पसीना एक कर पैसा कमाते हैं और तू इस तरह ठगेगा? मानती हूँ कि मालिक में अकल नहीं है, लेकिन हम लोगों की आँख क्या फूट चुकी है?'

जब तक बेटी-बेटे, नाती-नतनी और हम सबके सामने मौसी अफसोस करके मौसा से कहती रहतीं, 'तुम्हारे हाथ से कब छुटकारा मिलेगा, क्या पता। पता नहीं पिछले जनम में कितना पाप किया था।'

मौसी कहतीं, 'जब ग्यारह साल उमर थी तब इस घर में बहू बनकर आयी और अब बूढ़ी हो गयी, लेकिन सुख किस चिड़िया का नाम है, इस जिन्दगी में नहीं जान सकी।'

माँ पिता जी से कहतीं, 'तुम अगर दीदी के हाथ पड़ते तो समझते आटे-दाल का भाव। वैसा देवता—जैसा पति, लेकिन दीदी हर घड़ी उसे कोसती रहती है।'

पिता जी कहते, 'हाँ, एक दिन तुम्हारी दीदी मजा चखेगी—बूढ़े के मरने के बाद देखना लड़के क्या दुर्गत करेंगे।'

होश सँभालने के बाद से हम मौसी को उसी तरह देखते आ रहे थे। पहले जब मौसा की माली हालत ठीक नहीं थी, तब मौसी की शिकायत में कमी नहीं थी। उसके बाद एक घर-गृहस्थीवाला आदमी जो कुछ चाहता है, वह सब मौसा को मिला। मौसी को किसी बात का अभाव न रहा। धन-दौलत, सुख-सुविधा, आराम-चैन और नौकर-चाकर सब-कुछ मिला। उसके बाद भवानीपुर का आलीशान मकान बना। मौसा का मकान मानो राजा का महल था। सब-कुछ मौसा ने अपनी कोशिश से किया था और अपनी ही नेक कमाई से। जिन्दगी में उन्होंने किसी का नुकसान नहीं किया। किसी को देखकर ईर्ष्या नहीं की। दूर और नजदीक का कोई भी रिश्तेदार उनके घर आया तो उसकी आवभगत हुई और उस घर में वह घर का आदमी बनकर रहा। दिन-ब-दिन ऐसे रिश्तेदारों की संख्या बढ़ती गयी, लेकिन मौसी के चेहरे पर कभी शिकन नहीं पड़ी।

लेकिन इस सबसे पीछे एक ही आदमी की लगन, अथक मेहनत और दुनिया में प्रतिष्ठा लाभ करने की ऐकान्तिक निष्ठा थी। दिनों-दिन समाज में मौसा का रोब-दाब

बढ़ता गया, कचहरी में वकालत चमकती गयी और तरक्की होती गयी। एक दिन वे प्रतिष्ठा और यश के सर्वोच्च शिखर पर पहुँच गये। लेकिन मौसी की नजरों में, जब वे मौसी के हाथ पर पाँच रुपये लाकर रखते थे तब जैसे थे वैसे अब भी जब वह पाँच हजार रुपये लाकर रखने लगे। उस रुपये से केवल घर की समृद्धि बढ़ी, लड़के-लड़कियों के कपड़े-लत्ते की चमक-दमक बढ़ी लेकिन मौसा के परिश्रम में कोई कमी नहीं हुई। मौसी की आँखों में उनकी मर्यादा भी उसी तरह बनी रही। मौसी ने अपने बेटे-बेटी का जितना खयाल किया उतना खयाल मौसा का कभी नहीं किया।

शाम होते ही मौसी हुक्म करतीं, 'आज मुन्ना लुची खायेगा महाराज। मोण्टू की सब्जी में मिर्चा मत देना।'

शायद महाराज कहता, 'पहले बाबू का खाना लगा दूँ माँ?'

मौसी झल्ला पड़तीं, 'बाबू का खाना बाद में भी हो सकता है महाराज, लेकिन मुन्ना सो जाने पर नहीं खायेगा, जानते हो न।'

बड़े लड़के की शादी के दिन सैकड़ों आमन्त्रित लोग आकर खाना खाकर चले गये। एक हजार लोगों के खाने का इन्तजाम हुआ था। उस वक्त रात के बारह बजे थे। सब खाना-पीना खत्म कर सोने का प्रबन्ध करने लगे थे। उसी वक्त किसी ने कहा, 'अरे, बड़े बाबू ने अभी तक खाना नहीं खाया।'

यह सुनते ही सब शर्म से गड़ गये।

मौसी खानेवाले कमरे के सामने आकर सबको सुनाकर बोलीं, 'सुनते हो जी, मैं तुम्हें निकम्मा क्या यों ही कहती हूँ? तुम खाना भी कैसे भूल गये? तुमसे इतना भी काम नहीं होता? मेरा क्या यही एक काम है कि मैं हर तरफ निगाह रखूँ?'

कितनी ही जगह मौसा का तबादला हुआ। मौसा के कचहरी जाने की बात अक्सर किसी को याद नहीं रहती। ठीक समय उनको खाना देने की बात कोई याद नहीं रखता। ठीक समय पर तैयार होकर खाने आकर मौसा देखते कि उनको खाना देने का कोई इन्तजाम नहीं हुआ है।

और ठीक उसी वक्त मौसी वहाँ आकर खड़ी हो जातीं। कहतीं, 'जब अकेले मैं इस घर का सारा काम सँभालती थी, तब तो इनको खाना देने में कभी देर नहीं हुई, अब क्यों होती है?'

मौसा कहते, 'क्यों होती है, यह तुम जानो।'

मौसी कहतीं, 'मैं क्यों जानूँ, अब मेरे जानने-सुनने का क्या रह गया है? दुनिया बटोरकर तुमने लोगों को रखा है, अब तुम्हीं जानो। अब समझ लो कि मेरी जैसी घरवाली मिली थी तभी तुम्हारा बेड़ा पार लगा। तुमने क्या सोचा है कि जिन्दगी भर मैं तुम्हारे घर बाँदी का काम करूँ! क्या इसीलिए मैं पैदा हुई? क्या मेरा कोई सुख-आराम नहीं है? अब मैं तुम्हारे घर बेगार नहीं खट सकती। तुम अपना घर लेकर रहो, मैं नहीं

रह सकती। जितने दिन जाँगर चला, उतने दिन बेगार खटा अब और नहीं, बहुत हो चुका। घर करने का शौक पूरा हो चुका है।'

घर की अभिवृद्धि के साथ मौसी की अभिवृद्धि होते मैं देखता था। अब देखने पर मानो मौसी पहचानी नहीं जातीं। नाती-नतनी, बेटे-पोते और बहुओं को लेकर मौसी जब तीसरे पहर बरामदे में आकर बैठती थीं, तब वह दृश्य देखने लायक होता था। एक बहू मौसी की चोटी बनाती तो दूसरी सास के सामने बैठकर सब्जी काटती और हर बात उनसे पूछा करती।

'मोण्टू के लिए गोभी की सब्जी बनायी जायगी तो उसमें मिर्चा डालने को मना कर देना छोटी बहू।'

'खुकू की कटोरी में आज दूध मत रखना, कई दिनों से उसका पेट ठीक नहीं है। तुम लोगों को तो खयाल नहीं रहता।'

'भोला आज लूची नहीं खायेगा। उसने कह दिया है। उसके लिए हाँड़ी में थोड़ा-सा भात बनवा लेना।'

'पोल्टू का दूध जरा गाढ़ा करना महाराज। वह पतला दूध पी नहीं सकता, यह तो जानते हो।'

इसी तरह दिनभर मौसी हर बात का खयाल रखती थीं।

कभी कोई आकर कहता, 'माँ, मालिक कचहरी जाते समय चाभी ले जाना भूल गये हैं।'

मौसी कहतीं, 'पता नहीं भैया, वो दिन-रात क्या राज-काज करते रहते हैं। भगवान् जाने वो क्या करते हैं। मुझे हजार काम करना पड़ता है, अब उस झंझट में मुझे उनकी चाभी का खयाल भी रखना पड़ेगा। अब मुझसे यह सब नहीं होगा। घर में एक तिनका तोड़कर भी वो मेरी मदद नहीं करेंगे, सिर्फ बाहर-बाहर हवाखोरी करते फिरेंगे और घर का सारा काम मेरे कन्धे पर लाद देंगे। यह तमाशा देखना हुआ न। अब मुझसे कुछ नहीं होगा, जिसके मन में जो आये करे। लेकिन खबरदार, मुझसे कोई कुछ पूछने मत आना। नहीं तो ठीक न होगा।'

इसी तरह मौसी का दाम्पत्य जीवन अभी और न जाने कितने वर्ष चलता। उस समय उनका घर भरा-पूरा था। मौसा प्रतिष्ठा के उच्च शिखर पर पहुँच गये थे। मौसी के बाल भी सफेद हो चुके थे। सम्पदा और ऐश्वर्य की सीमा नहीं थी। ऐसे ही समय मौसा अचानक बीमार पड़े। बड़ी भयानक बीमारी। सवेरे बाथरूम में गये तो पता नहीं क्या हुआ, निकलने का नाम ही नहीं लिया। आखिर पता चला कि सिर की नस फट जाने से बेहोश हो गये हैं। नातेदार-रिश्तेदार जो जहाँ थे, सब दौड़कर आये।

खबर पाते ही मैं माँ को साथ लिये भागा-भागा गया।

पूरा मकान सहमा हुआ था। नौकर-चाकर, नाती-नतनी सब डरे हुए थे। सुना, मौसी जो मौसा के पास जाकर बैठी हैं तो दो दिन से उठने का नाम नहीं ले रही हैं। नहाना-खाना सब भूल चुकी हैं मौसी। किसी का कहना नहीं सुनतीं। सब कहते-कहते हार चुके हैं।

माँ को देखकर मौसी उठकर आयीं। आँखों में आँसू नहीं था। मानो सब सूख चुका था। कहीं नमी का नाम नहीं। मानो गुस्से से उनकी दोनों आँखें अड़हुल के फूल के समान लाल हो चुकी थीं। मेरी माँ से कहा, 'तू आ गयी? आकर देख, इस आदमी का नखरा। घर का कोई भला तो इनसे होगा नहीं, अब बीमार पड़कर मुझे सजा दे रहे हैं। ये कोई सीधा आदमी है, ऐसा मत सोचना। मेरे कन्धे पर गृहस्थी का बोझ डालकर अब भागने का मतलब हो रहा है।'

माँ ने कहा, 'गोरी दीदी, तुम जरा अपनी सेहत का खयाल करो।'

मौसी बोलीं, मैं अपनी सेहत के बारे में अगर सोचने लगूँगी तब तो मुझे सुख मिल जायेगा री–। मेरा सुख देखने पर तो इस आदमी का दिल जला जाता है। मुझे सुख मिलेगा। शादी होने के बाद से आज तक यह आदमी मुझे बराबर जला रहा है। सुख क्या होता है, वह तो इस जिन्दगी में कभी जान न सकी। सुख मुझे नहीं मिलेगा बहन, जिन्दगी भर इस आदमी ने मुझे जलाया है, अब मरकर मुझे जलाने का मतलब है इसका, इसे तू कोई मामूली आदमी मत समझ।'

हमने मौसी का अन्तिम जीवन भी देखा है। मरने से पहले मौसा ने अपनी सारी सम्पत्ति मौसी के नाम लिख दी थी। भवानीपुर का बहुत बड़ा मकान भी। नकद और चल-अचल मिलाकर लगभग सात लाख की सम्पत्ति। लड़कों को मौसा पहले ही हर तरह से लायक बना गये थे। अन्त तक सब लड़कियों की शादी वे कर चुके थे। कहीं किसी बात की कमी नहीं थी।

मौसी कहा करती थीं, 'मुझे मौत क्यों नहीं आती। जिन्दगी भर जिस आदमी से मुझे घड़ी भर आराम नहीं मिला, अब उसकी जायदाद लेकर मुझे मालामाल नहीं होना है। देख लेना, मैं उसके एक पैसे में कभी हाथ नहीं लगाऊँगी। मेरे हीरे के टुकड़े ये बच्चे जिन्दा रहें, इन बच्चों के रहते मुझे अपने आदमी के पैसे की जरूरत नहीं है। बेटा, मैंने न कभी उस आदमी के पैसे का भरोसा किया है, और न अब करूँगी।'

लेकिन हाँ, सचमुच मौसी ने कभी मौसा के पैसे का भरोसा नहीं किया।

जब हम अपने गाँव जाते हैं, तब उस बड़े अस्पताल की तरफ देखकर मुझे सारी बातें याद पड़ जाती हैं। मौसा के नाम से अस्पताल का नाम है। मौसा का उतना बड़ा आलीशान मकान और सात लाख की सारी सम्पत्ति, सब मौसी ने दान कर दिया था। उनका अन्तिम जीवन अपने लड़कों के छोटे-से मकान में बीता था। उतने बड़े मकान में और उतने ऐश्वर्य के बीच रहने के बाद उस छोटे-से मकान में उनको कभी कोई असुविधा नहीं हुई थी।

मौसा के नाम से बननेवाले उस अस्पताल की जिस दिन नींव पड़ी, उस दिन भी मौसी एक बार देखने नहीं गयीं। जिनका रुपया, उन्हीं के नाम पर अस्पताल बनेगा। बहुत बड़ी सभा हुई। मौसा के गुणों का बखान कर कितने ही लोगों ने कितना भाषण किया। मामूली हैसियत के आदमी से मौसा कैसे बड़े बने थे उसी का इतिहास। उनमें तनिक घमण्ड नहीं था, तनिक जलन नहीं थी, निरलस कर्मव्रती महापुरुष थे वे। कर्म ही उनके लिए ध्यान, ज्ञान और निदिध्यासन था। जीवन में एक क्षण के लिए उन्होंने आलस्य नहीं किया था। उनके जीवन का प्रत्येक क्षण कर्म की साधना में बीता था। वे कर्मप्राण, कर्मप्रतीक और कर्मवीर थे। अन्त में उनकी विधवा पत्नी की दानशीलता और अचल पतिभक्ति की प्रशंसा कर उनको धन्यवाद देने के लिए भी सभा में प्रस्ताव रखा गया था। आदर्श हिन्दू नारी के रूप में मौसी का नाम भी अस्पताल की समारम्भ-पुस्तिका में लिखा गया था।

आज अस्पताल की तरफ देखने पर मुझे बरबस मौसी की बात याद पड़ जाती है, 'मुझे जिन्दगी भर उस आदमी ने जलाया है रे। जिन्दगी में कभी उसके पैसे में हाथ नहीं लगाऊँगी। उस निकम्मे आदमी के हाथ पड़कर मेरी जिन्दगी जल-जलकर राख हो गयी। मेरे हीरे के टुकड़े बच्चे जिन्दा रहें, वे दो मुट्ठी भात दे देंगे तो उसी से मेरी भूख मिट जायगी, लेकिन उस आदमी के पैसे में हाथ नहीं लगाऊँगी। देख लेना तू...'

चालीस वर्ष का विवाहित जीवन और इक्कीस वर्ष का विधवा जीवन—इतने वर्ष निष्ठा-सहित पति की बुराई करती हुई यथारीति एक दिन सवेरे मौसी चल बसीं। उनके मरने की खबर सुनकर भी मैं चौंक पड़ा था—मुझे याद है।

बचपन की ये सब घटनाएँ मुझे याद हैं। उसके बाद समाज तथा जीवन में कितना ही रद्दोबदल हुआ। जो लड़कियाँ हमेशा शादी करके घर बसाने की तैयारी करती थीं, अब वे झुण्ड-के-झुण्ड सरकारी दफ्तरों में नौकरियाँ करने लगीं। तरह-तरह की राजनीतिक पार्टियों में शामिल होने लगीं। हड़तालें और मजदूर आन्दोलन आम बात हो गये। आगे बढ़कर लड़कियाँ अगली पंक्ति में खड़ी हो गयीं। जस्टिस चौधुरी की लड़की ने मंच पर आकर लोक-नृत्य किया। मोटर के बिना जो कभी एक कदम चलीं नहीं, उन्होंने दंगे के समय नारी-कार्यकर्त्ता संघ बनाया। दल-के-दल लड़कियाँ आज जुलूस बनाकर चौरंगी पर लाल झण्डे फहरा रही हैं। यह एक और जगत् है एक और अध्याय। अपने 'कन्यापक्ष' में इनकी बातें न कह सका। फिर इनमें से मैंने देखा ही कितनों को है, सिर्फ एक मिली मल्लिक के सिवाय। हर मुहल्ले में एक-न-एक मकान है, जहाँ एक-दो लड़कियों के लिए पचासेक लड़कों की भीड़ लगती है। फिर मिली

मल्लिक खुद न बताती, तो मैं कैसे उसका अतीत परिचय जान सकता था, और उषापति भी कैसे जान पाता। अमरेश के अखाड़े का प्रमुख सदस्य था उषापति। लेकिन यह सब बाद में बताऊँगा।

फिर उन दिनों मैं भी कलकत्ते में कहाँ था? दसेक साल लिखना ही छोड़ दिया था। सोना दीदी से मैंने वादा किया था कि अब अपनी कहानियाँ नहीं छपवाऊँगा। लिखूँगा, पढ़ूँगा और साधना करूँगा लेकिन कहानी छपवाकर नाम को कलंकित नहीं करूँगा। दस साल बाद अगर सोना दीदी अनुमति देंगी तो फिर कहानी छपवाऊँगा।

सोना दीदी ने कहा था, 'महाभारत के पाण्डवों की तरह तू ये दस साल अपना उद्योग पर्व समझ ले। समझ ले, ये दस साल तेरे अज्ञातवास की बारी है।'

मैंने सोना दीदी के सामने कहा था, 'ऐसा ही होगा सोना दीदी।'

लेकिन मैंने यह भी कहा था, 'एक बात है दीदी, मेरे और दोस्त तो तब तक बहुत सारी किताबें लिख डालेंगे।'

'लिखने दे। लेकिन आखिर में तू कोई बढ़िया किताब लिख लेगा, तो तेरा नाम उन लोगों से बढ़कर हो जायेगा।'

खैर, उस दिन का वह वादा मैंने निभाया था। लेकिन इन दस सालों में ऐसा हो जायेगा, यह किसे पता था! इस तरह सब-कुछ उलट-पलट जायेगा! इस तरह अपना जीवन देकर सोना दीदी मुझे लिखना सिखा जायगी, यह भी किसको पता था? मेरे मित्र और परिचित लोग पत्र-पत्रिकाओं के लिए कहानियाँ माँगते। जिन लोगों ने कभी प्रकट रूप से पहले तारीफ नहीं की थी, लिखना बन्द करने पर वही कहने लगे थे, 'बहुत मीठापन था आपकी कलम में।'

ऐसे ही समय एक दिन सोना दीदी ने कहा था, 'अब तुमसे भेंट नहीं होगी।'

मैंने आश्चर्यचकित होकर पूछा था, 'क्यों?'

'यहाँ तो काफी दिन हो गये, अब जबलपुर जाऊँगी।'

'लेकिन आपकी बीमारी तो अभी ठीक नहीं हुई।'

उस दिन दास साहब ने भी यही बात कही थी, 'तुम कह रही हो चली जाऊँगी, लेकिन तुम्हारी सेहत अभी तक ठीक नहीं हुई।'

सोना दीदी बोली थीं, 'मैं ठीक हूँ, लेकिन तुम कहीं अपनी सेहत पर ज्यादती मत शुरू कर देना। जो चीज तुमको बरदाश्त नहीं होती, वही खाने को तुम्हारा मन करता है।'

दास साहब बोले थे, 'तुमसे कहना बेकार है, और तुम्हें यहाँ किस अधिकार से मैं रोक रखूँगा? लेकिन एक बात पूछ रहा हूँ—इस संसार में क्या किसी चीज से तुम्हारा लगाव नहीं है? मैं अपनी बात नहीं कर रहा हूँ, मैं तुम्हारा कोई नहीं हूँ, सिर्फ मेरे बच्चों के लिए एक दिन तुमको यहाँ आना पड़ा था, लेकिन इस घर के लिए क्या सचमुच

तुम्हारे मन में कोई लगाव नहीं है? रति और शिशु को क्या तुम एकदम भूल पाओगी? गरमी की छुट्टी में वे घर आयेंगे तो उनको मैं कैसे समझाऊँगा?

सुनकर सोना दीदी सिर्फ हँसने लगी थीं।

दास साहब ने फिर भी हिम्मत नहीं हारी थी। कहा था, 'तुमको बताना ही पड़ेगा सोना, क्या इस संसार में कोई भी ऐसा नहीं है जो गर्व से यह कह सकता है कि मैंने सोना को अपने करीब पाया है? जिसको छोड़कर जाते समय तुम्हारी आँखों से एक बूँद आँसू ढुलक पड़ेगा?'

हँसती हुई सोना दीदी ने कहा था, 'आज क्यों तुम अचानक ऐसी बात करने लगे?'

दास साहब बोले थे, ऐसा कभी नहीं कहा, क्योंकि कहने की हिम्मत नहीं पड़ी, लेकिन मुझे कितना आश्चर्य लगता है! स्वामीनाथ बाबू तुम्हारी चिट्ठी न मिलने पर कोई काम नहीं करते। उनके घर का छोटा-मोटा काम भी तुम्हारी हिदायत से होता है। उस घर में नौकरानी या नौकर भी तुम्हारी चिट्ठी मिलने पर रखा या निकाला जाता है। तुम एक बात पर अपना घर छोड़कर दूसरे के घर चली आयी। हो सकता है, फिर कभी किसी अपरिचित के घर जाकर तुम इसी तरह वहाँ भी उस घर का अभिन्न अंग बन जाओगी। यह तुम्हारा कैसा नियम है? जिस दिन जबलपुर से मैं यहाँ आया, तुम मेरे साथ चली आयीं, और उस दिन मैंने अपने मन में सोचा था कि शायद मेरी जीत हुई, लेकिन आज केवल मेरी आत्मा ही जानती है कि मुझसे कितनी बड़ी भूल हुई थी!'

सोना दीदी आरामकुर्सी पर अधलेटी चुपचाप बैठी थीं और मुस्करा रही थीं।

दास साहब ने फिर कहा था, 'स्वामीनाथ बाबू के बारे में सोचकर भी आश्चर्य लगता है। क्या उनको कभी एक शिकायत भी नहीं करनी चाहिए। खून और मांस का बना मनुष्य कैसे इस तरह समस्त इन्द्रियों पर विजय पा सकता है, बता सकती हो?'

सोना दीदी ने हँसते-हँसते कहा था, 'तुम साहब आदमी हो, तुम्हारे अन्दर ऐसा भाव-परिवर्तन कैसे हो गया?'

'यह तुम जवाब देने से बच रही हो सोना।'

लेकिन सोना दीदी हमेशा जवाब देने से बचती रहीं। मैंने उनकी बगल में बैठे हुए सब सुना है। मुझे बहुत छोटा समझकर कभी किसी ने मेरी उपस्थिति पर आपत्ति नहीं की। और दास साहब तो मुझे कभी समझदार या जानदार समझते ही नहीं थे। मैं भी हमेशा चुपचाप बैठा उनकी बातें सुना करता था कभी जरूरत समझता तो दो-चार बातें अपनी कापी में नोट कर लेता था।

याद है, उस वक्त सारी तैयारी हो चुकी थी। सब सामान बाँधे जा चुके थे। सोना दीदी आरामकुर्सी पर बैठी देख-भाल कर रही थीं। दास साहब दफ्तर में थे। अभिलाष बकसा ठीक कर रहा था। सोनो दीदी चली जायेंगी, यह सोचकर मेरा मन दुःखी हो उठा था।

सोना दीदी कह रही थीं, 'जिन्दगी में तू कितने ही लोगों को खो देगा और कितने ही लोगों को पा जायेगा। कितने ही लोग तुझको प्यार करेंगे और कितने ही दुःख पहुँचायेंगे। यही सब लेकर तो जीवन है। यही सब देखकर एक दिन तुझे प्रज्ञा की प्राप्ति होगी और तभी तू लेखक बन सकेगा और तभी तो...

ठीक ऐसे ही समय वह आदमी आ पहुँचा था।

गेट के पास जाकर मैंने पूछा था, 'किसको चाहते हैं?'

'स्वामीनाथ बाबू के पास से एक चिट्ठी लाया हूँ।'

चिट्ठी देकर वह आदमी चला गया था। चिट्ठी पढ़कर सोना दीदी न जाने थोड़ी देर क्या सोचने लगी थीं। उसके बाद टेलीफोन उठाकर दास साहब के साथ उनके दफ्तर में बात करने लगी थीं।

सोना दीदी बोली थीं, 'तुम अपनी गाड़ी अभी भेज दो, मैं एक बार बहूबाजार जाऊँगी।...नहीं, कब लौटूँगी कोई ठीक नहीं है।...तुम खाना खाकर सो जाना।...मेरे लौटने में देर हो सकती है।'

मैंने पूछा था, 'कहाँ जायेंगी सोना दीदी?'

'चल, तू भी मेरे साथ चल।'

याद है, उस वक्त भी मुझे मालूम नहीं था कि सोना दीदी कहाँ जायेंगी! स्वामीनाथ बाबू ने कहाँ से चिट्ठी भेजी, क्या लिखा है उस चिट्ठी में—यह सब मैं देख नहीं पाया था।

जब सोना दीदी बहूबाजार की एक गली के सामने मोटरकार से उतरी थीं तब भी मुझे कुछ मालूम नहीं था। नम्बर ढूँढ़कर वे एक दरवाजे की कुण्डी खटखटाने लगी थीं। कुण्डी न खटखटाने से भी काम चलता, क्योंकि जरा-सा धक्का लगते ही किवाड़ खुल गया था। और दिखायी पड़ा था सामने रसोईघर में कोई अधेड़ सज्जन खाना पका रहे हैं।

सोना दीदी के पीछे-पीछे मैं भी अन्दर गया था। सोना दीदी को देखकर अधेड़ सज्जन मानो एक क्षण के लिए असमंजस में पड़ गये थे। बोले थे, 'तुम!'

सोना दीदी ने पूछा था, 'पुँटू अब कैसी है?'

'उसी तरह, लेकिन...'

न जाने क्यों मुझे लगा था कि यही स्वामीनाथ बाबू हैं। अचानक उनके हाथ की तरफ निगाह जाते ही सोना दीदी ने कहा था, 'देख रही हूँ, हाथ जला डाला है। क्या लगाया है?'

'नारियल का तेल, लेकिन...'

'तुम हटो, थोड़ा-सा चावल-दाल बना लोगे, वह भी तुमसे नहीं होता। खैर, पुँटू बीमार है, यह खबर भी तुम मुझे नहीं दे सके!'

'मौका कहाँ मिला? उसको लेकर सेमलतल्ले में आया था कि कुछ दिन के लिए जगह बदलने से शायद उसकी तबीयत ठीक हो जायेगी, लेकिन एक और मुसीबत खड़ी हो गयी, उसे झटपट यहाँ लाकर अस्पताल में भरती किया, उसके बाद...'

'इतने दिन क्या कर रहे थे, यहाँ तो तुम्हें आये पाँच दिन हो गये?'

'बस, अस्पताल जाता हूँ और यहाँ आता हूँ, उसके बाद अपने लिये खाना बनाना पड़ता है।'

'अपने लिये खाना जो बना रहे हो, सो तो देख रही हूँ। हाथ जला डाला है। कोई नौकर या नौकरानी भी नहीं ले आये। तुम चाहते क्या हो, बताओ तो?'

स्वामीनाथ बाबू मानो लज्जित होकर एक किनारे खड़े हो गये थे। और सोना दीदी सिल्क की साड़ी ब्लाउज पहने ही रसोईघर में बैठ गयी थीं। उस समय सोना दीदी को देखकर पहचाना नहीं जाता था। सोचा नहीं जा सकता था कि इन्हीं को दास साहब के घर पार्टियों में धनीमानी लोगों के बीच देखा है। जस्टिस चौधुरी, बैरिस्टर बनर्जी और मिसेज चटर्जी के साथ वे जिस स्वाभाविकता से घुली-मिली हैं, उसी स्वाभाविकता के साथ बहूबाजार के इस किराये के मकान के रसोईघर में खाना बनाने बैठीं।

एक बार स्वामीनाथ बाबू ने पूछा था, 'तुम कैसी हो?'

सोना दीदी ने उस बात का जवाब नहीं दिया था। बोली थीं, 'तुम्हारे हाथ में अपने घर-संसार का भार छोड़कर बहुत आराम से हूँ न! मैं जबलपुर चलने की तैयारी कर रही थी कि इधर यह मुसीबत...'

'तुम जबलपुर चलोगी?'

'नहीं चलूँगी तो क्या हमेशा कलकत्ते में ही पड़ी रहूँगी?'

याद है, यहीं मैंने स्वामीनाथ बाबू को पहली बार देखा था। इतने दिन सोना दीदी से स्वामीनाथ बाबू के बारे में जो कुछ सुना था, वही मैं मिलाकर देखने लगा था। निर्वाक्, अहंकारशून्य उस मनुष्य का ऐसा ही रूप देखने की मैंने उम्मीद की थी। ऐसा ही विरोधहीन, अभियोगहीन, आत्मनिर्भर और उदार। मानो संसार में किसी पर वे अविश्वास करना नहीं जानते। सारी दुनिया भी अगर उनको धोखा दे तो मानो वे अपनी आस्था खोने को तैयार नहीं हैं। गोरा-चिट्टा रंग, नंगा बदन, सिर पर कच्चे-पके बाल—सब-कुछ मिलाकर वे मुझे बहुत अपने लगे।

थोड़ी देर में सोना दीदी ने कैसे सारा खाना तैयार कर लिया था यह वही जानें। वे ऐसी निपुण गृहिणी हैं, यह दास साहब के घर उनको देखकर मैं कभी नहीं समझ पाया था।

सोना दीदी बोली थीं, 'लो सब हो गया। इतने-से काम के लिए हाथ जलाकर, पैर जलाकर अच्छी-खासी मुसीबत खड़ी कर दी थी।' खाना-पीना खत्म करते-करते तीसरा पहर हो गया।

सोना दीदी बोली थीं, 'मकान का किराया चुकता कर दो। देख रही हूँ, तुम अपने साथ सामान भी कुछ नहीं लाये हो।'

स्वामीनाथ बाबू मानो कुछ समझ नहीं पाये थे।

सोना दीदी बोली थीं, 'रुपये न हो तो मैं कल भेज दूँगी, लेकिन अब चलो—'

स्वामीनाथ बाबू ने आश्चर्य में पड़कर पूछा था, 'कहाँ?'

'और कहाँ? मेरे घर। तुमको वहाँ छोड़कर फिर अस्पताल जाना पड़ेगा—'

हाँ, तो सोना दीदी के ही घर आना पड़ा। लेकिन क्या सिर्फ स्वामीनाथ बाबू? सोना दीदी अद्भुत स्त्री थीं। जिस दिन पुँटू को अस्पताल से छुट्टी मिली, उस दिन वह भी वहाँ आयी। दास साहब के बिस्तर पर स्वामीनाथ बाबू के सोने का इन्तजाम हुआ। दास साहब बाहरवाले छोटे कमरे में चले गये। और अस्वस्थ पुँटू के लिए सोना दीदी के कमरे में अलग बिस्तर बिछाया गया।

वह भी एक विचित्र घर था। वैसे घर का वैसा अद्भुत दृश्य बाद में कहीं देखने को नहीं मिला। बाद में जब स्थिति बदली थी, नौकर-चाकर, बावर्ची-दरबान हटा दिये गये थे, तब भी...लेकिन उसके बारे में मौका आने पर बताऊँगा।

हाँ, तो उस घर में देखा है, खाने की लम्बी टेबिल पर सब खाने बैठे हैं। छुट्टी के दिन दोपहर को। सोना दीदी टेबिल के छोर पर बैठी सबकी खबरदारी कर रही हैं। उनके एक तरफ दास साहब बैठे हैं और दूसरी तरफ स्वामीनाथ बाबू। सामने बैठी हैं पुँटू, रति और शिशु। स्कूल में छुट्टी हो जाने से वे भी घर आ गये हैं।

खाते-खाते रति हाथ समेटकर बैठ गयी।

सोना दीदी ने पूछा, 'तू कुछ खा क्यों नहीं रही है?'

'पेट में दर्द हो रहा है माँ।'

दास साहब की तरफ देखते हुए सोना दीदी ने कहा, 'जानते हो, बगीचे में अमरूद के पेड़ में इन तीनों ने मिलकर एक भी अमरूद नहीं रखा!'

दास साहब ने कहा, 'तुम कुछ कहती क्यों नहीं?

स्वामीनाथ बाबू ने सिर उठाकर कहा, 'मैंने भी एक खाया है।'

दास साहब हँसने लगे। बोले, 'आपने भी अमरूद खाया है?'

स्वामीनाथ बाबू भी हँसकर बोले, 'उन लोगों ने दिया न, बनारस का अमरूद, खाने में अच्छा है।'

मेरी तरफ इशारा करके दास साहब ने कहा, 'उस अमरूद के पेड़ के नीचे उन लोगों का अखाड़ा था—मिट्टी बहुत अच्छी है, इसलिए फल भी खूब लगते हैं।'

स्वामीनाथ बाबू ने मुझसे पूछा, 'तुम कुश्ती लड़ते हो?'

मैंने कहा, 'जी हाँ, पहले लड़ता था।'

स्वामीनाथ बाबू ने कहा, 'बहुत अच्छा है। लेकिन उस आदत को छोड़ना नहीं, उससे शरीर और मन दोनों ठीक रहते हैं।

सोना दीदी इतने में बोलीं, 'तुम इतना क्यों खा रहे हो?'

स्वामीनाथ बाबू ने पूछा, 'कौन, मैं? मुझसे कह रही हो?'

'तुमसे नहीं, मैं दास साहब से कह रही हूँ।'

दास साहब ने सिर उठाया, कहा, 'मैं?'

'हाँ', तुम्हारी बात कर रही हूँ। प्रेशर बढ़ गया है, कहकर बाद में चिल्लाना नहीं।'

स्वामीनाथ बाबू बोले, 'जी हाँ, आपको सोच-समझकर खाना चाहिए। सोना ठीक कह रही है।'

दास साहब बोले, कभी-कभी भूलकर मैं ज्यादा खाने लग जाता हूँ।'

सोना दीदी बोलीं, रति और शिशु तो डाँटने पर मान जाते हैं, लेकिन तुम्हारी उम्र जितनी बढ़ रही है, उतने तुम दिन-ब-दिन बच्चा बनते जा रहे हो।'

इसी तरह खाना-पीना निबट जाता। सब अपने-अपने कमरे में जाकर लेट जाते। सोना दीदी बाल खोलकर आरामकुर्सी पर जा बैठतीं। और मैं उनकी बगल में बैठकर अपना काम करता रहता। मुझे अपना सुख-दुख और शिकवा-शिकायत जताने के लिए वही तो एक सोना दीदी थीं। सोना दीदी पूछतीं, 'फिर तो अपनी कहानी छपवाने के लिए नहीं भेजी?'

मैं कहता, 'नहीं सोना दीदी।'

'सच कह रहा है न?'

'सच, आप देख लीजियेगा, दस साल बाद मैं जो लिखूँगा, वह एकदम नयी चीज होगी। देखकर सब चौंक पड़ेंगे—तब आपको भी तारीफ करनी पड़ेगी और ये दस साल देखते-देखते बीत जायेंगे।'

लेकिन आज सोचता हूँ कि उस दस साल की अवधि में क्या कम उलट-फेर हुआ। आज कहाँ हैं सोना दीदी और कहाँ मैं हूँ। स्वामीनाथ बाबू कहाँ गये! और कहाँ गये वह दास साहब! लेकिन आज भी मानो मैं उनको अपनी आँखों के सामने देख पाता हूँ।

उसके बाद मैंने कॉलेज की पढ़ाई खत्म की। घटना-चक्र से नौकरी में लगकर बिलासपुर गया। यार-दोस्तों ने लिखने के लिए बार-बार कहा। न लिखने के कारण किसी-किसी ने उलाहना दिया, शिकायत की। लेकिन किसी को मैं खुश न कर सका। बीच-बीच में कलकत्ते जरूर आया, लेकिन लेखक या सम्पादक मित्रों से कभी भेंट नहीं की, कि कहीं मेरा वचन भंग न हो जाय। सोना दीदी के सामने किया वादा कहीं तोड़ना न पड़े। इन दस वर्षों में पाठक-वर्ग मुझे भूल गया। कहा जा सकता है कि साहित्य के संसार से मेरा निर्वासन हो गया। दस वर्षों का यह समय मेरे जीवन में अज्ञातवास

का अध्याय था। नव-जन्म का उद्योग पर्व। मैंने नये सिर से देखा है। नये सिरे से सीखा है। खण्ड कल्पना की माया में न भूलने का निश्चय किया है। अखण्ड का अनुभव करना चाहा है। ये दस साल अपनी परम सत्ता के आमने-सामने खड़ा रहा। याद है, इन्हीं दस वर्षों में मैंने पहली बार जीवन को नयी दृष्टि से देखा। मानो मेरा तृतीय नेत्र खुल गया।

और सोना दीदी?

लेकिन सोना दीदी के बारे में कहने से पहले मैं पलाशपुर की मिली मल्लिक की कहानी कह लूँ। बाद में फिर कहने का मौका नहीं मिलेगा। याद है, उस दिन मिली की कहानी लिखने का लोभ-संवरण बड़ी मुश्किल से किया था। फिर भी आज इतने दिनों के बाद अपनी कापी से उसको उतारने में कोई हर्ज नहीं है। असल में यह कहानी उषापति की बीवी को लेकर लिखी गयी थी। हमारे अखाड़े का उषापति। अमरेश की तरह वह भी नौकरी मिलने के बाद बाहर चला गया था। उसकी रेलवे की नौकरी थी। एक रात के लिए मैं उसके पलाशपुरवाले रेल-क्वार्टर में अतिथि बना था। और उसी रात मैं अपने सोने के कमरे में हीरे का वह टुकड़ा पड़ा पा गया था।

सिर्फ दो रत्ती वजन का वह हीरा। उसी को लेकर एक कहानी लिखने का प्लाट मुझे सूझा था। कहानी लिखने से पहले अनुमति माँगने के लिए उषापति को एक पत्र लिखा था।

उषापति ने जवाब में लिखा था, 'सती को लेकर तू कहानी लिख सकता है, मुझे कोई आपत्ति नहीं है। लेकिन देखना भाई, सती की या हम लोगों की कोई बदनामी हो, ऐसा कुछ मत लिखना। जानता है न औरत का मन, पता नहीं कब क्या कर बैठे।'

और भी बहुत-सारी बातें लिखी थीं। उषापति उस वक्त पलाशपुर में स्टेशन मास्टर था। इस समय बदली होकर रायगढ़ में आ गया है। तनख्वाह भी काफी बढ़ी है। इधर-उधर से भी दो पैसे आ जाते हैं। खुद भी वह कोई खर्चीला नहीं है। लेकिन चिट्ठी के आखिर में लिखा था, 'तेरे वहाँ अगर कोई अच्छा डॉक्टर हो तो पता लगाकर लिखना, सती का इलाज कराना चाहता हूँ। बहुत-से डॉक्टरों, वैद्यों और हकीमों से इलाज कराया, साधु-फकीरों को दिखाया—खर्च बहुत हो गये—लेकिन फायदा नहीं हो रहा है—'

उषापति से इजाजत लेकर कहानी लिखना शुरू तो कर दिया था, लेकिन जब लिखने बैठा तो न जाने क्यों हँसी आयी थी। सती को लेकर ही वह कहानी थी। लेकिन दो रत्ती वजन के हीरे के बारे में उषापति को कुछ नहीं लिखा था। सिर्फ लिखा था कि सती ही मेरी कहानी की नायिका है। लेकिन मैं जानता हूँ कि सती मेरी कहानी की उपनायिका के अलावा और कुछ नहीं है। जैसे शकुन्तला की प्रियंवदा! लेकिन रात के उस अँधेरे में मेरे कमरे में कौन आयी थी? इस कहानी की नायिका या उपनायिका?

सच में वह रात भी मानो किस कदर मोहिनी थी! शायद वह फाल्गुनी पूर्णिमा की रात थी। जीवन में जीविका के लिए कितनी रातें जागकर बितायी है, इसका कोई

हिसाब नहीं। दफ्तर में चारदीवारी के बीच काम करते-करते अनेक बार बाहर की तरफ देखा है। रात का गाढ़ा अँधेरा कैसे पतला नीला बन जाता है और वह पतला नीला कैसे सफेद हो जाता है, यह सब भी गौर किया है। लेकिन तब भी रोज लगा है कि कोई नया दृश्य देख रहा हूँ। दस साल पहले की वह रात मानो आज भी मेरे जीवन में अनन्य और अनोखी बनी हुई है। पलाशपुर के स्टेशन मास्टर के बँगले के उस अकेले कमरे में मैंने सारी रात जागकर बिता दी थी। सवेरे नाश्ता करते समय उषापति मेरा चेहरा देखकर अवाक् रह गया था।

पूछा था, 'तुझे रात को नींद नहीं आयी थी?'

कहा था, 'नहीं।'

उषापति ने कहा था, 'मुझे भी नींद नहीं आयी थी।'

पता नहीं, मुझे कैसा शक हुआ था। पूछा था, 'क्यों? तुझे क्यों नींद नहीं आयी?'

उषापति चाय के प्याले में चुस्की लेते हुए कहने लगा था...

लेकिन जो कुछ उसने कहा था, वह बताने से पहले शुरू से सारी घटना बताना जरूरी है।

उस समय उषापति नया-नया बदली होकर पलाशपुर में आया था। नयी शादी कर उसने वहाँ घर बसाया था। बहुत दिन से उसकी इच्छा थी कि वह मुझे अपनी बीवी दिखायेगा। चिट्ठी में कितनी ही बार लिखा था। बड़ी खुली-फैली जगह है। कम-से-कम कलकत्ते से जरूर खुली-फैली। स्टेशन से चार-पाँच कोलियरी के साइडिंग निकले थे। कोयले की खानों के अलावा स्टेशन की और कोई उपयोगिता नहीं थी। बीच-बीच में वह चिट्ठी लिखता था—अब की बार जाड़े में जरूर आना। तेरे लिये सारा इन्तजाम कर रखा है।

लेकिन मुझसे वहाँ जाना सम्भव नहीं हुआ। छुट्टी में जब भी उषापति आया, मुझसे मिला। उलाहना दिया, 'मेरे यहाँ तो तू एक बार भी नहीं आया।'

खास कर स्टेशन मास्टर के घर मेहमान बनने के पीछे एक लालच भी था। मुर्गी, मछली, अण्डा, घी—यह सब तो स्टेशन मास्टर को हमेशा मुफ्त मिला करता है। इशारे से उषापति ने मुझे यह लिखा भी था। लेकिन अपनी जगह से हिलने-डुलने का कभी मुझे मौका नहीं मिला, इसलिए उसके पास जा न सका।

लेकिन उस बार बम्बई जाते वक्त पता नहीं क्यों अचानक कटनी स्टेशन पर उतर गया। मैं खुद नहीं बता सकता कि क्यों ऐसा हुआ। कटनी से दो-चार स्टेशन पार करने पर पलाशपुर था। ब्रांच लाइन की ट्रेन। एक रात वहाँ रहकर दूसरे दिन लौट आऊँगा। ऐसा मैंने मन में सोचा रखा था।

जब पलाशपुर पहुँचा तब तीसरा पहर हो चुका था।

उषापति स्टेशन पर खड़ा था। बन्द गले का सफेद कोट पहने रहने पर भी उसे पहचानने में परेशानी न हुई। देखते ही वह मुझसे लिपट गया।

मैंने कहा, 'लेकिन कल मुझे छोड़ना होगा भाई, बहुत जरूरी काम है।'

'ऐसा नहीं हो सकता।' कहकर पता नहीं उसने किसको मेरा सामान ले जाने का आदेश दिया।

हाँ, तो पलाशपुर खासा बड़ा स्टेशन था। सभी ट्रेनें यहाँ पानी लेती थीं। बाहर बहुत बड़ा खेल का मैदान था। जालीदार बड़े-बड़े बँगले। सड़क पर फिरंगी साहब मेमों की भीड़ रहती। साइकिल रिक्शे भी वहाँ खूब थे। दिन ढलने पर ट्रेन देखने के लिए टाउन के बहुत-से लोग स्टेशन के प्लेटफार्म पर आ जुटते थे। ट्रेन छूट जाने के बाद वे सब प्लेटफार्म से चले जाते। स्टेशन फिर खाली हो जाता।

उषापति के हजार काम थे। दसियों लोगों को हुक्म देना पड़ता था। दसियों पर खबरदारी रखनी पड़ती थी।

काम करते हुए जरा-सी छुट्टी पाकर उसने कहा, 'जरा देर और बैठ, एक साथ घर चलेंगे। यह काम निपटा लूँ।'

अपना काम खत्म कर उषापति उठा। बोला, 'इतना काम करना पड़ता है। यही देख न, तू आया तेरे साथ ठीक से बात भी न कर सका। खैर, कल तू किसी तरह जा नहीं सकता, यह पहले से कह देता हूँ। तेरा कोई बहाना मैं न सुनूँगा।'

मैं बोला, 'ऐसा नहीं हो सकता भाई, उधर एक दिन भी देर हो जाने पर बड़ी मुश्किल हो जायेगी।'

'ये सब बहाना तू मिली के पास बनाना, तुझे उसके जिम्मे कर दूँगा तो मुझे छुट्टी मिल जायेगी। मैं घर के मामले में कभी दखल नहीं देता। घर में पहुँचने पर मेरा कोई अधिकार नहीं रह जायेगा। वहाँ मिली जो कहेगी, वही फाइनल माना जायेगा।'

मैं बोला, 'यह तो पूरी तरह डिवीजन आफ लेबर देख रहा हूँ।'

सिगरेट का कश लेते हुए उषापति ने कहा, 'ऐसा किये बिना कोई चारा नहीं था भई। दफ्तर में मेरे लिये इतना काम रहता है कि उसके बाद घर की किसी बात में दिमाग खपाना मेरे लिये सम्भव नहीं होता। इसलिए वह काम मिली ने सँभाल लिया है। कहा है—घर के मामले में मुझे पूरा स्वराज देना होगा। यहाँ तक कि उसकी चिट्ठी मैं नहीं पढ़ सकता और मेरी चिट्ठी वह नहीं पढ़ सकती।'

उसके बाद जरा रुककर बोला, 'ये जो तू आया है, अब तू क्या खायेगा क्या नहीं खायेगा, यह सब वही सोचेगी। तू कहाँ सोयेगा, क्या करेगा, इन सारी बातों में वह मुझे दिमाग लड़ाने नहीं देगी।'

मैंने कहा, 'ऐसी पत्नी पाना तो बड़े भाग्य की बात है।'

उषापति हँसा। काफी सन्तोष की हँसी। बोला, 'खैर, यह मैं नहीं जानता। लेकिन जो भी मेरे घर आया और जिसने भी मिली को देखा, उसी ने कहा कि मेरा पत्नी-भाग्य

अच्छा है। लेकिन शादी तो एक ही की है, इसलिए मुकाबला करके कुछ कह नहीं सकता।'

रुककर उषापति फिर कहने लगा, 'मैंने तुम सबसे बहुत बाद में शादी की है। तू कह सकता है कि बुढ़ा जाने पर। इसलिए मन में हमेशा डर बना था कि इस उम्र में शादी करके शायद किसी की तकलीफ का कारण बन जाऊँगा, लेकिन...'

लेकिन कहकर उषापति ने अपनी बात पूरी नहीं की। आत्मतृप्ति की अर्थगर्भित हँसी उसके चेहरे पर छा गयी। उसने उस हँसी को छिपाने की कोशिश नहीं की।

मैंने कहा, 'तू क्यों नहीं बताता कि शादी करके बहुत सुखी हो सका है—लेकिन तूने तो शादी न करने का प्रण लिया था!'

उषापति हँसा। बोला, 'सुखी...? लेकिन हाँ, मैंने मिली से कहा था कि बी. ए. का इम्तहान दे डालो, क्योंकि बराबर वह फर्स्ट डिवीजन में पास होती रही है—इसलिए आखिर में मुझे यह न ताना दे कि तुम्हारे लिये मैं डिग्री न ले सकी। लेकिन वह क्या जवाब देती है, जानता है?'

'क्या कहती हैं?'

'मिली कहती है...'

लेकिन मिली क्या कहती है यह उषापति बता नहीं पाया। अचानक दुम हिलाता हुआ एक विलायती टेरियर कुत्ता आकर उषापति का स्वागत करने लगा। उषापति ने उससे कहा, 'अरे, तुझे पता चल गया है।'

मैंने कहा, 'तूने कुत्ता भी पाल लिया है?'

'अरे, मैं क्यों पालने लगा? मिली का है। मिली के बचपन का कुत्ता। शादी के बाद वह भी साथ आया है...खैर, जो बात कर रहा था...' कहकर उषापति फिर पुराने प्रसंग पर लौट आया।

स्वर नीचा करके हँसते-हँसते बोला, 'कल हम लोगों की विवाह वार्षिकी थी—खूब खाना-पीना हुआ था न, इसलिए यह कुत्ता बड़ा खुश है। खैर, इस अवसर पर हीरा-जड़ा एक नेकलेस मिली को भेंट किया है—कलकत्ते से मँगवाया था। तू एक बार देखना तो, कहीं कमबख्तों ने ठग तो नहीं लिया या ठीक दाम लिया।'

पूछा, 'कितना दाम लिया?'

'खैर, लिया तो है चौदह सौ रुपये, लेकिन इसकी कोई बात नहीं। फी वैगन पीछे कुछ-न-कुछ मिल जाता है। जितने दिनों तक कोलियरी है, उतने दिनों तक मुझे कोई कमी नहीं पड़ेगी। इसके बाद अगर किसी रद्दी स्टेशन में बदली हो गयी तो देखा जायेगा।'

बात करते हुए हम उषापति के बँगले के सामने जा पहुँचे थे। उषापति की आहट पाकर शायद उनकी पत्नी सामने आकर खड़ी हो गयी थी। मेरे आने की उम्मीद जरूर की थी। क्योंकि मेरा सूटकेस और बिस्तर मेरे आने से पहले यहाँ पहुँच चुका था।

उषापति की पत्नी के चेहरे की तरफ देखकर न जाने क्यों मैं सहम गया। मुझे देखकर न जाने क्यों उसका भी चेहरा काला पड़ गया।

पर वह सिर्फ एक क्षण के लिए! निगाह पड़ने लायक कोई बात नहीं।

उषापति ने आगे बढ़कर कहा, 'यह देखो, किसे ले आया। हम लोगों के दल का हीरो था, और ये हैं–'

परिचय हुआ। मिली देवी ने मुस्कराते हुए मेरा स्वागत किया। टेबिल के सामने जाकर बैठा। चाय का इन्तजाम तैयार था।

चाय का कप उठाकर उषापति ने कहा, 'लेकिन यह क्या कहता है जानती हो, कहता है कल ही चला जायेगा।'

मिली देवी ने अवाक् होकर मेरी तरफ देखा। कहा, 'क्यों? यह सब नहीं सुनूँगी, कल आप नहीं जा सकते।'

उषापति बोला, 'अब तुम्हारे जिम्मे कर दिया–मुझे कुछ नहीं कहना। अब तुम जो ठीक समझो, करो।'

मिली देवी हँसती हुई बोली, 'ऐसा?'

मैंने कहा, 'अबकी बार माफ कीजिये। अगली बार जब आऊँगा, तब जितने दिन आप कहेंगी, मैं रहूँगा। इस बार खास काम है।'

मिली देवी ने कहा, 'जब आप इस घर में मेरे अख्तियार में आ गये हैं, तब आपको दो दिन रुकना ही पड़ेगा...हम लोग परदेश में पड़े हैं, जरा हम पर तो रहम कीजिये।'

उषापति हँसने लगा था।

मैं भी हँसने लगा था।

मिली देवी भी हँसने लगी थी।

बातों के दरमियान उषापति ने अचानक कहा, 'तुम जरा अपना नेकलेस तो देना, इसको दिखाऊँगा।'

मैंने कहा, 'मैं यहीं से अच्छी तरह देखा पा रहा हूँ। उनके गले में ही अच्छा लग रहा है। अब क्यों...'

उषापति ने कहा, 'नहीं, नहीं, ऐसे कैसे देखोगे। हार जरा उतारो न!–देखें, उन सब ने ठग लिया है या नहीं। यह इन बातों का अच्छा समझदार है। इसकी फैमिली में ऐसी चीजें बहुत हैं।'

मिली देवी ने नेकलेस उतारा। लगा, चीज बहुत अच्छी है। देखने पर लगा, दाम मुनासिब लिया है। नये डिजाइन का जड़ाऊ काम किया हुआ हार। ठीक लॉकेट पर दो रत्ती का एक हीरा जगमगा रहा था।

मैंने हार लौटाकर कहा, 'बड़ी अच्छी चीज है...आपकी पसन्द की तारीफ करनी पड़ेगी भाभी।'

मिली देवी के चले जाने के बाद थोड़ी देर बीतने पर उषापति ने कहा, 'ज्यादा उम्र में शादी करने पर यह सब घूस देना ही पड़ता है भाई।'

'क्यों? ऐसा तू क्यों कह रहा है?'

इस सवाल का जवाब न देकर उषापति किसी काम से बगलवाले कमरे में चला गया। मैं भी इधर-उधर देखने लगा था। अब उषापति पैसेवाला हो गया है। जीवन में अच्छी प्रतिष्ठा मिली है। खूबसूरत बीवी पायी है। सिर्फ खूबसूरत नहीं, वह सुशिक्षिता और बुद्धिमती भी कही जा सकती है। शायद अपनी दौलत दिखाने के लिए उषापति ने मुझे बार-बार आने का न्यौता दिया था। फिर भी देखकर खुशी हुई कि उसका जीवन सार्थक हो गया है। शादी करके वह सुखी हो सका है। उसके माँ-बाप बहुत पहले मर चुके थे। हम लोगों के बीच वह बहुत गरीब था। उसमें बराबर ऊँची आशा थी कि एक दिन हम सबकी बराबरी में पहुँच जायेगा। इतने दिन बाद उसकी वह आशा सफल हुई देखकर मुझे सन्तोष हुआ।

बहुत दिन पहले की बात है। ठीक से सब याद भी नहीं है। इतना याद है कि बड़ी हँसी-खुशी और किस्से-कहानी के बीच वह शाम बीती थी। और भी याद है कि मिली देवी ने बार-बार केवल यही कहा था कि कल आप किसी तरह नहीं जा सकते। आपको एक दिन रहना पड़ेगा।

खैर, यह घटना उसी रात घटी थी।

ठीक कितनी रात को, कह नहीं सकता। नयी जगह नींद नहीं आ रही थी। इतने में लगा कि ओढ़काये किवाड़ को धकेलकर कोई कमरे के अन्दर आया। खामोश रात। सिर्फ बीच-बीच में रेल इंजन की फुफकार और गुस्से से भरा गर्जन सुनायी पड़ रहा था।

मैंने पूछा, 'कौन?'

छायामूर्ति ने कहा, 'मैं...'

मैं बिस्तर पर सीधा बैठ गया। साफ दिखायी न पड़ने पर भी अनुमान कर लेने में मुश्किल नहीं हुई।

मैंने कहा, 'आप? अचानक?'

मिली देवी बोली, 'आप अचानक यहाँ आ सकते हैं और मैं नहीं आ सकती? यह मेरा घर है, मेरे पति का घर, मैं यहाँ बड़े सुख से थी—तुम क्यों आये? बताओ, सच-सच बताओ—किसने तुमको यहाँ भेजा है?'

हक्का-बक्का और अवाक्। विस्मय के मारे मेरे गले से कोई आवाज नहीं निकली। फिर भी कहा, 'आप क्या कह रही हैं?'

'चिल्लाओ नहीं, बगल के कमरे में मेरे पति सो रहे हैं। तुम ललित से कहना कि मिली तुम्हें भूल चुकी है। कसेरापाड़ा लेन का वह मकान और वह कमरा उसे अब याद नहीं है। अब वह मिली मल्लिक है—अब वह दूसरे की पत्नी है...'

मैंने कहा, 'मैं कुछ समझ नहीं पा रहा हूँ।'

'झूठ मत बोलो, मैं तुम सबको पहचानती हूँ। ललित तुम्हरा भानजा नहीं है? बोटेनिकल गार्डेन में तुम हमारे साथ पिकनिक में नहीं गये थे? इण्टरमीडिएट का टेस्ट खत्म हो जाने के बाद किन लोगों ने मुझे टैक्सी से घुमाया था? हम गरीब थे, इसलिए उस वक्त हमने तुम लोगों से मदद ली थी। लेकिन अब मैं अमीर की बीवी हूँ। अब तुम लोगों की जरूरत खत्म हो चुकी है। अब साड़ी देने पर नहीं लूँगी और गहना देने आओगे तो भी नहीं लूँगी। सिनेमा दिखाना चाहने पर भी तुम लोगों के साथ नहीं जाऊँगी। तुम आये क्यों? एक को पागल बनाया है तो क्या समझ लिया है कि मुझको भी पागल बनाओगे? सच बताओ, तुम्हें कुछ भी याद नहीं पड़ता।'

ललित नाम का कोई भानजा तो दूर रहा, उस नाम का मेरा कोई दोस्त भी किसी जमाने में नहीं था। पता नहीं, मुझे क्या सूझा, कहा, 'हाँ, याद आया है।'

'तुमको ललित ने भेजा है? है न, सच बताओ?'

मैंने फिर कहा, 'हाँ।'

'मैं तुम सबको जानती हूँ, लेकिन यह नहीं जानती थी कि मेरे पति से तुम्हारी दोस्ती है—लेकिन तुम लोगों के पाँव पड़ती हूँ, फिर कभी यहाँ मत आना। कल, कल ही तुम चले जाना—समझ गये?'

मैंने कहा, 'हाँ, चला जाऊँगा।'

'हाँ, चले जाना।'

शरीर में एक झटका देकर जिस तरह मिली देवी आयी थी, उसी तरह चली गयी।

फिर सारी रात मुझे नींद नहीं आयी। सोचने लगा—किससे भूल हुई? मुझसे या मिली देवी से? लेकिन कभी उसे देखा है, ऐसा तो याद नहीं पड़ता। यह ललित कौन है? किसका भानजा? कब किसके संग यह बोटेनिकल गार्डेन में घूमने गयी थी? कब टैक्सी से घूमी थी? मेरी शक्ल से और मेरे नाम से क्या किसी और की शकल और नाम का मेला है? अपनी यादगार का कोना-अँतरा टटोल-टटोलकर भी मुझे कोई सुराग नहीं मिला।

तड़के ही बिस्तर से उठ पड़ा।

उषापति मेरे पहले उठ चुका था। पोशाक पहनकर चाय की टेबिल के सामने वह तैयार बैठा था। शायद उसे ड्यूटी पर जाना था। पिछले दिन की तरह उसकी बगल में मिली देवी बैठी थी। लेकिन उसके चेहरे पर कोई तब्दीली नजर नहीं आयी।

मुझे देखकर उषापति ने कहा, 'कल रात तू सोया नहीं क्या? ऐसी शकल कैसे बन गयी?'

मैंने कहा, 'शायद नयी जगह में...'

उषापति बोला, 'मुझे भी नींद नहीं आयी।'

पूछो, 'क्यों?'

उषापति बोला, 'कल रात सती ने परेशान किया।'

'सती! सती कौन है?' मैंने चौंककर पूछा था।

मिली देवी ने चाय उँड़ेलते हुए कहा, 'मेरी दीदी।'

उषापति ने कहा, 'हाँ, मिली की दीदी। दिमाग खराब हो गया है। पागलों की-सी हरकत करती है। अब मेरे घर रहती है।'

अचानक कैसा शक हुआ। मिली देवी के चेहरे की तरफ देखा। शान्त, सन्तुष्ट, स्निग्ध दृष्टि। सोचा, फिर कल रात क्या गलत देखा है? क्या पागल का प्रलाप सुनता रहा?

उषापति फिर बोला, 'ऐसे तो ठीक रहती है, लेकिन कल रात से फिर अचानक उसका दिमाग बिगड़ गया है—रातभर पूरे मकान का चक्कर लगाती रही, चिल्लाती रही, बकझक करती रही—रोती रही...'

मुझको ले जाकर उषापति ने दिखाया। एक कमरे में वह बन्द थी। हु-ब-हू मिली देवी की तरह देखने में। उम्र में शायद साल-दो साल बड़ी होगी। कमरे में बन्द अपने ही मन बड़बड़ा रही थी।

उषापति ने कहा, 'अब कुछ दिन ऐसी रहेगी, उसके बाद फिर ठीक हो जायेगी। उसका पति उसे अपने साथ रखना नहीं चाहता, इसलिए...आज तू रहेगा न?'

मैं बोला, 'नहीं भाई, आज नहीं रह पाऊँगा।'

उषापति ने मिली की तरफ देखकर कहा, 'सुन रही हो, क्या कह रहा है—आज वह नहीं रह पायेगा।'

मिली देवी पहले की तरह स्निग्ध हँसी से उज्ज्वल हो उठी। बोली, 'ऐसा नहीं हो सकता, जरूर रहना पड़ेगा।'

चाय पीते हुए उषापति बार-बार पत्नी की तरफ न जाने उत्सुक होकर क्या देखने लगा। फिर पास जाकर पत्नी के गले का नेकलेस देखकर बोला, 'अरे! तुम्हारे लॉकेट का हीरा कहाँ गया?'

'कहाँ, देखूँ? क्या गजब हो गया?'

मैंने भी देखा।

मिली देवी भी नेकलेस उतारकर देखकर अवाक् रह गयी। अरे! कल शाम को भी तो यह था! एक रात में कहाँ चला गया? जरा बिस्तर तो देखो। बिस्तर देखा गया। पूरा घर देखा गया। जहाँ-जहाँ देखना जरूरी था देखा गया। उषापति परेशान हो गया। मिली देवी परेशान हो गयी। कहीं गयी तो नहीं थीं। जरा बाथरूम में देखना! लेकिन जायेगा कहाँ? हवा में उड़ तो नहीं जायेगा? सोने का कमरा, बैठने का कमरा, नहीं तो बाथरूम!

लेकिन सारी कोशिश बेकार गयी! उस दिन कहीं दो रत्ती वजन का वह हीरा ढूँढ़ने से नहीं मिला। उषापति और मिली देवी के लिए शायद वह आज तक खोया हुआ है।

याद है, उस दिन किसी के अनुरोध और आग्रह पर कान न देकर मैं पलाशपुर से चल दिया था।

लौटकर पूरी कहानी लिखकर उषापति के पास भेज दी। उसमें आपत्तिजनक कुछ है या नहीं जानने के लिए। जवाब में उषापति ने लिखा था, 'मिली ने तेरी कहानी मन लगाकर पढ़ी है। कहा है—कहानी अच्छी है, लेकिन वह कुछ अधूरी-सी लगती है। दो रत्ती का वह हीरा कहानी में कैसा बेतुका लगता है। कहानी के साथ उसका क्या सम्पर्क है समझ में नहीं आया। खैर, कहानी के बारे में, साहित्य के बारे में मैं समझता भी क्या—लेकिन हाँ, आज तक वह हीरा नहीं मिला, शायद कभी मिलेगा भी नहीं।'

आज मैं कभी-कभी सोचता हूँ, मिली देवी को एक खत लिखूँ क्या? क्या लिख दूँ कि वह हीरा मेरे ही पास है। क्या उसको बता दूँ कि उस दिन सवेरे अपना बिस्तर लपेटते समय वह हीरा मुझे अपने सोने के कमरे में मिला था! दो रत्ती वजन का वह हीरा! लेकिन फिर सोचता हूँ कि क्या होगा लिखकर। उषापति अपनी पत्नी के संग सुख से जिन्दगी बिता रहा है, उसकी जिन्दगी में आग लगाकर मुझे क्या मिल जायेगा! मेरी कहानी अधूरी रहे तो रहे—मैं अपनी जिन्दगी में बहुत-सारी पूरी कहानियाँ लिख सकूँगा, लेकिन वे दोनों सुख से रहें। मेरी एक मामूली कहानी से उनकी जिन्दगी कहीं ज्यादा कीमती है।

आज भी पलाशपुर की मिली मल्लिक की कहानी मेरी नोटबुक में कैद है। मैंने उसे पूरा नहीं किया। उसे पूरा करूँगा भी नहीं। मीठी दीदी, जामुन दीदी, मिछरी भाभी आदि की कहानियों की तरह यह कहानी भी मेरी जिन्दगी में सिर्फ संचित निधि बनकर रहेगी। मैं इन कहानियों से महान् भी कुछ लिखूँगा। महत्तर और श्रेष्ठतर कुछ। इन स्त्रियों को पीछे छोड़ नारीत्व की और भी बड़ी सत्ता को मैं देखूँगा। नारी की अन्तरात्मा को मैं तलाशूँगा। मेरे नवजन्म के उद्योग-पर्व का यही एकमात्र उद्देश्य होगा। मेरे दस वर्षों का अज्ञातवास तभी सार्थक होगा।

बिलासपुर जाने से पहले मैंने सोना दीदी को यही वचन दिया था।

मैंने अपना वचन पूरा किया है। लेकिन बिलासपुर जाने से पहले क्या मैं जानता था कि ऐसा हो जायेगा।

मुझे याद है बिलासपुर का वह जीवन! कोई काम नहीं, सिर्फ चुपचाप देखना और सुनना! सिर्फ ट्रेन में बैठकर घूमना। कभी जबलपुर, कभी कटनी, कभी अनूपपुर। कितने ही अपरिचित सब स्टेशन। जंगल, पहाड़ और विचित्र सब मनुष्य। महेन्द्रगढ़, चिरमिरी, नैनपुर, गोन्दिया और बालाघाट। अमरकण्टक पहाड़ियों के बराबर रेल लाइन चली गयी थी। पेण्डरा रोड। कभी गार्ड साहब के ब्रेकवैन में धँस जाता तो कभी आइस-बेण्डरों के थर्ड क्लास डब्बे में चढ़ जाता। कभी जरूरत महसूस करता तो फर्स्ट क्लास के जनहीन डब्बे में बैठ जाता। वह भी एक विचित्र नौकरी, एक विचित्र जीवन था। दुनिया की उस भीड़ में अपने को मैं बड़ा ही नगण्य पाता था। पहली बार उसी वक्त मैंने महसूस किया था कि सिर्फ कलकत्ता ही दुनिया नहीं है। बल्कि यह दुनिया और बड़ी है। यह नक्शा देखकर दुनिया देखना नहीं है। मनुष्य चाहे कितना बड़ा हो, लेकिन लगा कि विराट् विश्व प्रकृति के आगे वह कितना नगण्य है। बड़ा सन्तोष मिला था। अपनी सत्ता को मैं अपने ही अन्दर पा गया था। सोना दीदी की बात ही सही लगी थी। सोना दीदी कहती थीं, 'वस्तु को मत देखना, सत्य को देखना, जैसे चिड़िया का बच्चा आँख फूटने से पहले ही रोशनी देखना चाहता है, लेकिन उस वक्त भी वह नहीं जानता कि रोशनी क्या है, फिर भी उसकी बन्द आँखों के बीच आलोक का सत्य छिपा रहता है, उसी तरह तेरे जीवन में सब देखना सत्य हो जाये।'

सोना दीदी और कहतीं, 'जीवन में सुख नहीं है, इसलिए दुःख मत किया कर। जीवन को उसके सारे सुख-दुःख सारे क्षय-क्षति और सारे उत्थान-पतन के बीच प्यार करने में तू समर्थ हो सके, ऐसी शक्ति होनी चाहिए।'

और भी कितने दिन कितनी विचित्र बातें सोना दीदी ने बतायी थीं, लेकिन आज क्या वह सब याद है?

एक दिन पूछा था, 'सोना दीदी, आपने खुद कभी लिखा है?'

न जाने क्यों मुझे लगता था कि सोना दीदी भी कभी लिखने की कोशिश करती थीं, नहीं तो इतनी सारी बातें वे कैसे जान गयीं? मैं लिखता हूँ इसलिए वे मेरी इतनी खातिर क्यों करती हैं?

सोना दीदी ने कहा, 'अरे, मैं कब लिखती थी?'

मैंने कहा, 'फिर आप इतनी बातें कैसे जान गयीं! किसने आपको यह सब सिखाया?'

सोना दीदी बोली थीं, 'यह सब मैंने पिता जी से सुना था। मेरे पिता जी को तो तूने नहीं देखा, नहीं तो समझ जाता कि कैसी अगाध विद्वत्ता उनमें थी। मेरे पिता जी लिखते थे।'

मैंने पूछा था, 'वे क्या लिखते थे? कहानी?'

सोना दीदी ने कहा था, 'पिता जी किशनगढ़ के दीवान थे। याद है, ढलवे डेक्स पर कागज रखकर वे रात-दिन लिखा करते थे। और क्या सिर्फ कहानी? उपन्यास, इतिहास, निबन्ध—क्या नहीं?'

'वे सब किताबें क्या हुईं?'

'वे सब छपीं नहीं, पिता जी छपने के लिए नहीं देते थे। लेकिन मैंने तो पढ़ा है, छपने पर उन सब किताबों के लिए बाजार में धूम मच जाती। लेकिन पिता जी का पक्का प्रण था कि वे लिखेंगे, लेकिन छपवायेंगे नहीं। शायद उनकी सभी किताबें छप जातीं, क्योंकि किशनगढ़ के दीवान की लिखी किताबें छापने के लिए तो राजा का छापाखाना हर वक्त खुला था। राजा ने पिता जी से कहा भी था। मैंने भी कहा था, लेकिन पिता जी राजी नहीं होते थे। कहते थे, मैं आत्मबोध के लिए लिखता हूँ, आत्म-प्रकाश के लिए नहीं।'

सच में, बिलासपुर में सब-कुछ देख-सुनकर मुझे यह लगता था कि आत्मबोध न होने पर आत्मप्रकाश का प्रयास करना विडम्बना है। और इतने दिनों तक मानो वही विडम्बना मैं करता आया था। संसार को न देखकर मानो इतने दिनों तक मैं सिर्फ वैज्ञानिक की लैबोरेटरी देखता आया था। जिसे आत्मबोध हुआ है, उसके आगे जीवन कितने सहज रूप में प्रकट होता है। जिसने आत्मरूप देखा है, उसने तो विश्वरूप भी देख लिया है। वहाँ फिर कोई तर्क-वितर्क नहीं होती, विज्ञान नहीं होता, बल्कि दर्शन होते हैं सिर्फ एक अनन्त की सम्पूर्णता के, उसकी अखण्डता की परिव्याप्ति के। फिर उसका बाह्य भी मिल जाता है और अन्तर भी। अन्तर-बाह्य, अपना-पराया, भेद-अभेद सब उसके लिए एकाकार, एकीभूत और एकात्म हो जाते हैं।

लगता था, सोना दीदी को आत्मबोध की दीक्षा शायद पिता से मिली है।

उसके बाद एक-एक कर सभी मुझे भूल गये। मैं जो कभी लिखता था, वह कई साल बाद किसी के लिए याद रखना सम्भव भी नहीं था। मेरे लेखक जीवन का अन्त हो गया। मानो मुझे मुक्ति मिली। लेकिन एक सज्जन मुझे फिर भी भूले नहीं थे। साप्ताहिक 'देश' के सम्पादक कभी-कभी मुझे पत्र लिखते थे। कहानी की माँग करते थे। लिखते थे, 'बिलासपुर में जाकर आप विलासप्रिय हो गये क्या?' कभी मैंने उनके किसी पत्र का उत्तर दिया तो कभी किसी का नहीं।

उसी समय एक दिन सोना दीदी का पत्र आया था 'तू तो फिर लिखने लग गया? अभी तेरे दस साल पूरे नहीं हुए...'

लेकिन कहाँ, मैंने तो नहीं लिखा। खैर, मेरे एक पड़ोसी ने मेरी भूल पकड़ा दी। कहा, 'साप्ताहिक' 'देश' में आपकी एक कहानी पढ़ी, बहुत अच्छी लगी।'

बहुत लज्जित होना पड़ा। सचमुच, 'देश' खोलकर देखा कि मैंने ही लिखा है। कितना शर्मिन्दा होना पड़ा कि क्या कहूँ! सम्पादक को पत्र लिखा, 'यह आपने किसकी कहानी मेरे नाम से छाप दी?'

तब भी क्या मालूम था कि ऐसा क्यों हुआ?

सम्पादक ने धमकी देकर लिखा, 'आप अगर नहीं लिखेंगे तो और भी कहानियाँ आपके नाम से छापी जायेंगी।'

लेकिन उनको मैं कैसे समझाऊँ कि मैं वचनबद्ध हूँ! मैंने सोना दीदी को वचन दिया है। भागा-भागा कलकत्ते गया था। याद है, सीधे हावड़ा स्टेशन से सोना दीदी के घर पहुँचा था। लेकिन इन कई सालों में उस मकान के भीतर और बाहर जो ऐसा परिवर्तन हो गया है, यह मुझे कहाँ मालूम था? बाहरवाले बगीचे में वह शोभा नहीं थी। घास को जतन से काटा-छाँटा नहीं गया था। फूलों की रंग-बिरंगी छटाएँ गायब हो चुकी थीं।

सोना दीदी के कमरे में पहुँचा तो न जाने कैसा सूना-सूना-सा लगा। अलमारी में रखी सोना दीदी की किताबों पर धूल जम गयी थी। बिस्तर उसी तरह एक किनारे लगा था। सोना दीदी की बड़ी लड़की पुँटू उस पर लेटी थी। सोना दीदी की आरामकुर्सी खाली थी। हमेशा जो देखता आया था वह परिचित दृश्य मुझे वहाँ नहीं मिला।

अभिलाष ने मुझे देख लिया था।

उसी से पूछा, 'सोना दीदी कहाँ हैं अभिलाष?'

अभिलाष ने कहा, 'माँ तो रसोई में हैं।'

रसोई में! सुनकर बड़ा आश्चर्य हुआ। दास साहब के घर में कभी सोना दीदी को रसोई में जाते नहीं देखा था। दास साहब के लिए खानसामाँ और बावर्ची थे। सोना दीदी के लिए महाराज और नौकर का इन्तजाम था। सोना दीदी दोनों के हाथ का बनाया खाना खाती थीं। पार्टी में जब बड़े घर की बहुएँ और बेटियाँ आती थीं तब सोना दीदी को उनके साथ उनकी बराबरी में अंग्रेजी खाना खाते और अंग्रेजी अदबकायदे का पालन करते देखा था। साड़ी, गहने और आभिजात्य में वे मानो एक दूसरी सोना दीदी होतीं। लेकिन एक दिन स्वामीनाथ बाबू के बहूबाजारवाले किराये के मकान के छोटे-से रसोईघर में मिट्टी की हाँड़ी से भी उनको भात बनाते देखा था। वह कोई और सोना दीदी लगी थीं। लेकिन मैं उनको पहचान सका था, इसलिए उनके चरित्र की विचित्रता में मुझे कोई विरोध नहीं मिला था। लेकिन दास साहब के घर में इस तरह उनका रसोई में जाना सच में चौंका देनेवाला था।

इसके पहले भी एक बार मैं बिलासपुर से कलकत्ते आया था, लेकिन उस समय ऐसा नहीं था।

सुना था, नौकरी छोड़कर दास साहब ने अपना बैंक खोला है। बैंक के मालिक बने हैं वे। और बैंक भी अच्छा चल रहा है।

याद है, वह किसी छुट्टी का दिन था। दास साहब बैठे अखबार पढ़ रहे थे और बगल के पलँग पर स्वामीनाथ बाबू अधलेटे बैठे थे। उस समय भी पुँटू एकदम स्वस्थ नहीं हो पायी थी। रति और शिशु बरामदे में खेल रहे थे।

दास साहब ने सिर उठाकर कहा था, 'देखो सोना, कौन आया है?'

स्वामीनाथ बाबू भी सीधा होकर बैठ गये थे। पूछा, 'क्या खबर है?'

मैंने दोनों को नमस्कार किया था।

सोना दीदी ने मुझको खींचकर अपने पास बैठाया था। पूछा था, 'कैसा है तू?'

दास साहब ने कहा था, 'जरा दुबला हो गया है। है न सोना?'

स्वामीनाथ बाबू ने कहा, 'तुम मुझे देखकर आश्चर्य में पड़ गये न?'

मैंने कहा, 'उस बार सुना था कि आप यहाँ ज्यादा दिन नहीं रहेंगे।'

स्वामीनाथ बाबू ने कहा, 'जाने की सब तैयारी कर चुका था भाई, लेकिन देखो न, दास साहब ने जाने नहीं दिया।'

दास साहब ने स्वामीनाथ बाबू से कहा था, 'आपने बहुत दिन नौकरी की, लेकिन आराम कभी नहीं किया। इसलिए कुछ दिन आराम कर लीजिये न।'

स्वामीनाथ बाबू ने कहा, 'आपका अपना बैंक है, आप आराम कर सकते हैं, लेकिन मैं दूसरे की नौकरी करता हूँ।'

याद है, उसके बाद अभिलाष चाय ले आया था।

सोना दीदी के सामने दास साहब को एक तरह का देखता था तो उनके बैंक में उनको दूसरी तरह का। बहुत बड़ा बैंक था। बड़े साहब के नाम से सब काँपते थे। दरवाजा बन्द कमरे में से बीच-बीच में घण्टी की आवाज सुनायी पड़ती थी और चपरासियों में हलचल मच जाती थी। सभी सावधान रहते थे। यह सब मैंने देखा है। लेकिन स्वामीनाथ बाबू का दफ्तर मैंने देखा नहीं था, फिर भी सोना दीदी से उसके बारे में सुना था। सोना दीदी कहती थीं, 'दफ्तर जाने पर वे घर की बात भूल जाते हैं और घर में रहने पर दफ्तर का खयाल उनको नहीं रहता—ऐसे आदमी हैं।'

लेकिन स्वामीनाथ बाबू को देखकर यह समझना मुश्किल था कि उतना बड़ा दफ्तर वे अकेले चलाते हैं। फिर स्वामीनाथ बाबू का अपने हाथ खाना बनाने का दृश्य भी मैं नहीं भूल सकता। दास साहब के सोने के लिए वह छोटा कमरा भी देखा था। स्वामीनाथ बाबू के लिए दास साहब ने अपना कमरा छोड़ दिया तो उनके लिए उस

कमरे में सोने का इन्तजाम हुआ था। करीने से लगाया गया पलँग, बिस्तर, किताबें, कागज और फाइलें। फिर दीवारों पर चित्र टाँगे गये थे। सबसे बड़ा चित्र बीच की दीवार पर था। चित्र में अगल-बगल बैठे थे दास साहब और सोना दीदी। रति और शिशु भी थे। चित्र को देर तक देखा था। याद है, मुझे लगा था कि इस चित्र को देखकर हर कोई सोना दीदी को दास साहब की पत्नी समझेगा। लेकिन सोना दीदी को जो जानते थे, वे अच्छी तरह जानते थे कि सोना दीदी का कोई दुश्मन भी उनके बारे में ऐसी भूल नहीं कर सकता है।

फिर एक दूसरी तस्वीर देखकर मुझे बड़ा आश्चर्य लगा। वह स्वामीनाथ बाबू के कमरे में थी। उसमें भी सोना दीदी स्वामीनाथ बाबू के बगल में बैठी थीं और सोना दीदी की बगल में थी पाँच साल की छोटी लड़की पुँटू! दोनों चित्रों में सोना दीदी पत्नी बनकर बैठी थीं! चेहरे पर एक ही भाव, आँखों में एक ही दृष्टि, कहीं किसी बात में फर्क नहीं था।

परन्तु इस बार घर-घर में कदम रखने के साथ ही मानो सब-कुछ बदला हुआ-सा लगा।

लगा, जहाँ जो होना चाहिए, वह मानो वहाँ नहीं है।

सोना दीदी दास साहब की रसोई में खड़ी होकर खाना बना रही थीं।

मुझे देखते ही हँसकर बोलीं, 'क्यों रे, इतने दिन बाद तुझे अपनी सोना दीदी याद आयी?'

पूछा, 'कैसी हो सोना दीदी?'

'ठीक तो हूँ, क्यों? तू मुझे कैसा देख रहा है?'

फिर ठीक से सोना दीदी की तरफ देखा था। क्या उस चेहरे में कहीं कोई तब्दीली आयी थी? चेहरे पर मुस्कराहट की भाषा क्या क़म मुखर थी? आँखों की दृष्टि क्या कम उज्ज्वल थी? लेकिन कुछ पता नहीं चला था! सोना दीदी ने चूल्हे पर से डेग उतारकर कड़ाही चढ़ा दी थी।

थोड़ी देर बाद मैंने पूछा, 'सोना दीदी आप खाना बना रही हैं?'

'क्या मैं खाना नहीं बना सकती?' कहकर चूल्हे की तरफ देखती हुई सोना दीदी हँसने लगी थीं।

फिर भी मेरा भय दूर नहीं हुआ था।

मैंने कहा, 'सच बताइये न, क्या हुआ है?'

'क्या होगा रे? अच्छा पागल है।'

'कुछ नहीं हुआ? सच? फिर खानसामाँ, बावर्ची, पीर अली, सुख सिंह, नौकर और महाराज, ये सब कहाँ गये? कोई तो दिखायी नहीं पड़ रहा है।'

'अच्छा, यह पूछना चाहता है? उन लोगों को हटा दिया गया है।' 'हटा दिया गया है? क्यों?'

'क्यों क्या? दास साहब का बैंक फेल हो गया है। सुना नहीं?'

मानो मैं गलत सुनने लगा था। मानो आँखें खोलकर मैं सपना देख रहा था।

सोना दीदी ने मेरे चेहरे की तरफ देखकर पूछा था, 'ट्रेन से उतरकर सीधे चला आ रहा है न?'

मैं कोई जवाब न दे सका।

फिर पूछा, 'फिर क्या होगा सोना दीदी?'

'होगा क्या?' सोना दीदी मन लगाकर खाना बनाती रहीं।

कहा, 'सोना दीदी, कुछ बोलिये न।'

सोना दीदी मेरी पीठ पर हाथ रखकर धीरज बँधाने लगी थीं। फिर खाना बनाती हुई बोलीं, 'क्या बोलूँ, बता?'

आज भी याद है, वे कई दिन कितने भीषण थे। दास साहब अपने बिस्तर पर चुपचाप लेटे पड़े थे। जबान पर कोई बात नहीं। टेलीफोन-पर-टेलीफोन आ रहा था। कितने ही लोग मिलने आ रहे थे। दास साहब किसी से मिल नहीं रहे थे। अभिलाष कह देता था, दास साहब से भेंट नहीं होगी, साहब बीमार हैं।'

उसके बाद कितना कुछ हो गया था। दास साहब बहुत ज्यादा बीमार थे। ब्लडप्रेशर तो था ही, उसके बाद क्या हुआ कि वे बिस्तर से उठने में भी असमर्थ हो गये। सोना दीदी अपना दुर्बल शरीर लिये उनकी बगल में बैठकर चम्मच से उनको खाना खिलातीं। कहतीं, 'इतना सा तो है, खा लो।'

दास साहब चुपचाप खा लेते। उनके मुँह से कोई आवाज नहीं निकलती। वे बस चुपचाप सब देखा करते। उनकी आँखों के सामने एक-एक कर सब नौकरों को नौकरी से हटा दिया गया।

एक़ दिन अभिलाष को बुलाकर सोना दीदी ने कहा, 'अभिलाष, साहब की हालत तो देख रहा है, तुझे तनख्वाह दे सकूँगी या नहीं, समझ नहीं पा रही हूँ।'

फिर भी अभिलाष ने जाना नहीं चाहा था! बोला, 'साहब का नमक खाया है, अब मुझे भगा मत दीजिये माँ।'

रति और शिशु एक दिन स्कूल छोड़कर चले आये थे। वहाँ शायद उनको दूसरों का ताना सुनना पड़ता था। अखबार में सारी खबर छप चुकी थी। एक हजार, दो हजार की बात नहीं, लाख-लाख रुपये का कारोबार। सब बन्द हो चुका था। सोना दीदी खाना बनाने से छुट्टी पाकर रति और शिशु को पढ़ाने बैठती थीं। कहती थीं, 'अब से मैं तुम दोनों को पढ़ाया करूँगी।'

मैं चुपचाप सब सुनता था, सब-कुछ देखता था। सोना दीदी कितना बढ़िया पढ़ाती थीं। सोना दीदी का अँगरेजी उच्चारण कितना बढ़िया था। और वह हँसता हुआ-सा चेहरा। और वही हँसता हुआ चेहरा लिये सुबह से शाम तक सोना दीदी घर का सारा काम करती थीं। काम करने में कोई थकावट नहीं थी, जरा देर का विराम नहीं था। एक दिन कम्पनी के लोगों ने आकर टेलीफोन की लाइन काट दी। एक दिन मोटरकार की कुर्की हो गयी। पुलिसवालों ने आकर दास साहब से न जाने क्या पूछताछ की। फिर उनको अरेस्ट करके जमानत पर छोड़ दिया। सभी माल-असबाब जब्त कर लिये गये। घर-द्वार निःस्व निराभरण लगने लगा। सोना दीदी एक-एक कर गहना उतारकर देती गयीं। अब सिर्फ सोना दीदी थीं और अभिलाष था। और तीन शिशु थे—दास साहब, रति और शिशु।

एक हफ्ते की छुट्टी लेकर कलकत्ते आया था। लेकिन मैंने और एक महीने की छुट्टी बढ़ाकर दरख्वास्त भेज दी।

मैं बीच-बीच में पूछा करता था, 'इस तरह कितने दिन चलेगा सोना दीदी?'

सोना दीदी उसी तरह, हँसती और कहतीं, 'चलाने की मालिक क्या मैं हूँ, कि मुझसे पूछ रहा है?'

'आपसे नहीं पूछूँगा तो किससे पूछूँगा?'

दास साहब के लिए भात परोसती हुई सोना दीदी कहतीं, 'इतने दिन जैसे चला है, वैसे ही चलेगा।'

उधर पुलिसवाले आते, दूसरे लोग-बाग आते और सोना दीदी सबसे बातें करतीं। कितना स्पष्ट, कितना शिष्ट और कितना शान्त स्वभाव। बराबर दास साहब को आड़ में रखकर सोना दीदी सामने आ जातीं। रति और शिशु को भी वे सामने नहीं आने देतीं। किसी को कुछ समझने नहीं देतीं। लेकिन समझते सभी थे। धीरे-धीरे सोना दीदी का सारा बदन आभूषणहीन हो गया। फिर भी सोना दीदी के चेहरे पर हँसी उसी तरह अम्लान बनी रही।

याद है, तब भी कितने दिन, जब भी मौका मिला सोना दीदी ने आरामकुर्सी पर बैठकर मुझसे तरह-तरह की बातें कीं। उस दिन सवेरे सोना दीदी के घर गया था तो तुरन्त बाद अचानक एक टैक्सी आकर मकान के सामने खड़ी हो गयी थी और उसमें उतरे थे स्वामीनाथ बाबू।

आश्चर्य में पड़कर सोना दीदी ने कहा, 'तुम!'

स्वामीनाथ बाबू ने कहा, 'अखबार में सब पढ़ा, लेकिन दास साहब कहाँ हैं?'

सोना दीदी ने कहा, 'उस कमरे में जाकर देखो, उनकी तबीयत खराब है। बहुत बड़ा दुःख पहुँचा है न।'

स्वामीनाथ बाबू ने पूछा, 'लेकिन अचानक ऐसा कैसे हुआ?'

सोना दीदी बोलीं, 'कैसे हुआ, यह मैं क्या जानूँ? एक दिन पहले भी दफ्तर गये थे, टेलीफोन किया था, जैसा रोज खाते थे वैसा दो स्लाइस ब्रेड और टोमैटो का सॉस खाया था, उसके बाद तीसरे पहर तीन बजे उनका फोन आया, कहा, 'आज मेरे घर लौटने में देर होगी...'

स्वामीनाथ बाबू ने पूछा, 'उसके बाद?'

यह कहानी सोना दीदी ने मुझको भी बतायी थी। डलहौजी स्क्वायर लोगों से भर गया था। हजारों लोग बैंक के सामने खड़े होकर चिल्ला रहे थे। बैंक का कोलैप्सिबल गेट बन्द कर दिया गया था। कितने लोग तो पत्थर की दीवार पर सिर धुन रहे थे। दास साहब दफ्तर के अपने कमरे में फँसे पड़े थे। एक बार, फिर दूसरी बार उन्होंने सोना दीदी को फोन किया था।

सोना दीदी ने फोन उठाकर कहा, 'तुरन्त घर चले आओ।'

'अभी जाना सम्भव नहीं, वे लोग रास्ता रोके खड़े हैं, मुझे निकलने नहीं देंगे—सभी रास्ते बन्द हैं।'

सोना दीदी ने कहा, 'मैं अभी आ रही हूँ, गाड़ी भेज दो।'

'तुम मत आओ सोना, वे तुमको भी रोकेंगे, आने नहीं देंगे।'

'फिर मैं टैक्सी लेकर आ रही हूँ।' कहकर टेलीफोन रखकर दीदी उठ गयी थीं।

सोना दीदी बोलीं, 'उस दिन दास साहब को दफ्तर से निकाल लाना क्या आसान था। हजारों लोग गेट के सामने खड़े थे। मैं टैक्सी रोकवाकर सीधे भीड़ चीरती हुई ऊपर पहुँची थी। उसके बाद किस तरह दास साहब को लेकर घर लौटी थी, यह मैं ही जानती हूँ। लेकिन उसी दिन रात से दास साहब बिस्तर पर पड़ गये, देख आओ न, उठ नहीं सकते, मुझे अपने हाथ से उनको खाना खिलाना पड़ता है...'

फिर कई दिन स्वामीनाथ बाबू ने क्या कम मेहनत की! उस बार मैं जो कई दिन वहाँ था, देखता था कि स्वामीनाथ बाबू दिनभर कहाँ-कहाँ घूमते रहते हैं। वकील, बैरिस्टर, एटॉर्नी और सॉलिसिटर। पानी की तरह रुपया बहाते। नौकर-चाकर, जिनको हटा दिया गया था, फिर उनको रख लिया गया। सुख सिंह फिर फाटक पर आकर खड़ा हो गया। सोना दीदी की पुरानी नौकरानियाँ लौट आयीं। स्वामीनाथ बाबू ने अपने बैंक से रुपये निकाले। जीवनभर में उन्होंने जो कुछ संचय किया था, पुँटू की शादी के लिए और कलकत्ते में मकान बनाने के लिए वे सारे रुपये निकालने पड़े।

स्वामीनाथ बाबू ने कहा, 'पहले जैसे चाहता था, वैसे चले, कहीं कोई कमी न रहे।'

मैं भी वकील-बैरिस्टर के घर जाता। अकेले स्वामीनाथ बाबू क्या-क्या करते?

दास साहब बिस्तर पर लेटे-लेटे पूछते, 'सॉलिसिटर ने क्या कहा?'

'आप वह सब मत सोचिये, मैं तो हूँ।'

उसके बाद जब दिनभर काम करके स्वामीनाथ बाबू घर लौटते, टेबिल को घेरकर बैठक जमती। पारिवारिक गोष्ठी बैठती।

सोना दीदी कहतीं, 'पुँटू, खा नहीं रही हो!'

पुँटू ना-नुकुर करके जवाब देती, 'भूख नहीं लग रही है माँ।'

स्वामीनाथ बाबू कहते, 'आज फिर अमरूद खाया होगा!'

सोना दीदी पूछतीं, 'तुमने कितने दिन की छुट्टी ली?'

स्वामीनाथ बाबू कहते, 'यह मामला जब तक तय नहीं हो जाता तब तक तो मैं जा नहीं सकता।'

सोना दीदी फिर पूछतीं, 'नयन वहाँ कैसा काम कर रहा है?'

'वह दो रुपये तनख्वाह बढ़ा देने के लिए कह रहा था।'

'और दूध तो अपने सामने देखकर लिया जाता था न?'

'वह सब सनीचरी की माँ करती थी। मैंने उसी पर सब छोड़ रखा था!'

'पुँटू तो ठीक से पढ़-लिख नहीं रही होगी, दूसरी किताब के हिज्जे भी सब भूल चुकी है।'

'पुँटू को तुम यहाँ अपने पास रख लेना।'

किसी-किसी दिन स्वामीनाथ बाबू आकर पूछते, 'दास साहब आज कैसे हैं?'

'उसी तरह। लेकिन उधर का कुछ तय हुआ?'

स्वामीनाथ बाबू कुर्ता उतारते हुए कहते, 'लगता है, अब तय होगा।'

'आज सॉलिसिटर को कितने रुपये दिये?'

'पहले जितना दिया था, उतने का चेक आज भी दिया।'

'और कितने दिन केस चलेगा?'

'जितने दिन चले, चलाना पड़ेगा।'

'और कितने दिन यहाँ रहोगे?'

'छुट्टी और बढ़ा ली है। आज जबलपुर के मकान के लिए एक पार्टी आयी थी।'

'कितने रुपये देना चाहती है?'

हाँ, तो उस बार मैं ज्यादा दिन रह नहीं पाया था। दास साहब का मुकदमा उस वक्त भी चल रहा था। बिलासपुर लौटकर नौकरी मैं ज्वॉइन कर लिया था। सोना दीदी को नियम से पत्र लिखता था। हर बार ठीक-ठीक जवाब आता था। हर बार सोना दीदी लिखती थीं, 'कहानी लिखनेवाली बात भूल तो नहीं गया?'

कहानी लिखने की बात क्या भूल सकता था। पाठक सब मुझे भूल गये, लेकिन मैं उनको नहीं भूला था। लड़ाई के जमाने में कितनी ही पत्रिकाएँ निकलीं। कितनी नयी प्रतिभाओं को लेकर धूम मची। फिर भी मैं भूला नहीं। मुझसे अपनी सोना दीदी की बात भुलायी नहीं गयी। सोना दीदी के सामने किये गये वादे की बात भूल न सका। मैं जानता था कि मेरा पथ सामने है, पथ मेरा सुदूर है। मेरे बीच मेरा संशयरहित अस्तित्व जागता रहा। मानो मैं उस एक अनन्त को पा गया था। रस के रूप में, आनन्द के रूप में, समग्र रूप में पा गया था। यह तो जानता नहीं था, जोड़ना नहीं था, जोड़-तोड़ बैठाना भी नहीं--यह तो प्रकाश था। सूर्य के प्रकाश के समान भास्वर। उस प्रकाश को खोजने के लिए बाहर नहीं जाना था। किसी के दरवाजे जाकर खुशामद नहीं करनी थी। हाट-बाजार में जाकर ढूँढ़ना नहीं था। सिर्फ हृदय के दरवाजे और खिड़कियाँ खोल देते हो वह रोशनी एकदम अखण्ड रूप में उद्भासित होती। सोना दीदी मुझको दिन-पर-दिन यही दीक्षा देती आयी थीं।

लेकिन आश्चर्य की बात है कि सोना दीदी यह सब देख न सकीं। अन्त तक सोना दीदी को मैं यह सब दिखा न सका। मेरे लिये यह दुख रखने का कोई ठौर नहीं है।

ऐसे में एक दिन अचानक स्वामीनाथ बाबू की चिट्ठी मिली। लिखा था, 'सोना दीदी तुमको एक बार देखना चाहती हैं, जल्दी चले आओ।'

पता नहीं क्यों चिट्ठी पाते ही बड़ी चिन्ता हुई। भागा-भागा कलकत्ते गया था।

याद है कि इसके पहले की चिट्ठी में सोना दीदी ने लिखा था--दास साहब को मुकदमे से छुटकारा मिला है। लेकिन उस छुटकारे का क्या मूल्य था, यह मैं खूब समझ रहा था। दास साहब की मुक्ति के लिए स्वामीनाथ बाबू ने जिन्दगी भर की कमाई और सारी औकात लगा दी थी। जबलपुर का मकान गिरवी रख दिया था। ऐसा उनके पास कुछ नहीं था जो उन्होंने इस काम में लगा नहीं दिया था। जरूरत पड़ती तो शायद बचा-खुचा सब वे इस काम में लगा देते। उसके बाद जब सब ठीक-ठीक हो गया, दास साहब स्वस्थ हो गये, लड़के-लड़कियों को फिर स्कूल में भरती किया गया। तब सोना दीदी स्वामीनाथ बाबू के साथ जबलपुर लौट जाने की बात सोचने लगी थीं कि तभी यह सब क्या से क्या हो गया!

जाकर देखा था, पूरे मकान का वातावरण घुटा-घुटा-सा है। लेकिन **बगीचे की** पहले की शकल लौट आयी थी। गेट पर सुख सिंह खड़ा था। मुझे देखकर सलाम किया, कहा, 'माई जी बहुत बीमार हैं।'

मैं सोना दीदी के कमरें में जा खड़ा हुआ। सोना दीदी लेटी थीं। मानो मुझे देखकर पहचान गयी थीं। मानो हँसी थीं। मानो आँखों-ही-आँखों में मुझे अपने पास बुलाया। मैं उनके पास गया। दास साहब उनके सिरहाने बैठे थे। एक तरफ स्वामीनाथ बाबू खड़े थे। उनका चेहरा उदास था। एक डॉक्टर पता नहीं कागज पर क्या लिख रहे थे। टेबिल दवाओं से भरी थी।

उस दिन की सारी बातें आज कहने की जरूरत नहीं है। सारी बातें मेरे अलावा शायद और किसी को याद है भी नहीं। फिर यह भी याद है कि जब सब समाप्त हो गया, तब स्वामीनाथ बाबू शान्त-स्निग्ध नेत्रों की उदार दृष्टि से सोना दीदी की प्राणहीन देह की ओर देखते हुए बैठे थे। दास साहब की दशा बहुत करुण थी। छोटे बच्चे के समान वे पछाड़ें खा-खा रोने लगे थे। उनको कोई धीरज नहीं बँधा पा रहा था, ऐसी उनकी हालत थी।

याद है, स्वामीनाथ बाबू ने मुझसे कहा था, 'दास साहब शोक से पागल हो रहे हैं, तुम उनको सँभालो...'

मुझे याद है, दास साहब ने भी कहा था, 'तुम जरा स्वामीनाथ बाबू के पास जाकर बैठो भैया, उनको दारुण शॉक लगा है।'

और मैं!

स्वामीनाथ बाबू जबलपुर में ही हैं। उस बैंक का मामला तय होने के बाद दास साहब ने कलकत्ते में एक और बैंक खोला। उन दोनों से अब मेरा कोई सम्पर्क नहीं रह गया है। उन लोगों ने क्या पाया था, कह नहीं सकता। दोनों के ही कमरों में दो बड़ी तस्वीरें टँगी थीं। एक तस्वीर में दास साहब के साथ सोना दीदी थीं तो दूसरी में स्वामीनाथ बाबू के साथ। कितनी ही बार सोचा है कि सोना दीदी के लिए कौन अधिक प्रिय था? स्वामीनाथ बाबू, दास साहब या मैं? मेरे बारे में शायद उन दोनों ने कभी सोचा न था। लेकिन उन दोनों ने जितना पाया था, मैं उससे कहीं ज्यादा पा सका था। मेरे पाने का मानो कोई अन्त नहीं था। मैंने आशातीत रूप में सोना दीदी को पाया था। सोना दीदी को मैंने पाकर भी पाया है और खोकर भी पाया है। जीवन के दरमियान पाया है तो मौत के बीच भी। आज जो अन्तर से बाहर का, आचार से धर्म का, ज्ञान से भक्ति का, विचार-शक्ति से विश्वास का मेल बैठा पाया हूँ—यह सब सोना दीदी की ही शिक्षा का फल है।

आज मेरे जीवन में अन्तर मिला है, बाह्य मिला है, सुख मिला है और दुःख भी मिला है। सिर्फ जिन्दगी ही मिली है, ऐसा नहीं, मौत भी मिली है। केवल मित्र ही नहीं, शत्रु

भी मिला है। इसीलिए तो मेरे जीवन में त्याग और भोग दोनों पवित्र हैं, लाभ और हानि दोनों सार्थक हैं। सारे सुख-दुःख, सम्पत्ति-विपत्ति और विरह-मिलन की सार्थकता मेरे जीवन में सर्वाङ्ग-सुन्दर हो एक अखण्ड प्रेम की परिपूर्णता में एकाकार हो सकी है। जितनी प्रशंसा मिली है, उतनी निन्दा भी। फिर भी अपना प्राप्य समझकर दोनों को मैंने ग्रहण किया है। आज मैं कह सकता हूँ, 'समस्त लोक-लोकान्तर के ऊर्ध्व में शान्ति के आसन पर विराजित हे परम अनन्त, तुम मुझमें आकर मेरे बन जाओ।'

उसके बाद एक दिन मेरे अज्ञातवास की अवधि खत्म हुई। याद है, फिर कागज कलम लेकर मैं बैठा था। अब तो बहुत दूर का सफर तय करना है। अब वृहत् की ओर मेरा लक्ष्य है। अब मैं स्थितधी हो सका हूँ। सोना दीदी मुझे सत्यदृष्टि दे गयी हैं। मेरा तृतीय नेत्र खुल चुका है। नये रूप में मैंने जन्म लिया है। मेरे नये उपन्यास की यही तो शुरुआत होगी। मेरा पहले का लिखा सब-कुछ बातिल हो गया। सोना दीदी के संग मेरे जीवन के एक अध्याय पर यहीं पूर्ण विराम पड़ गया।

●●●